AF272806

Dieter Leonhard

Mit Plattschwätzern am Küchentisch
mit 45 Gängen

Bibliografische Information der Deutschen Nationalbibliothek:
Die Deutsche Nationalbibliothek verzeichnet diese Publikation
in der Deutschen Nationalbibliografie, detaillierte bibliografische
Daten sind im Internet über http://dnh.dnb.de abrufbar.

© 2024 Dieter Leonhard
Verlag: BoD • Books on Demand GmbH, In de Tarpen 42,
22848 Norderstedt
Druck: Libri Plureos GmbH, Friedensallee 273, 22763 Hamburg
ISBN: 978-3-7597-6639-7

Herausgeber:	Dieter Leonhard, 23611 Bad Schwartau
Umschlaggestaltung:	Axel Leonhard
Zeichnungen:	Ute Reinbeck

Dieter Leonhard

Mit Plattschwätzern am Küchentisch
mit 45 Gängen

Es ist wieder angerichtet:

Die Geschichten und Gedichte des vorliegenden Büchleins lassen die glückliche Zeit meiner Kindheit in der Hunsrücker Heimat wieder aufleben. Alle interessierten Leserinnen und Leser sind herzlich eingeladen zu einer Reise mit tiefen Einblicken in das einfache Leben unter den grauen Schieferdächern in den Dörfern des südwestlichen Teils des Rheinischen Schiefergebirges. Die authentisch angewandte moselfränkische Sprache fördert mit ihrer ursprünglichen Charakteristik eine emotionale Verbundenheit der Lesenden mit der Kultur und den vorgestellten Lebensverhältnissen, den lokalen Besonderheiten, den traditionellen Ereignissen und den Befindlichkeiten der liebenswerten Menschen dieser rauen Mittelgebirgslandschaft knapp über dem 50. Breitengrad.

Mein Dank geht an:
Jürgen Leonhard für seine geduldige Arbeit als Korrektor,
Ute Reinbeck für ihre grafischen Zutaten,
Axel Leonhard für die Gestaltung des Covers.

Dieter Leonhard

Inhaltsverzeichnis

Inhalt

Dieter Leonhard

Mit Plattschwätzern am Küchentisch

mit 45 Gängen

Einführung

Watt en Plattschwätzer es

Worom ejch gäre of Honsrecker Platt schrejwe?
Die Sprooch honn ejch von Grond of geleert on schon als
kläna Buu geschwätzt, wie ejch noch net schrejwe konnd.
Wie ma dat dann awwa en da School so noo on noo geleert
honn, muusde ma Hochdejtsch schrejwe on naderlich aach
so schwätze. On richdich schrejwe muusde ma aach.
Of Plattdejtsch kannst de schrejwe wie de wellst.
Do getts kä Rächele. On wenn dä ähn e bissje annaschd
schrejbt ore schwätzt wie dä anna, dann wohne die zwai
viellejcht en vaschiedene Derfer. Et kann aach passeere, dat
ma e paar Worde hout so on moore e bissje annaschda
schrejbt. Wer datt, watt ejch loo geschrieb honn, läse on
aach vorläse kann, dä es en richdicha Plattschwätzer.
De Lejt, wo net Plattdejtsch kenne, biere ejch em zwäte
Dääl von däm Biechelche noch ebbes of Hochdejtsch aan.

Der Küchentisch

In jedem Haus gibt's eine Mitte,
Wo sich das Leben konzentriert,
Und im Hunsrück ist's so Sitte,
Der erste Weg zur Küche führt.

Dort sind Herd und Tisch vereint,
Für jeden gibt es einen Platz,
Es wird gelacht und auch geweint,
Dort steht der Fressnapf für die Katz.

Zum Frühstück und zum Mittagsmahl
Trifft man sich dort mit alle Mann.
Sie ist der Hauptversammlungssaal,
Dort entsteht der Arbeitsplan.

Die Kinder machen für die Schule
Ihre Aufgaben am Tisch.
Am Abend spielt man gerne Mühle,
Das hält Alt und Jung ganz frisch.

Auch für Nachbarn und Verwandte
Steht die Küchentür stets offen.
Und auch sonstige Bekannte
Dürfen aufs Willkommen hoffen.

Gewehnlich werd dann platt geschwätzt,
So, wie ma datt em Honsreck micht.
En Fremder meckert dann vagrätzt:
"Die sind ja alle nicht ganz dicht!"

Die Küche ist das Sitzungszimmer
Für Besuch zu allen Zeiten,
Des Lehrers oder Bürgermeisters,
Oder andrer Obrigkeiten.

Auch der Herr Doktor wird empfangen,
Wenn's der Oma geht mal übel.
Manchmal Hoffen, manchmal Bangen,
Schwebt dann überm Küchenmöbel.

Der Küchentisch wird dann zum Ort,
Wo dies und jenes wird besprochen.
Wenn die dann wieder alle fort,
Hat Opa die Wurstsupp gerochen…

Und macht sich auf zu seinem Platz,
Wo Oma grad die Kelle senkt,
Und unterm Tisch die schwarze Katz
Genüsslich an die Reste denkt.

Geschichten auf Hunsrücker Mundart

Vom Flabbes, Tobat, Schlorem und Scheez

Im täglichen Umgang der Menschen untereinander ist eine treffende Sprache mit ausreichendem Vorrat an prägnanten Begriffen für die gegenseitige Verständigung sehr hilfreich und nützlich. Das Hunsrücker Platt ist mit solch dienlichen Worten sehr facettenreich ausgestattet, was in der folgenden Betrachtung mit Blick auf die im Titel genannten Exemplare bewiesen werden soll.

Als einer, der schon 60 Jahre in der norddeutschen Sprachdiaspora lebt, weiß ich noch immer die Vorzüge meiner deftigen Hunsrücker Mundart mit ihren knappen Ausdrücken zu schätzen. Zur Analyse der noch immer häufig genutzten Bezeichnungen für die lieben Mitmenschen greife ich gerne mitten hinein in die Kiste meiner seit über einem halben Jahrhundert gut konservierten und mehrmals jährlich auf Tauglichkeit überprüften Sprachelemente.

De Flabbes

hon ejch en äna frieara Betrachdung schonnemo grendlich onnasucht. Domols honn ejch dän noch met 2 Pes (pp) geschrieb, awwa hout schrejwe ejch dän met 2 Bes (bb), dat klingt weicha on hälicha. Dodemet es aach dat vaträämt Gemiet on dä weichere Karakda von däm Typ Mensch bessa beschrieb.

Et get aach wejbliche Flabbese, dodemet es aach schon glejch e moo die Mehrzahl geklärt.

Doch en da Äänzahl häßt et aach bej de Fraalejt **dä Flabbes**, wejl en däm Besteckkaste von usa Honsrecker Sprooch **die Flabbes** net vorgesien es.

Wenn awwa jemand perseenlich gemähnt es, dann es **dat geflabbt Sowieso** en ganz beliebt Floskel. Noch viel bekannda es dä bissje abfällich Ousdrock **dat geflabbt Mensch**. Dä Spruch kemmt ohne de Name ous, on werd dann von de Lejt met därselwe abfällich Mähnung iewa en Fraamensch gäre benotzt, wenn se sesamme iewa et herziehe.

Glejchrangich met däm **geflabbt Mensch** on genau so of ääne Mensch bezoo es dat männlich Gäestick, nämlich **dä geflabbt Käll**. Zu so änem kann sich schnell jemand entwickele, wenna sich en geflabbt Schees kääft, ore wenna sich geflabbt kostimeert. Es dä Onnaschied von änem Flabbes zum normale Mensch zu groß, dann greift de peffich Honsrecker schonnemoo en Armläng diefa en die sprochlich Schatzkest, on erklärt die Person fo **jenisch**.

Bej Wikipedia werd ma onna däm Begreff **jenisch** so belehrt:
„Jenisch ist eine Varietät der deutschen Sprache, linguistisch gesehen eine Sondersprache von fahrenden Bevölkerungsgruppen bzw. von deren ortsfesten Nachfahren."

Meer awwa wesse, wat ma dodronna se vastehn hot!

Alle zwoo Sorde von **Flabbesa** hot die Nadoor so häliche Eigenschafde zugewies wie Zoreckhaldung, Onnawerfichkäät, Gutmiedichkäät, Noogiebichkäät, wat die betroffene Lejt noor schejnbar demmlich on derftich werke lesst, on se zum Werkzejch von de Normalmensche degradeart on fo däne ehr Zwecke vafehrbar on dienstbar wäre lesst.

Die **Flabbische** wäre dodoarch of en ganz ägelich Art on Wejs en so en Kloonsroll renngedrängeld on zum Gespett von de Lejt gemach, wat se awwa wäe ehrer Änfäldichkäät net ous ehre onnageordnede Läwensbahne schmejße duud.

Nie werd en Flabbes en Herremensch sen, nie en Platzhirsch en sejna soziala Grupp. Er werd nie Hamma sen on emma Amboss blejwe. Essa oußa **flabbisch** aach noch **zwärisch** (dat solld nochemoo extra ousfehrlich betrachd wäre), dann es ihm erschdemoo die Roll als Kasba on Witzfigur fo en lang Zejt sicha. En aangeboar Immunität beschetzt ihn awwa vor der Ensiecht en sej loo beschrieb arisch noodälich Roll, on aach vor däm Lääd, dat dodevon of ihn ousstrahle kennt. Em Gäedääl gougeld ihm dä Mechanismus en sejna ajena kläna Welt sogar noch en besonnasch Glicksgefiel vor.

De Tobat

es dodegään en dollpatschich Weichaai, dat alles vakeart micht wie en blend Kuh merrem Bräät vorm Molles. Oußadäm essa aach emma vom Pech vafolcht. Sej Schusselichkäät on sej demmlich Vahalle sen trottelhaft on vagonne ihm aach garnejst. So kemmt et, dat sej liewe Metmensche ihm emma wiere saan misse: "Dou besd joo bestusst!" Dodemet mään ma, dat en Mensch so e bissje von vareckte Geista vahext es.

Dat Vahalle vom Tobat es **tobisch** se nenne. Dat hot awwa nejst se duun met däm Eromdolle (hochdejtsch Toben) von änem läbhafte on ausgelossene Kend. Henna däm **T** am Aanfang werd dat folgend **o** wie Otto vore on net wie Otto henne geschwätzt. Wie de Liewe Gott die gure Merkmole an sej Lejt vadält hott, doo hott use Urtobat schejns net glejch "hej" geruuf.

Met sejna zureckhaltenda Ähnfachhäät weakt dä gewehnlich Tobat als dat Gäedääl vonnem fräsaliche on offsässiche **Scheez**. Doch dat es wiere en ganz anna Sort von Mensche.

Dat tobisch Exemplar en Fraalejtsklääre blejbt aach **de Tobat**. Doo werd kä Onnaschied gemach. Dodrous kann ma die vakeart Offassung kriee, därret dodevon of da Welt net so viel gen däät.

Em Hochdejtsche dät ma **Tollpatsch** saan met dä Zusätz tölpelhaft on linkisch, onsicha em Offträre, onvorsichdich on vastraaut, net schlou genuuch, äwe noor **tobisch**!

Ohne Absicht dabbt dä Tobat schnell in die iewaall eromstehende Fettnäppcha, basst net off, lesst sich iewad Ohr haaue on kemmt em Omgang met de annere Lejt schnell zwische die Stiehl.

Sen die Defizite forschbar gruub on fo jeden se siehn, kann ous däm Tobat aach lejcht en **Scholles** wäre.

De Scholles

es äna, däm et for allem em Kopp arisch fählt. Wenna
schon e bissje älla es on sich vaquärt aanstellt, werda
schnell zum **alde Horke** gemach. So en Mensch (Mann ore
Fraa) es ongehuuwelt, et fählt em ronderom an Schleff.

Alle zwoo, de Scholles on de Horke, gelle dann schnell
als die **fräsaliche Käll**, ore, wenn et en Fraamensch es, als
dat **fräsalich Mensch**.

De Schlorem

hot met däm Flabbes on däm Tobat viel gemään.
Dat es en ganz ähnfach Erdweremche, dat aantriebslos,
schlaksich on schlampich, stompsennich on stompfielich,
ohne Leitplanke on Ziele wie en Kesselflicka ore Karussell-
bremsa am Rand von da Gesellschaft doarch sej derftich
Läwe schlääpt, on geläentlich met sejne komiche Ideee dat
Gespett on die Stichelereje von däne Normale off sich zieht,
on denoo wiere en die Ähnfachhäät von sejna armseelich
Existenz zereckfällt.

Onzuverlässichkäät, geläentlich aach Schletzohrichkäät
on noor wenich Belastbarkäät en da School on bej da Aawet wäre so änem armseeliche Menschekend noogesaat.

Doch et wär grondvakeat, de Schlorem als domm em
Senn von wenich entelligent ore gebild dehiensestelle. Die
Nadoor horrem awwa manichmo besonnere Fähichkääte
metgenn, wenn aach net grad en äna gure Mischung met
annere Tuchende. Wenn dat e bissje ousgeglichena wär,
dann dät däne bedouanswerte Exemplare en Läwe als
Schloreme erspart blejwe.

So kemmt de Schlorem doarch die Äänsejdichkäät von
da Begabung geläentlich of en schäpp Bahn, die ihn of
sejna Rääs doarch dat Läwe als schmericha Tasche- ore
Falschspiela offalle lesst. Ganz onousgeglichene Mosta von

der Sort schwinge sich alsemoo in outistische Aanwand-
lunge sogar als Frei- oder sogar Fejngeista zu erstaunlicher
Geschwätzichkäät off.

De Schlorem werd emma so en Wassaträa blejwe, an
däne uus ganz Gesellschaft joo stännich Bedarf hot, on die
herablossende Kommentare von de Lejt met all ehre
vaächtliche Zutate mache ous däm schon erniedrichde
Erdnuckel ganz lejcht en bonde Doarftrottel.

En da wejblich Ousgab blejbt de Schlorem aach en Schlorem, ohne ebbes voredraan ore dehenna.

Schlorem es net **Schlurrie.**

De Schlurrie es die peffich Ousgab vom Schlorem. Die es
met äna ordelicha Porzion von nadeerlicha Hennalestich-
käät on Bouereschlouhäät gesechent, on kemmt deswäe
met ehra zugewiesena Roll em dächliche Läwenskampf
met de annere Lejt bessa zeräächt.

Hie on doo soorje besonnach schlejmiche on schläächt
doarchgebackene, on deshalb ganz klitschiche Exemplare
ous däm Stamm von däne **Schloreme on Schlurries** doarch
eer diebiche Metnemmagewohnhäte, die ganz materiell se
vastehn sen, on nix met dä sportliche on ehrbare Nem-
maqualidäde von änem gure Boxa se duun hon, fo Offruhr
on Wut en uusa Volksseel.

Flabbes, Tobat, Schlorem, Scheez!

Dat es die Steicherungsformel von däne Schmähworde. Dodran sieht ma, dät dä hej beschriewene Menschetyp kä Sympathieträer mee sen kann, on en sejnem gesellschaftliche Rang wejt onne stehn muss.

„Dat es en Sort, ma mähn, die kämde ousem Waan!" En anna ähnlich enfielsam Ordäl kann aach hääße: „Die sen jo gään de Kamp geschoor!"

Dä, wo ous däm Waan se komme scheint on of Krawall ous es, gelt en da Effentlichkäät als Daauenix on als Schoork. Sejne Mangel an Vastand on Benemme well a doarch en Iewamooß an Enbellung on kraftmeierichem Offträre ousglejche. Als sichtbare Statussymbole von der engebelld Macht wäre geläentlich protziche Audos on annere besonnere Offällichkääte aangeschafft, bej däne die Koste met de finanzielle Verhältnesse gradsowenig sesamme basse wie die Modorleistung von däne Audos met däm Vastand von ehre Fahrer.

De Scheez

es en aje Geschlecht on kann trotzdem wejblich sen. Dann awwa ess a aach en **Scheez** on kä **Scheezin**, **Scheezine** ore **Scheezeuse**, wejl: Scheez blejbt Scheez!

Dodemet es awwa net gesaat, dät ejch die Behaupdung:
Ämo Scheez - emma Scheez!
wejle en die Welt setze well. Aach bej Scheeze passeert geläentlich en iewaraschend on wohltuend Geschlechtsumwandlung.

Wat em Ordäl von de Normalmensche die Gattung der **Scheeze** zu schräche Type ohne Moral on Aanstand absinke lesst, es die Exsisdenz von besonnasch onfejne Exemplare. So gerret Onnaarte von beeße Strooßebue, awetsschejem Gesendel, foule Daachdiebe, bekloppde Randaleerer, hennalestiche Bombeläa on abgedrähte Konsumende von Rauschmeddel.

Die deftiche Worte: Schläatyp, Gängsta on Betriecher benenne so manch vawerflich Eigenschafd von der Randgrupp der Scheeze on stembeld die Mitglieda als ägelhafta Abschoum von da Gesellschaft ab, met däm ma nejst se duun honn well.

Ob jeda Normalmensch bej däm hetzich änem annere Mensch zugeschmessene Kraftousdrock die beschrieb Onnaschärung so schnell treffe kann, es net sicha. Wenn dä Schmess so richdich setze soll, muss dä Gäniewa, dä grad eronnagebotzt wäre soll, joo bletzardich on zackich abgefeddicht on en dat vorher ousgewählt Fach von der Schmähkest erengedrängt wäre.

Do kann die ajene Vorenstellung schonnemoo en Schnippche schlaan, on bej äna zu hoddicha on deswäe vakehrda Enschätzung kann de Richter selebst schnell moo zum Flabbes, Tobat, Schlorem ore Scheez wäre.

Ebbes gewejt wäre

Die Wessenschaft, fo ebbes gewejt se wäre, nennt ma houtsedaach jo „Marketing".

Ma well ebbes gewejt wäre, wenn ma sich ennerlich schon devon getrennt hot, wenn et fott soll.

Net alles, wat de host, kannst de ewich behalle, de musst aach emoo ebbes gewejt wäre kenne.

Wenn de Honsrecker dat so seet, dann mään dä, dat er ebbes abgen well, er well et nemme länger behalle, er well et loos wäre. Met däm Word „gewejt wäre" es awwa noch gar nejst dodriewer gesaat, of watt for Art on Wejs er dat gewejt wäre well, ob vakaafe, vaschenke, vasteche, fott-schmejße, vabrenne ore ganz ähnfach vagesse.

Watt ma so gemänehand gewejt wäre well, es ma merch-dens aach läärich. Viellejcht hot ma dat moo geschenkt kriet, ohne dät ma sich dat gewenscht hat. Et kann awwa aach selebst moo kaaft, ore of en anna Art besoricht woar sen, on wejle gefällt et ähm nemme. Et es oußa Moore komm, ma kann et nemme lejere ore nemme brouche, et lejt ähm em Wääsch ore et steht ähm en de Fieß eromm.

Wat en Mensch alsemoo so gewejt wäre well, sen aach schon moo ganz lebendiche Sache.

Wenn et en bees Krankhät es, die ään quäle dut, die Fer-kel em Stall ore die junge Honn ore Katze vom letzte Woarf, dann gehts joo noch. Wenn ma awwa die ajene Fraa ore de ajene Mann gewejt wäre well, dann werd die Sach schon schwiericha.

Awwa et soll joo Lejt gänn, die aach dat schon dehien-braacht honn, wo er sie ore sie ihn tatsächlich schon gewejt woar es. E paar von däne wohne wejle bestemmt en Witt-lich em Bulles. Allo dann:

Dat loo sen ejch wejle aach emoo gewejt wor.

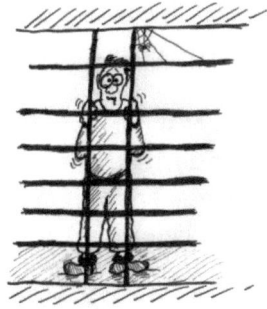

Ejch sen als gefroot woar, wo dat Word **„gewejt wäre"** wuhl herkomme kennt. Bes hout honn ejch dat net rouskriet, ejch sen joo aach kä Sprochforscha.

Awwa bejm Noodenke dodriewa es ma die Ähnlichkäät zwische däm plattdejtsche Word "gewejt" on däm hochdejtsche Word "geweiht" offgefall, on dat bejm Schrejwe wie aach bejm Schwätze.

Dat hot mejch of dä Gedanke braacht, dat kennt ebbes metenanna se duun honn, on zwar so:

Wenn äna ebbes vom Pastor weihe lesst (weihen lässt), dann horra dat däm vorher gen, er hotts ous sejne Hänn rousgen, vиеllejcht vaschenkt, gesteft, vaerebt, valehnt ore ähnfach läie geloss, jedefalls esset fott ous sejnem Besitz, er esset los woar!

On wenn ma dann so scheinheilich seht, ejch well dat on dat vom Pastor ore vom Parre wejhe losse (weihen lassen), dann es dat so en ganz schleimischa Vasuch, sejnem egoistische Wunsch noo Abschaffung von däm Ding noch so en ehrende soziale ore religiöse Stempel offsedrecke. Ma well sich noch als Wuhltäta offspiele on so en Heilicheschejn om de Kopp lään losse. So kennt et doch gewääs sen, ore net?

De Kälebuu

So arisch viel Frejzejtbeschäftichunge hotts fria en de
kläne Honsreckdearfer jo net genn.

Oußer änem Sportverein on änem Männergesangverein
horret en uusem Doarf bej Gasse, wo aach dat Kino gewääs
es, noch en Kälebahn genn. Fo dehien se komme, muust
ma doarch die Wertschaft gehn, dann henna da Thek en de
Gang on die Trepp enoff wo die Hotelzemma ware, on doo
noch paarmoo om die Ecke, bes ma näächst ous da Henna-
dear wiere ous däm Hous drous war. Loo war wejle de
Engang fo die Kälebahn.

Dat war en ganz schee Schärebahn, ous Holz gemach, se
hot ousgesiehn wie en schmale Parkettborem. Die Bahn
war so 18 Meda lang on vore, wo ma die Kuchele offgesatzt
hot, war se noor 35 cm schmal. Noo Neinmedafoffzich
onnenous es se dann bes and Enn von da Bahn brära woar.
Loo war wejle dä Platz, wo die nejn Käle gestann hon. Dat
Holz en da Mette war de Kenich, voredraan dat Väraholz,
hennedran dat Hennaholz, links on rächts devon die Bouere on dodezwische noch vier Dame. Fo jed Figur war of
däm Borem en klää Koul engeloss, wo dat Metallknippel-
che onna dä änzelne Käle erenngebasst hot. So honn die
emma offem richdiche Platz gestann. Die Figure ware viellejcht so 30 cm hoch, ous Holz gemach on net met Fareb an-
gestrich. Se ware noor farblos lackeert, äna hot ousgesiehn
wie dä anna, noor de Kenich en da Mette hat en Knippel-
che offem Kopp. Bejm Offstelle muust de Kälebuu noor de
Kenich en die Mette stelle, die annere harre käne feste
Platz. Dat war aach de Grond, dat all die nejn Helza glejchmäßich vaknuppt ware von dä viele Kuchele, von däne se
en ehrem Läwe schon so oft omgeschmess woar ware.

Die Käle honn domols awwa noch net wie hout an so Sälcher gehonk, met däne die wiere automatisch von äna Maschin of Knoppdrock offgestallt wäre konnde. Von selebst hot doo gar nejst gang. Fo so en Käleomend hot ma en Kälebuu gebroucht. Viellejcht wär aach en Kälemädche gang, awwa dodriewa hot domols noch niemand noogedacht.

En där Zejt horret em Doarf naderlich aach so zwoo ore drej Käleklubs gen, die ämo en da Woch doo ehre Spaß harre. Dat ware räne Männerklubs, die Fraalejt honn domols bej uus noch net gekält. Ob se net wollde, ore ob se net doarfde, dat wäs ejch wejle net.

Wie die Bue em Doarf so grad ous da School ware, honn die merchde von däne joo erchentwo en Lehr aangefang, bes of die, die wejere of die Hochschool gang sen, fo dat Einjähriche ore dat Abidur se mache. Wie et aach war, so mancher hot gäre noch näwebej ebbes als Kälebuu vadiene wolle. An änem Omend honn ejch doo zeerschd fönnef on spära dann sechs Maak kriet. So en Käleomend es gang von acht bes ellef Oua, awwa manchemoo honn se erschd so gän halb nejn aangefang.

Aach wenn dä Stonnelohn noor knapp zwoo Maak ousgemach hot, war dat fo die Bue em Doarf en ganz beliebt Beschäftichung, on ma hot dat aach gäre gemach. Oußa däm Geld hotts naderlich aach en Flasch Bier fo de Kälebuu genn. An normale Omende muust ma sich dat Bier iewa die ganz Zejt endääle. awwa an besonnere Omende, wenn zum Bejspiel äna von däne Kälebriere Gebordsdaach gefejert hot, dann es aach de Kälebuu ordelich met Getränke vasoricht woar. On dat war net noor Bier. En mejna Kälebuezejt, so om 1960 eromm, war et so Moore gewääs, oußa däm Bier alsemoo noch griene Escorial met 56% Alkohol on aach Jägermeister se trinke.

Aach bej Kälewettkämpfe zwische zwai Käleklubs hotts emma reichlich se trinke genn, wo de Kälebuu aach nie vagess woar es. Wenn äna so en bestemmt Kälespiel gewonn hat, muust dä joo nadeerlich äne ousgenn, fo allegare vasteht sich. On doo hot de Kälebuu emma debej gehoart.

So en Wettkäle hat fo mejch aach noch en annere Reiz gehat. Am Enn von däm Omend hotts merchdens en ordelich Trenkgeld gen, on dat hauptsächlich von dä Lejt von da Gastmannschaft, die honn sich net lombe geloss!

De Awetsplatz von däm Kälebuu war ganz onne, wo die Kälebahn am Enn war, wo so en staake elektrische Strahler of die nejn Käle an ehrem Platz droffgeschien hot. Jed Käleholz hot en so a kläne Koul von da Bahn gestann, so waren se also emma am selwe Platz. Dodehenna war drommerom noch en kläne Grawe, wo die Helza hienfliehe konnde, wenn se omgeschmess woar ware. An da Wand hennedraan honn schwatze Gummimatte gehonk, fo die Dinga bissje weich offsefänge, wenn die Kuchel moo so stark dezwische gefahr war.

Glejch näwa däne Käle war en da Wand en klää viereckisch Loch, wo grad so en kläne Hocker ous Holz wie en Mellikstuhl erenngebasst hot. Of dän konnd sich de Kälebuu setze, wenn er sej Helza all offgestallt hat. Doo horra dann gesess on gewaat, bes dä näächst, wo an da Rej war, die bassend Kuchel ousgesucht, en sejna Hand hien- on hergescheiwelt, on dann dodemet sejne Woarf gemach hot. Wenn die Kuchel met viel Schmackes geschmess woar war on die offgestallte Käle gut troff hat, sen die als ganz scheen noo alle Richdunge ousenanna gespretzt, on ejch muust en mejner Eck offbasse, dät se net gän mej Schienbähn gefloo sen. Trääme doarft ma doo also net.

War die Kuchel so kläbissje links ore rächts von da Mette gut of da Bahn offgesatzt woar, es se merchdens en so änem kläne Booe iewa die Schärebahn of mej nejn Kälehelza zugerollt, on hot entwäre links ore rächts an da Sejt dat Väraholz troff on dann alsemoo alle nejn Kälehelza omgeschmess.

En ganz besonnasch Ergebnis awwa war en Nadorkranz. Dann es noo änem Woarf of die Volle noor noch de Kenich en da Mette stehn blieb. Bej so änem Ereichnis hotts aach alsemoo en Extrarunde se trinke gen.

Je noo däm, wat grad so fo en Kälespiel gemach woar es, muust ma als Kälebuu all die Helza wiere offstelle, ore noor die omgefallene abroume. Of jede Fall awwa muust ma die Kuchele allfott wiere of die Rell setze, of der se dann von selebst wiere zoreckgelaaf sen bej die Kälebriere am Aanfang von da Bahn, wo se an die annere Kuchele aange-knuppt hon.

Als Kälebuu hot ma so oußa däm prakdische Omgang met däm Bier on däm Schnaps noch ebbes iewa die va-schiedene Kälespiele on die Rächele dodevon geleart. Do hotts zum Bejspiel so en Spiel genn, dat honn se „Hoch on Dief" genannd, ore „Hoch on dief Housnomma". Bej „Hoch" esset dodrom gang, en drej Weref met da Kuchel of alle die offgestallte nejn Kälehelza en mechlichst hoch drej-stellich Zahl ze erreiche. Bej de erschde zwoo Weref konnd ma bestemme, ob dat Ergebnis an die erschd, die zwoot ore die drett Stell geschrieb wäre solld. Bejm letzte Woarf es dann naderlich noor noch ä Stell iewerich blieb. Wenn die Kuchel von da Bahn abkomm es, also, wenn ma denäwe geschmess hot, es dat „Puddel" genannd woar. En Puddel es bej däm Spiel met da Ziffer „0" offgeschrieb woar.

Bej „Dief, ore dief Housnomma" war die ganz Sach om-gekehrt. Wejle hot sich gewies, wer gut käle konnd, on wer noch niechtere genuuch war. Doo honn diejeniche gewonn, die links ore rächts en änzelne Boua rouskäle konnde, ohne dät en anna Holz met omgefall es. Merchdens es dodefoor die klänst Kuchel ousgesucht woar, die dann of där Schärebahn ganz links ore ganz rächts offgesatzt woar es, on en änem lange Boe zeerschd of die anna Sejt von der Bahn, on dann wiere zoreck of dieselwe Sejt gelaaf es, on dann dä von vorerenn aanviseert Boua troff hot. Wenn ma dat drej Moo hennananna dehien kriet hot, es ähm die diefst Zahl wots gän hot, nämlich die 111, offgeschrieb woar. Dat war dann nemme se vabessere. Wenn ma awwa bej däm Spiel en Puddel geschmess hot, es dä met der Ziffer „9" bewert woar. Drej Moo Puddel wäre dann 999 gewääs. Dodemet wär ma net noor Letza gewääs, et hätt aach wiere en Extrarunde Escorial grün ore Jägermeister kost.

Die Erfahrung of da Kälebahn hatt, wie alle annere Kontakte met de Mensche, aach e bissje of die persenlich Entwicklung von dä Kälebue Enfluss gehatt. Schon dodoarch, dat ma die Gespräche von dä Kälebriere, die ma joo all gut kannt hot, so metloustere konnd, hot ähm manchemoo en Vorsprong verschafft an Enformazione iewa Geschichte, die em Doref so passeert ware. Die Kälebahn war net noor fo mejch en gut Enformazionsquell fo Sprich on Witze, die ma dehäm am Kichedisch net so gehoart hot, on aach doo net gut vaziele konnd. War ma wiere bej de annere Bue, hat ma alsemoo ebbes se vaziele, watt die noch net kannt hon.

Dodebej es ma doch aach so allmählich klar woar, dat ejch net alles von däm, watt doo of da Kälebahn von dä Kälebriere geschwätzt woar es, em Doref erommdraan solld. Et es aach manchemoo iewa ganz persenliche Sache von annere Lejt em Doarf hergezoo woar, wo ejch von voorerenn gewosst honn, dat dat nejst es, fo woannaschda wejere se vaziele. Ejch honn et ma emma selebst doarch de Kopp gehn geloss, watt witzich on spassich sen solld, on watt mejch eichendlich garnix aangeht, on deshalb liewa of da Kälebahn blejwe solld.

Äna von däne Käleklubs em Doarf hot sich hauptsächlich ous schon e bissje ällere Junggeselle sesammegesatzt.
Dä anna Klub hot ous Familievattere so om die 50 Joahr
erom bestann. Wenn ejch die Käll als so schwadroneere
gehoart hon, konnd ejch ma so mej Gedanke dodriewa
mache, ob ejch dä ähn ore dä anna von däne wejere als en
Vorbeld betrachde on behalle wolld.

Bej manch änem hot die sportlich Betädichung an so
änem Käleomend mee ous änem einarmische Reiße en da
Stubbi-Klass met Kirner Pils bestann, als ous änem kontrol-
lerte Kuchelwoarf iewa die schmal Schärebahn of die nejn
Kälehelza am Enn von der Bahn, die ejch als Kälebuu an so
änem Omend näächst drej Stonn lang emma wiere nou
offestelle hat.

Dat nou Fahrrad

Wejl ejch als Kend of däm kläne Bouerehuub von mejna Tante on mejnem Unkel jed frej Minut vabraacht on doo aach emma so viel geschafft honn, honn ejch von däne moo en nou Fahrrad kaaft kriet. Ejch war grad 12 Joahr alt, wie mej Tante met meer en uusem Doref an Geibs gang es, wo ma domols so alles mechliche ous Eise kaafe konnd. Schroue horret gen on Nääl, Scheppe, Spate, Kaaschte, Moldehafsfalle, Loftpompe on aach Fahrrere.

En däm kläne Schaufensta an da Strooß harren se so en schee nou Herrenrad ousgestallt. Doo sen ejch jede Daach e paar Moo draan vabej gang, on emma honn ejch dat Fahrrad gesiehn. Et war en Rhönrad, so horret jedefalls an däm zwaifawiche Rahme draangestann. Erschd viel spära honn ejch metkriet, dat en Rhönrad eichentlich ebbes ganz anneres es wie en Fahrrad. Von so änem große Sportgerät wie en Rhönrad hat domols von uus Bue noch niemand ebbes gewosst.

Dat Fahrrad war schwatz-wejß lackeert on hat 26-er Reere, fo mej Greeß war et genau bassend. On dann harret näwa da Schell aach noch en Kilomedazähler von VDO. Dä war merra Kardanwell met däm Värarad vabonn. So en kläne Hooke von äna denna Schejb of da Väraachs hot en die Speiche von däm Rad gegreff, on däm sej Bewächung iewa die Well noo ue of dat Instrument onna der rond Glasschejb iewatraan. Wenn ejch ordelich gestrambelt hon, dann es die Nool alsemoo bes 30 eroffgang.

Dehäm harre uus Lejt noor so en alt Hercules Damerad gehat. Wie meer noch en Kerberich gewohnt hon, meer zwoo Kenn morjens en da School ware on sie die schwere Tasche net hämtraan wolld, es mej Modda alsemoo von da Bahnhubstrooß ous bej Hanse on Badebachs en die Stadt kaafe gefahr. Dann hot se dat voll Enkaafsnetz vore an die Lenkstang von däm Fahrrad gehonk, on henne of de Gepäckträa hot se die schwer Tasch geklemmt. Bejm Hämfahre es die alsemoo ronnagefall.

Met siewe, acht Joahr honn ejch of däm Hercules-Rad aach mej erschde Fahriewunge so lang gemach, bes et geklappt hot. Am Aanfang hot mich noch äna von däne greßere Bue am Gepäckträa festgehall. Wie dä dann ämo henna meer geruf hot, „dou fearscht ma zu schnell", honn ejch erschd gemerkt, darra nemme metkomm es on losgeloss hat. Doo sen ejch aach glejch vor Schreck met däm Fahrrad omgekippt.

Manichmoo awwa hat end von däne Kenn en da Bahnhubstrooß en „Herrenrad" von sejnem Vadda metbraacht. Dat hatt en Stang zwische da Lenkstang on däm Sattel. Wenn ma als Kend dodemet fahre wolld, muust ma ä Bähn onna der Stang dronnadoarch steche, on ma konnd noor ganz schäpp of däm Fahrrad hänge, on met große Varenkunge strambele. Riecht of dä zwoo Pedale stehn ore grad off däm Sattel setze, hot net gang.

Wejle awwa konnd ejch met mejnem noue Fahrrad von Geibs joo schon ordelich stronze. Wie ejch dann dat erschdemoo so ganz stolz von Henne an Blechlasch gefahr sen, es ma grad Bouasch Eu doarchd Doarf entgän geschlappt komm.

Wie dä mejch gesiehn hot, horra ganz vawonnat geruf: „Ou! Scheen! Nou? Deer?"

Met däne vier Worte harra en der koaz Zejt, die ejch gebroucht hon, fo an däm vabej se fahre, ganz knapp on treffend sej Frejd on Zustemmung iewa mej nou Fahrrad ousgedreckt.

Met däm „Ou!"	horra iewa dat schee, nou Fahrrad ganz ehrlich gestaunt.
Met däm „Scheen!"	horra ma metgedäält, dat ihm dat aach gefalle dut.
Met däm „Nou?"	wolld a wesse, ob dat Fahrrad wergelich nou wär.
Met däm „Deer?"	horra sich erkonnicht, ob dat schee, nou Fahrrad mejnt wär.

Fässje trinke

Wenn bej uus dehäm em Doarf jemand gehejrat hot,
dann war dat net noor däne ehr ajene Angelänhät. Nä, dat
war emma en Sach fo all die Lejt em ganze Doarf. Ma hot
aach Beschäd gewosst, an wat for änem Daach on zu wiela
Uhrzejt die Trouung en da Keach angesatzt war.
Dat hat de Parre am Sonndach vorher schon von sejna Kan-
zel eronna da ganz Gemään aangekennicht.

Wie die klää Glock dat erschdemoo vom Keachtorm
eronna gelout hot, honn sich die Lejt so noo on noo vor ehr
Häisa an die Strooß gestallt, fo de Hocksatzszuuch en die
Keach gehn se siehn. Die Lejt, wo e bissje wejere wäch gewohnt hon, sen dann en Stickelche end Doarf erenn gang,
bes se ebbes siehn konnde.

Dä Zuuch es aangefohrt woar von däm frisch rousgebotzte
Broutpaar, on manchmoo noch von änem Broutfehrer, dä
en wejß Schoarz om sejne Bouch gebonn hat. Die Fraalejt
honn sich besonnasch devor entereseert. VJellejchtVielejcht kemmt
aach dodevon dä Ousdrock „Dat nejschärisch Mensch".

Bej däm Familiefest hotts de Wejbslejt hauptsächlich dodrom gang, die jung Brout en ehrem offgeplustade wejße
Klääd met däm Schleija iewam Kopp on vorm Gesiecht, on
der lang Schläpp hennedraan se bestaune. Manichmoo sen
voredraan noch zwoo Blumekenn gang, die ous ehre Kä-
rebcher rous andouand kläne Blumekäpp ous de Wiese
ronderom of da Strooß vastranzelt hon.

Wenn da Brout ehre Schleier iewalang war, es dä dann
hennedraan von änem, jo, manchmoo von zwoo kläne
Kenn hochgehall on getraan wor. Ejch wäs genau von watt
ejch wejle schwätze, dat muust ejch e paar Moo mache, ebst
ejch en die School komm sen. Doo es gar net gefroot woar.

Onna de Zuschaua sen bej dä Gelänhäte bej manch äna vahejrat Fraa bestemmt so Erennerunge an die ajene Hocksat hochkomm, Gedanke an dat ajene Broutklääd on an de ajene Bräutigam, met däm se vor Joahre grad so äne lange Hocksatszuuch doarch dat Doarf aangefoart hot, on wo die Lejt grad so nejschärisch zugeguckt honn wie hout. Viellejcht sen aach die Gedanke ennewennich noch viel wejere gang on honn vaglich, wat woar es ous der Hoffnunge on der Frejd von domols em Vaglejch zu da Werglichkäät von hout.

Et ware awwa net noor die Wejbslejt, die an da Strooß gestann on met fejchte Aue alles beguckt on registreert hon. Aach manche Männa honn sich dä Hocksatszuuch vom Trottewa ous betracht on dodebej hauptsächlich noo da jung Brout geschielt, on se wäre sich dodebej so ehr ähnliche Gedanke gemach honn wie die Fraalejt:

»Wie honn ejch eichentlich so abgeschniet met däm, wat ejch domols gehejerat hon?«,

werd sich dä ähn ore dä anna so onna sejna Pletschkapp fo sejch allään iewalaacht hon.

Geschwätzt hot ma jo net iewa so ebbes.

Wenn moo ebbes schief gang war en so äna Bouerefamilie, wenn die zwo, Mann on Fraa, sich of Doua net metenanna vatraan hon, on aach kä Oussicht doo war, dät sich dat bessere kennt, war dat Ehepaar domols trotzdäm viel mee offenanna aangewies, wie dat hout de Fall es. Die Fraa konnd doo net so ähnfach fottlaafe. Oußa da Bouerewertschaft hat se nejst geleart, se hat käne richdiche Beruf gehat, en däm se hätt ehr Geld vadiene kenne. Fo en geschied Fraamensch härret en de Dearfer joo aach sowieso kä Awet gen. Fo en ähnzelne Mannskäll wär die Sach net viel besser gewääs.

Die junge Mäd, die ma nemme zu de Kenn rechene konnd, honn sich naderlich aach fo so en romantische Broutzuuch en die Keach met Blumekenn, Schlajaträer on Glockeläiere begeistad.

Die wäre doo aach ehr ajene Gedanke gahat hon, die dodroff ousgeriecht ware, schon bal selebst em wejße Klääd näwe däm ajene Bräutigam doarch dat Doarf en die Keach se mascheere. Die Bue awwa honn Gesiechta geschniet on sen däm Bremborium merchdens met schäpp vazohene Nase ousem Wääch gang.

Wejle awwa well ejch ouch ebbes ganz anneres vaziele, watt aach met da Hejraterei ganz staak sesamme gehonk hot. Sejt ejch denke kann, war et fo die Juchend em Doarf en ganz wichdich Tradizion gewääs, däm Broutpaar am Hocksatsdaach en Ständche singe se gehn. Zur Doarfjuchend honn bej uus all die Bue on Mäd gehoart, die schon ous da School rous on konfameert ware. En de merchde Fäll war dat ähn met däm annere fest vabonn. En däm Joahr, wo ma ous da School komm es, es ma gemänehand aach konfameert woar.

Joo, aach zu mejna Zejt horret doo schon e paar Ousnahme gen. Doo honn drej kadolische Familie em Doarf gewohnt, däne ehr Kenn sen joo dann net konfameert woar. Bej däne horret gelangt, dat se ous da School ware. Awwa aach dat däff ma net so ganz wertlich hule, wejl aach zu mejna Zejt von däne noch net all die ganz School henna sich harre, on zwar dann net, wenn doo äna statt bej uus en die achtklassisch Volksschool, noo Siemere ore noo Trorbach offd Gymnasium gang es. Dä hot naderlich aach bej die Doarfjuchend gehoat, die of die Hocksate singe gang es. Also kann ma aach saan, die Bue on die Mäd ousem Doarf zwische 14 on 20, 21 Joahr honn debej gehoat.

Bej dä Fässjesingereje aanfangs der 60-er Joahre harre ma merchdens so om die 20 Dälnemma.

Wo die Hocksat gefeiat woar es, honn die Lejt joo all gewosst. Merchdens war dat en Schelasch Saal. Dä war grad groß genuuch, fo so en greßa Gesellschaft offsenemme, die ma dehäm en da gut Stuu nemme enduun konnd. Wenn dä Saal von däm Hotel Schüler net ganz gelangt hot, konnd ma noch dat Herrenzemma debej hule. Dat hot gatting gelähn, grad näwedraan, zwische däm Saal on da Wertschaft. En däne zwoo Rejm sesamme konnd ma näächst 80 Lejt enduun on aach iewa de ganze Daach gut bekoche on met allem bekestische.

Die Fraalejt ous da Nobaschaft von da Brout ore däm Bräutigam honn bejm Koche, bejm Offtran on bejm Spile gehollef. Aach bejm Krombeereschiele on bejm Kuchebacke en Daach vorher waren se schon debej gewääs. Wejl et se Meddach merchdens Souakrout gen hot, brouchten se net so viel Gemies se botze. Dat hotts noor omens gen, wenn de Kaffe getronk war on die Bouere zwischedoarch moo dehäm gewääs ware, fo dat Vieh se fierere on die Kie se melike.

Fo ehr Singerej hot sich die Juchend so en bassende Zejtpunkt ousgesucht, wo die Lejt wiere all sesamme ware. Dat war am beste so korz vorm Omendesse, em Suuma viellejcht e bissje spära wie em Wenda. Dat hot aach met da ajene Aawed se duun gahat, die von all dä Lejt an däm Daach noch se duun war.

Der Doarfjuchend hotts dodrom gang, von der Hocksat aach e bissje Spass se hon, aach wenn käna von däne engelad war. Domols war et bej uus net so Moore, am Daach vor da Hocksat en Poldaomend ore en annere Junggeselleabschied se fejere. Dodefor hat ma kä Zejt on aach kä Geld gehat. An der Ställ hotts bej uus dat Fässjesinge als Gratulazion von da Doarfjuchend an dat Broutpaar on dat Freibier als Abschiedsgruß von däm Broutpaar an die Doarfjuchend gen.

Dat war en ganz fära Hannel von Leistung on Gäeleistung. Die Leistung von da Juchend war die Singerej selebst, merchdens so zwoo Liere, die ma däm Broutpaar on da ganz Hocksatzgesellschaft mee laut wie dejtlich vorgetraan hot.

Vorher horret kä Gesangsprob gän, ma es ähnfach met alle Mann vor dat Hous gezoo, wo gefeiat woar es, hot sich met da laut Schwätzerej ore met annere Offällichkääte bemerkbar gemach, on wie dat Broutpaar of die Housdeer komm es, hot ma angefang se singe. Merchdens sen ganz normale Volksliere gesung woar, die ma schon en da School bej Frau Tomaschewsky geleart hat, on die dä ähn ore dä anna von dä Bue doarch die Singerej em Gesangverein noch e bissje bessa beherrscht hot. „Am Brunnen vor dem Tore" war zum Bejspiel so en Lied, wat aach jeder konnd hot, ore „Im schönsten Wiesengrunde".

Dä Gesangsvortraach von uusa Doarfjuchend war net emma dä kulturell Hehepunkt von so äna Hocksatsfejer. Wenn de Bräutigam en aktiv Mitglied em Männergesangverein war, es an däm Omend merchdens en Abordnung ore sogar dä ganz Verein noch fo en klää Ständche aangeträt. So mancher Buu, dä schon als Juchendlicher im MGV war, hot dann zweimoo singe misse.

Fo uus als Doarfjuchend hot an däm Omend ebbes ganz anneres em Meddelpunkt gestann. Et es uus noor om dat Fässje Bier gang, wat de Bräutigam wejle als Dank fo die Singerej spendeert hot. Dä frischgeback Ehemann hot nadeerlich schon lang genau Beschäd gewosst, wie dat bej uus em Doarf so geht, aach dann, wenn dä net von hej war. Noo sejnem brave Dankescheen fo dä kräfdich Gesang horra uus glejch zugeruuf, dät bej da „Emma-Goot" an „Beckasch" ore bejm Erwin an „Bienewellems" en da Bahnhubswertschaft of uus all schon en Fässje Bier wate dät.

Dodrof ware meer allegare gut vorbereit. Jeda von uus hat dehäm ordelich se Naacht gess, dat ma en anstännich Onnalaach fo die Trinkerej hat. Se Esse hotts doo fo uus joo nejst gen, noor se Trinke. Wenn ma awwa onbedingt ebbes esse wolld, konnd ma en dat groß Glas met de Solaja, dat domols en jeda Wertschaft of da Thek gestann hot, rengrejfe, on sich dodevon end ore zwoo roushuule. Die Aja ware ganz hat vorgekocht on die Schale ware ronderom aangeknickt, dät dat Salzwassa ous däm Glas en die Aja endringe konnd. Ejch gläb, end hot 50 Penning kost.

Die Wertslejt harre an däne Omende, wo Fässje getronk woar es, aach emma noch en Oushellef henna da Thek fo dat Bier se zappe, en da Wertschaft se bediene on die Gliesa se spiele. Dat honn die schon e bissje ällere Mäd ousem Doarf gäre gemach, die, wo schon zu alt ware, fo bej der Singerej noch debej se sen. Die wollde sich an so Omende liewa noch e paar Grosche näwebej vadiene.

So en Hocksatsfässje Bier hat merchdens 50 Liter gehat. Wejle kann ma sich joo lejcht ousrechene, wieviel devon jeder von uus se Trinke hat. Wie ejch met 14 Joahr et erschde Moo bej däm Fässjesinge on Fässjetrinke debej war, honn ejch aach brav mej Awed geschafft on mejne rechnerische Andääl geschluckt. Wie die annere aach, honn ejch ähnfach proweert, wieviel erenn geht en mejne Bouch. Wie dä dann voll war, war ejch aach voll, on et Bier es dann aach wiere doo rous komm, wo et vorher ren komm war.

Dat Bichebejerna Fest

Vorewäch

Jed Honsreckdoarf, dat ebbes of sich hält, hot schon
emma ämo em Joahr selebst en Fest abgehall. Dat war
schon so, wie noch kä Mensch an mejch gedaacht hot. Wie
ma of ganz alde Belder siehn kann, horret en de Honsreckdearfer ganz fria sogar efter noch en Festzuuch met fejn geschmickte Festwaan genn, die von zwoo erousgebotzte on
geschmickte Kieh doarch dat ganz Doarf gezoo woar sen.
So ebbes es awwa schon aanfangs von de Foffzicha Joahre
so noo on noo engschloof. En Bichebejere kann ejch mich
noor noch an äne ähnziche Festzuuch erennere.

Die Festa sollde ämo em Joahr de Lejt en de Dearfa en
kuldurelle on gesellschaftliche Hehepunkt biere, of dän se
sich dat ganz Joahr iewa allegare schon freje konnde. On
dat war aach so, wejl et em ajene Doarf aach noor ämo gehall woar es. Als Termin dodefor hot bej uus en Bichebejere
emma dat letzt Wocheenn em Juli festgestann. Dat ganz
Wocheenn, also de Samsdach on de Sonndach muuste noch
em Juli leje. So war dat aach met de Nobarschdearfa abgemach, dät sich joo nejst met däne ehre ajene Termine
iewaschnejere konnd. Doo hätt ma sich joo aach gäesejdich
die Konschaft strejerich gemach, on vor allem sollde die
Oussteller, Karussellbetrejwer on Schießbudebesitzer sich
frieh genuuch droff enriechde on plane kenne.

Zu däm Zejtpunkt war bej de Bouere schon dat Haau of
de Kresta en de Schouere bes onna dat Dach vastout, on
dat Korabmache hot dann grad so met da Wentergearscht
aangefang. Et war also en kläne Iewagang von der ä Awet
of die anna Awet.

Wie de Juli so aangefang hat, sen Plagate gedrockt on iewerall erom offgehonk woar. Net noor aan der groß Aanschlachtafel an uusem Backes, aach en de Dearfer drommerom sen Plagate angebabbt on offgehonk woar. Dodemet wolld ma die Lejt ous da Omgächend noo Bichebejere locke. „Marketing" nennt ma dat hout. Nadeerlich hot aach en jeda Wertschaft so en Plagat gehonk. Dodroff hot gestann, dat die Sach samsdasomens merrem Kommers en da Toarnhall aanfänge on mondasomens em 12 Oua ehr Enn honn solld. Iewahaupt war dä Festplatz friea emma offem Sportplatz on om die Toarnhall erom engeriecht. Awwa zwischezejtlich horret moo e paar Joahre gen, wo dat net so gewääs es. Doo es dat Festzelt am Niereweller Wääsch offgebout woar, of däm Parkplatz gäniewa da Convenda, doo, wo e paar Joahr vorher noch Schärisch ehr alt Hous gestann hot.

Dä Omend met däm Kommers hotts net jed Joahr gen. Dat war en volkloristisch Veranstaltung met Bloosmusik on Volksdanz, nix fo uus junge Lejt, ehnda ebbes fo die äller Generation. En de annere Dearfa horret dat so net gen, doo honn die Festa am Samsdachomend schon met Danzmusik aangefang.

Fo die Lejt, die sich hauptsächlich bej däm Fest of die Danzerei gefreit hon, war et ganz wichdich se wesse, wat for Musik dann komme on spiele solld. Domols ware »Die Bondebacher« die best Musikkapell von da ganz Gäschend. Dat ware fönnef ore sechs junge Männa, die sich als Amateure sesamme gedoon harre on met ehre Instrumente so en gut Danzmusik spiele konnde, dat se schnell en uuse Landkräse Zell, Siemere on Berkefeld ganz beliebt woar sen. Dat hot sich dann iewa die Zejt aach off däne ehr Gaasche fo die Offtritte en de Dearfa ousgewearkt. Ma muust emma diefer en de Säckel grejfe, wenn ma die Bondebacher angascheere wolld. Die Woch iewa sen die aach schaffe gang, wie die annere Lejt aach, die Musik honn se noor so näwebej gemach.

Jed Joahr hot ma en da Gemään bej Zejt festgelaacht, wat for äne Verein dat Fest organiseere solld, entwäre de Gesangverein, de Sportverein ore die Fouawehr. Spära hotts dann noch de Verkehrsverein gen, dän ma dann awwa e bissje verächtlich „Verschönerungsverein" genannd hot. Die Vereine konnde bej däne Fester ebbes vadiene, je noodäm, wie se sich aangestallt hon.

On deshalb honn se sich dodromm ehnder geroppt als dat se droff vazicht herre, wejl se die Aawet viellejcht net mache wollde. Wat fo äne Verein dat Fest aach ousgeriecht hot, et ware joo doch näächst emma dieselwe Lejt, wo werkelich die Aawet gemach hon. Die, wo Zejt on Geschick devor harre, ware merchdens Mitglieder en all däne Vereine

gewääs.

Ganz ohne professionell Hellef von Gasse ehrem Zeltverleih on Biervalaach ore von Schelasch, Bienewellems ore Beckasch ehrer Gastwertschaft horret awwa net gang. Die Onnastetzung muust naderlich bezahlt wäre, genau so wie die Schmuckgirlande, die ma en da Tornhall on em Festzelt näwedran offgehonk hot, on aach dä anna Krom, dän ma so fo dat Fest gebroucht hot.

Dat Berkegrien fo ennewennich on oußewennich von da Festhall on däm Festzelt hot nejst kost, dat konnd ma joo ousem Wald huule on ähnfach an die Balke von da Toarnhall draannääle.

Glejchzejdich es en Abordnung vom Verein an die Musel gefahr, fo doo de Festwejn oussesuche on se kaafe. Fo die Offgab horret jed Joahr viel Kandidate gen, dat hot ma gäre gemach. Hermanns Heinz war doo emma äna von de erschde Männa an da Spretz.

Am Fest horret noor e paar Sorte Wejßwejn se kaafe gen: „Briedeler Herzchen", „Gröver Nacktarsch" ore „Enkericher Steffensberg" als Kabinett, Nadoor ore als Spätlese, ware gemäänehand debej gewääs. Rotwejn war domols noch net so en Moore.

Dat Bier es ous Keere komm ore ous Kulenz, also Kirner ore Königsbacher Bier ore Pils.

En däm Verein, wo dat Fest ousgeriechd hott, es bej Zejt dodriewa geschwätzt on geplant woar, wie die Aawet of die Zejt on of die Lejt vadält wäre solld.

- Wer schreibt die Getränkekaate?
- Wer vakääft am Engang vom Zelt on da Toarnhall an da Kass die Danzbändcher?
- Wer bedient die Lejt nommedachs on wer omens?
- Wer spielt die Glieser?
- Wann werd dat Festzelt näwa da Toarnhall offgestalt?
- Wann wäre die Disch on Bäng geriecht?
- Gets em Festzelt an da Thek aach Bier vom Fass ore getts noor Flaschebier?
- Wer tret die schwere Getränkekeste vom Lastaudo en dat Zelt henna die Thek?
- Wer steht henna da Thek on get die Getränke ous?

Fo all die Hellefsawete vor on bej däm Fest selebst on aach noch hennenoo harre ma Kramasch Fretz on Eberhards Ernst gehat. Dat ware zwoo Junggeselle, allezwoo harre nejst geleart, se honn geraucht wie die Schlode, on se ware so derr wie en Stecke. Fo die gruwe Awede waren se gut se gebrouche on honn geschafft wie die Welle.

Ejch als kläna Buu honn ma so aanfangs da Fofficha Joahr iewa die Vorbereidunge von dä Festa noch net so Gedanke gemach. Fo mejch war noor wichdich, dät dä Juli so schnell wie mechlich erom gang es, on ejch off dat Fest gehn konnd. En Daach vorher awwa muust ejch on mej Kumpane noch bej de Vorsteha gehn, fo doo dat Molde-hafsgeld absehuule. Ejch glääb, dodriewa hat ejch ouch schonn emoo ebbes vazielt.

Die Gemän hat nämlich dat Joahr iewa fo jede gefangene Moldehaf of de Wiese on en de Sticka von da Gemarkung 50 Penning ousgesatzt. Zum Bewejs von däm Fang hot ma die kläne Schwänzja bej de Vorsteha braacht, on dä horret en sejna Lest offgeschrieb. Dat Geld konnd ma sich en Daach vorm Bichebejerna Fest bej däm abhuule.
Wejle glääbt awwa net, dat ejch dat ganz Geld von dä Mol-dehäf hätt ousgenn wolle ore deafe. Nää, en gure Joahre ware dat so om die 20 Marik, dat merschd devon es off mej Sparbuch bej da Raiffeisekass komm.

Samsdasomens war Kommers

Ned jed Joahr hot dat Bichebejerner Fest merrem Kom-mers am Samsdachomend aangefang. Die Moore war ämo so offkomm. Viellejcht deswäe, wejl et sejt a ganz Zejt käne Festzuuch doarchd Doarf mee genn hot. An so ebbes kann ejch mich aach noor noch ganz schwach erennere.

De Kommersomend war ehr en Veranstaltung fo die äl-lere on fo die alde Lejt, net fo die junge on die Kenn, die muuste omens sowieso dehäm blejwe.

Die Tornhall war fejn gobotzt on geschmickt met Girlan-de on Grienzejch, die Disch on die Bäng honn links on rächts von da Danzfläsch gestann, on voore of da Biehn hot en Musikverein von Wahle, Herschfeld ore Leetzbejere se-samme met uusem Männagesangverein ebbes deher ge-mach. Selebst harre meer käne Musikverein em Doarf ge-hat, dat honn die Bichebejerner net dehienbraacht. Of so kläne Bliedscher, die of däne Dische ousgelaacht ware, hot dat Programm von däm Omend gestann.

Bej däm Kommers es am Aanfang aach alsemoo en Reed gehall woar ore sogar zwoo, on am Enn von däm offizielle Dääl konnd aach noch noo dä Kläng von der Musikkapell e bissje gedanzd wäre.

Sonndasnommedachs

Fo uus Kenn hot dat Fest erschd sonndasnommedachs aangefang. Noom Esse es ma en Schare die Beckasch Heh eroff marscheert, on dann iewa die Strooß, onna de Eiche eronna, am Hecker on an da Juchendherberch vabej noo da Toarnhall zu on däm Sportplatz.

Doo war wejle alles offgebout on schon sejt da Meddachszejt en Betrieb, sejtdäm die Keach ous war. So lang hot ma met däm Fest gewaat.

Of däm Platz zwische da Juchendherberch, da Toarnhall on däm Sportplatz war wejle alles en Bewäung, wat ähne als Kend so enteressert hot: En Audobahn met elektrische Audos, die ma selebst fahre doarft. Ä Fahrt hot 50 Penning kost. Doo es ma net allään gefahr, dovor war dat zu deja. Ronderom ware die zwaisetzische Audoscha von so änem dicke Gummiwulst geschetzt, dat ma die Dinga net so staak anknuppe on kabutt mache konnd, wenn end moo off dat anna droffgefahr es. Dat es alsemoo so passeert on aach mutwellich gemach woar. Met däne Dinga konnd ma selebst lenke on vorwärts on reckwärts fahre, et hot richdich Spass gemach. So en Autosche hat kä Brems gehat, noor en Gaspedal.

Denäwe hot en Kettekarussell gestann, bej däm ma en so änem kläne Sesselche gehockt hot, die paarwejs näwananna an vier Kette offgehonk ware. En däne es ma ronderom iewa die Lejt geschlengat woar. Wenn viel Betrieb war, hot die Fahrt en zwoo Meda Heh net lang gedouat. Et war dann schlou, de erschd Aandrang am Karussell abewaate. Ä Fahrt met däm Ding hot 30 Penning kost.

Manchmoo hotts noch en Raupekarussell gen, wo die Kärrscha so en Schlangelinie de Bersch roff on ronna ronderom gesoust sen, on wo sich dann schon e moo so en Vadeck iewa die ähnzelne Waan gestellebt hot. Dat war dann dä Moment, wo die greßere Bue ehr Mädcha noch e bissje festa aan sich drecke konnde, wie dat sowieso doarch die Zentrifugalkraft von der Fahrerej schon de Fall war.

Die ganz kläne Kenn harre ehr Pläseer met däm ähnfache Karussellsche met dä Gejlcher, där Kutsch, däm Ieselche, däm Modorrad on noch e paar annere Figure ous Holz, wo se sich met on ohne ehr Eldere droffsetze ore rennsetze konnde.

Manichmoo harre die Kenna noch e bissje Angst gehat on die Moddere ore die Vaddere muuste metfahre. Dat hot sich awwa schnell gen, on dann wollde die Kenn nemme ronna von däm Ding.

Jed Karussell hot sej ajene Reklame fo die Fahrerej on sej ajene Musik gemach. Dat alles sesamme war en forschbar laut Geduschem, wo ma sej ajene Word nemme vastann hot.

De haleb Sportplatz war zugestallt met Fahrgeschäfte on met Bude, on die merchde Lejt ousem Doarf on aach Gäste von ouswärts ware dozwische zu Fuß on met Kennawaan onnawächs. Die Kenn honn von ehre Eltere on Großeltere, von Patte on Goore, Unkele on Tante ehr Festgeld kriet on konnde dat aach glejch omsetze. Gelänhäte fo Geld oussegen ware genuuch doo gewääs.

Ään ore sogar zwai Schießbude honn die männliche Erwachsene metsamt ehrem männliche Nowuchs automadisch aangezoo. Ma wolld doch wejse, wat ma konnd, on dat ma en ruhich Hand hat. Bej manche Trophäe muust ma dat wejß Rehrsche ous Gips ganz abschieße, ebst dä Mann von der Bud ähm dat Figiersche ore die Blum gen hot. Fo äne Schuss muust ma 20 Penning bezahle, on fo sechs

Schuss en Marik. Die Schießerei konnd also ganz schnell viel dejera wäre, wie dat Festgeld von dä Tante on Unkele gelangt hot. Doo war et emma gut, noch dat Moldehafsgeld em Säckel se hon.

On dann war doo noch so en Bud met allahand Geschneekels, bonde Zuckastange, gebrannde Mandele, Zuckastään von alle Sorte, broune Läbkucheherzja on so wejere. Wenn ma sich als junga Spond schon so en jung Mensch geangelt hat, musst ma däm joo aach e moo ebbes spendeere. Dodefoor honn sich die Läbkuche ganz prima gemach. Die Herzenssach war net so deja, ma konnd se däm Mädche om de Hals hänge, on et hot ebbes dehergemach.

Die merchde Bude kaamde von ouswärts, awwa Kaasch Erich met sejnem Ejsstand koom von Bichebejere. Bej däm konnd ma fo en Grosche en Kuchel Ejs offem Waffelhietsche kriee. Er hat noor zwai Sorte gehat, Schokelad on Vanille. Wenn die zwoo Kessel leer ware, essa met sejnem Schnabbelkarre hämgefahr on hot doo Noschub gehuul.

Aach horret jedesmoo noch mennestes ä Losbud gen zwische däne ganze Fahrgeschäfte on Schießbude, Brotwoarschtstänn on Sießkrom. Doo konnd ma fo 20 Penning en Los kaafe on bej viel Glick äne von däne ousgestobbte schene Teddybäre merrem rore Halsduch ore annere Kuscheldiercha en Großformat gewenne. Awwa merchdens hotts noor en Daualutscha, Brausepolva em Tietche ore en Neckbällche am Gummiband gen. Dat konnd ma fejn gän die annere Lejt schmejße, wejl et allfott von selebst wiere zoreck geschnärrt es.

Sonndas em drej Oua Kennabelostichung

Sonndachnommedachs em drej hot en da Toarnhall die Kennabelostichung aangefang. Gemänehand honn die kläne Kenn doo Sackhippe gemach, Ajalaafe merrem Soppeleffel on Woarschtschnabbe. Dodebej harre die Alde mennestens genaau so viel Spass wie die Kenn selebst. Die Moddere, Vaddere, Omae on Obae muuste joo net all glejchzejdich of ehr Kenn offbasse. Wer grad net als Assistent von sejnem Filius gebroucht woar es, hot an änem von däne lange Kermesdische gesess, Kuche gess on met de Lejt ousem Doref Kaffee getronk on deskerert.

Die Kenn honn sogar manchmoo gebrellt, wenn se en däm Krombeeresack onnawächs ore sogar koarz vorm Ziel gestolbat on de Läng noo en da Toarnhall hiengefall sen, ore wenn ihne dat Gipsaj bejm Laafe vom Leffel gehippt es. Awwa am Enn es aach doo emma alles gut ousgang. Wer nejst gewonn hat, hot trotzdäm noch ebbes se Nasche kriet.

Pous fo se Fierere on se Melike

Wie dat rom war, sen die Bouaschlejt häm gang fo dat Vieh en de Ställ se fierere on die Kie se melike. Die annere sen dann aach bal met ehre Kenn abgezoo on honn sich dehäm noch e bissje ousgeruht, wejl se joo omens nochemoo danze wollde. Die Danzmusik es so om haleb acht ore acht Oua losgang. Bis dohiehn hot ma sich dehäm fejn gemach, vorher viellejcht sogar nochemoo gewäsch on of jede Fall annaschd aangedoon. Die Fraalejt harre wejle moo die Gelänhäät, ehr best Suumakläad ousem Schrank se huule on däm ganze Doarf stolz vorsefehre. Die Mannskäll honn merchdens en Aanzuch angedoon merrem wejße Hemd dronna. Of alle Fäll honn se sich en Schlips om de Hals gebonn, aach wenn dä spära en da Toarnhall noo dä erschde zwoo Dänz wäe da Hetz schon offgemach on of die Sejt gelaacht ore en de Säckel gestobbt woar es.

Wenn uus junge Bue de Konfirmazionsanzuch noch gebasst hot, muuste ma dän wejle anduun. Onnedronna es nadeerlich aach en wejß Hemd komm met em Schlips om de Hals. Domols ware so ganz schmale Schlipse moo modern, die aach de Hals net so fest zugezoo hon. Dä Anzuch hot en Joahr spära de wenichste Bue noch gebasst. Doo war ma joo dann aach schon 15 Joahr alt on doarft dann ebbes anneres anduun.

Domols sen die Lejt net en Rejwaziwiel of die Musik gang, wie ma dat houtsedaach so sieht. Bluuchiens hotts domols aach schon gen, awwa käna hot sich onnastann, dodemet offed Bichebejerna Fest danze se gehn. So Boxe harre hechstens so e paar Scheeze aan, die met da Stubbiflasch en da Hand an da Bierthek gestann on krageelt on erommschwadroneert hon.

Entritt, Danzbändcher on Scheeze

Am Engang von da Festhall muust sich jeder Besucha en Danzbändche fo en Markfoffzich kaafe on an sej Handgelenk benne. Dat war dat Zeiche, derra de Entrett bezahlt hat. Aach die, wo gar net danze wollde, muuste dat mache, wenn se en de Festsaal ren wollde.

Doo horret awwa aach emma so e paar Scheeze gen, die noor doo an da Thek romstehn on Bier trinke wollde. Die muuste dann em Bierzelt blejwe on konnde noor von doo ous doarch die Sejtedeer zugucke, wie die annere em Takt von da Musik gedanzd hon.

Joo, net all, wo doo met däm Stubbi en da rächts on da Zigarett en da links Hand an da Thek erommgelungat hon, ware richdiche Scheeze. Manche Junggeselle wollde aach noor emoo e bissje gucke on ähnfach debej sen, die honn sich gar net se danze getrout, wejl se dat net konnde, net geleart on viellejcht noch nie gemach harre.

Die Amis

Aach e paar Amis honn doo oft debej gestann ore of däne paar Kirmesbäng em Bierzelt gesess. So en da erschd Zejt vom Fluuchplatz Hahn harre die Soldate ous Ameriga ehr Uniforme aan, awwa spära kaamde se merchdens en Zivilkläre. Manche von däne honn aach met ehre Familie schon privat en de Dearfer ronderom gewohnt.

En der Zejt honn sich die Lejt offem Honsreck aangefang omsestelle on an die nou Zejt aansebasse. Se honn noue Häjsa gebout ore ehr alde Häjsa omgebout on greßa gemach, ore en nou Wohnung fo se vamiete debej gebout. Die Konschaft war joo doo, die Ami ware froh, wenn se met ehre Familie net offem Fluuchplatz en da Housing wohne muuste. Wenn se em Doarf schon e bissje hämisch woar ware, honn se ehr Fraalejt on aach die Kenn alsemoo of uus Fest metbraacht.

Von de ameriganische Junggeselle hot sich selde moo äna of die Danzfläsch getrout. Viellejcht honn se so ebbes ous Ameriga gar net kannt on muuste zeerschd moo e bissje warm wäre met de Bichebejerna on met de annere Festgänger. Wenn so en junga Ami sich awwa schon en dejtsch Mädche aangelacht hat on met däm fest gang es, dann horra sich aach als met däm onna die Lejt gemengt on gedanzd on gedoon, als ob er bej uus dehäm gewääs wär.

On dann hotts nadeerlich aach die Festäkel gen. Dat ware die, wo douand romgestänkat on Streit gemach on Klopperej gesucht hon. Noch nettemoo wäe de Määd, dat hätt ma joo vastann. Die Relbesa honn zeerschd metnanna gesoff on sich dann gänsejdich so lang geäjat on angepepelt, bes änem von däne nejst Besseres mee engefall es, wie sej Hänn on sej Feist als schlachkräfdische Argumente gän dä anna ensesetze, däm of de Backe se schlaan ore offd Moul se klobbe. Die Sort Lejt hotts iewerall of de Fester gen. Dat ware Scheeze, die wollde ma net so gäre doo hon.

Zejtwejs koom et schon moo zu Kloppereje met de Amis ore von de Amis onnananna. Die Käll harre joo aach Doarscht gehat on honn gäre moo uus Kirner Bier ore die Spätlese von da Musel getronk. Wenn dann en vakehrt Word gefall es, honn aach die schnell mobil gemach.

Bej däne koom dann noch ebbes anneres debej, wat ma bej uus gar net kannt hot. Wie ma so gehoat hot, honn die Amis henna ehrem Zoun offem Fluchplatz Schwatz on Wejß metenanna gut hermeneere geloss. Wenn die Käll awwa äne gesoff harre, sen bej so Gelänhäde wie offem Doarffest ganz schnell moo Kloppereje zwische de schwatze on de wejße Amis vorkomm. Doo es nejst anneres iewerich blieb, wie die Airpolice vom Fluuchplatz aanserufe. Die honn scheins schon of so en Aanruf gewaat on ware schnell met ehre Jeeps doo. Se honn net lang gefroot on sen glejch met de Gummiknippel wie die Ochsetrejwa dezwische gang. Dann honn se ehr ajene Rabauke all metgenomm of die Air Base. Doo war et egal, ob se schwatz ore wejß ware, on ob se en Uniform aanharre ore net. Bej so Gelänhääte horret aach manchemoo schon gelangt, noor dat Word „Airpolice" ousseschwätze, dann horret bej däne schnell Ruh gen!

Sonndasomens Danzmusik

Sonndasomens Punkt acht Oua esset dann losgang, die Bondebacher honn dat erschd Lied gespielt, on die Bue sen quär doarch die Toarnhall gefletzt bej die Mäd, wo se schon vorher ousgeguckt harre. Et koom aach vor, dat ma sich en Danz bej so änem Mensch vorbestallt hot, joo vorbestelle muust, wejl dat Mädche als Danzpartnerin bej all dä Bue so begehrt war. Wer doo e bissje wejere wäch sejne Platz hat, on net glejch vore of da Bank am Koppenn vom Disch gesess hot, dä es emma zu spät zu sejnem eichentliche Ziel komm. Oußadäm hotts domols werklich mee Bue gen wie Mäd, dat honn meer schon e da Danzschool se speere kriet. Awwa dodevon vaziele ejch en anna Moo.

En da Danzschool harre meer aach geleat, dat ma kä anna Mädche offordere solld, wenn ma vorher schon en Korb kriet hat.

Joo, lo hot da schon richdich erousgehoart, dat die junge Bue on die junge Mäd net emma an änem Disch gesess hon. Net emo of da selwe Sejt von da Danzfläsch honn se gehockt, die Bue fo sich on die Mäd fo sich. Erschd spära, wenn sich schon so Pärcha erousgestallt harre, sen se doch näha bejnanna gereckt.

Bej der älla Generazion hot sich die Sach viel gemiedlicher abgespielt. Die Männa harre joo ehr Fraalejt on aach ehr Freinde met däne ehre Fraalejt am Disch ore am Nobarschdisch setze, on muuste sich fo en Danzpartnerin se kriee net so abhetze. Dat ma bej däm Fest aach sesamme die Plätz im Zelt ore en da Hall kriet hot, die ma honn wolld, sen bej Zejt emma äna ore zween vorgeschickt woar, fo die Setzplätz se reservere. Wejl dat Publikum en uusa Toarnhall wergelich so von 14 bes iewa 70 Joahr ganz gemischt war, muust die Musikkapell aach fo jede Geschmack on fo jed Temperament ebbes of Lacha hon. Die „Bondebacher" konnde dat gut!

Merrem Wiener Walzer sen die Alde of die Danzfläsch ge-
lockt woar. Mejne Vadda war äna von däne, die de Walzer
rächts- on linkserom ganz prima danze konnde. Wie am
Aanfang vom Omend die Danzfläsch noch net so voll war,
horra mej Modda werkelich ganz schmessisch on sportlich
iewa die Bräre von da Toarnhall gejät, links erom on rächts
erom, dat die Lejt geguckt hon, vor allem die Fraalejt. Er
konnd awwa net met jedem Fraamensch so gut hermeneere, dat muust aach schonn e bissje bewächlich sen.

Gemänehand hot die Kapell zwai Liere hennananna gespielt on dann en klää Pous gemach, dät die Lejt sich wiere
setze on ebbes trinke konnde. Die Danzpaare on aach die
Lejt, wo setze blieb ware, honn noo jedem Lied geklatscht.
Noo däm zwäte Lied honn die Kavaliere ehr Partnerinne
an ehr Plätz zoreckbraacht on doo brav ehre Diener gemach, on sich fo dä Danz bej däm Fraamensch bedankt.

Wenn ma als Mann moo merra annara Fraa danze
wolld, die net allään doo gesess hot, solld ma dä ehre
Mann, ehre Valobte ore de Frejnd zeerschd frohe, ob ma
moo met sejna Fraa, Verlobta ore Frejndin danze dearft.
Det äna moo „Nä" gesaat hät, honn ejch net erläbt.

Schon vor däm erschde Danz sen en da Festhall die Getränke bej de Kellner bestallt on von däne dann serveert on
sofort abkasseart woar. Et es net aangeschrieb woar. E paar
junge Männer ous däm Verein, dä dat Fest ousgeriecht hot,
ware fo die Bedienung engesatzt. Fo dä Omend honn die
sich dann en schwatz Box, schwatze Schuh, en wejß Hemd
merrem Schlips, on dodriewer en wejße Leinewammes angedoon. Dä Wammes war nedeerlich noor gelehnt. Met
däm Offzuuch waren se fejn genuuch, on se honn prima zu
der allgemän gut Garderob von all däne Gäst em Saal
gebasst.

Die Getränkekaate honn of däne schmale Kirmesdische
gelään, die ronderom met de Koppenna zu da Danzfläsch

offgebout ware, on an däne die Lejt merchdens se fenneft of jeder Sejt draangesess hon. Ganz ue of da Kaart hot de Wejn gestann, dodronna dat Bier on onne die Getränke ohne Alkohol. De Prejs fo en gut Flasch Muselwejn hot so bej sechs bes siewe Maak gelään, en Stubbi hot en Maak kost on en Flasch Sinalco, Cola ore Sprudel staak die Hälleft dodevon. Nadeerlich ware aach genuuch Aschebecha of de Dische vadäält. Domols honn näächst all die Männa geraucht, on die Bue konnde et gar net erwaate, bes se dat met 16 Joahr dann aach en da Effentlichkäät doarfte. Domols honn sich die Fraalejt on aach die junge Mäd met da Raucherei noch arisch zoreckgehall. Koum hot ma moo so en Mensch merra Zigarett gesiehn.

Wenn ma zwischedoarch moo omens ebbes esse wolld, es ma am beste rous gang ous da Toarnhall en dat klää Zelt näwedraan. Doo hot näwa der Thek, schon so halleb vor däm Bierzelt, de Stand gestann, wo die Brotwarscht frisch gemach woar es.

Wie meer Bue et erschdemoo of da Musik ware, konnd von uus noch käna so richdich danze. Dat homma erschd spära em Joahr ore en Joahr droff en da Danzschool en Schelasch Saal geleart. De Mäd en uusem Alda hotts genauso gang. Awwa gedanzd homma trotzdäm, on froo net wie!

Wenn die Bondebacher sich moo so warmgespielt harre, sen se so richdich ous sich rous komm on honn oußa „Weels", „Tom Dooley", „Shugger Baby", däm „River Kwai Marsch" ore däm „Hilo-Marsch" aach Rock n Roll - Musik gespielt, dat die Fatze gefloo senn. Wenn dann hennedroff noch en Charleston-Danz komm es, hot ma geschwitzt wie en Brore on et es ähm näächst die Loft fottblieb. Bej manche Titel wosst ma net glejch, ob ma sesamme ore ousenanna danze solld. Dann hot ma dat ähnfach proweert, wat am beste gang hot, moo so, moo annaschd.

Wenn ma Glick hat on et gut gebasst hot, hat ma sej Herzdam noch en de Knuppe gehall, wenn die Bondebacher noo däm Bejfallklatsche fo dat erschd Lied glejch „Moonlight" so schmusich gespielt on gesung hon, als wär Ted Herold selebst of da Bien gewääs. „Moonlight" war so en scheene langsame Walzer, on et hot net annaschda gang, wie wejle met sejne zwoo Aame on Hänn dat Mädche so richdich de Läng noo aan sich draan se ziehe. Wenn ma sich met der „Herzdam" net so ganz vadoon hat, dann hot sich dat schon von allään so gemach. Ma es net noor of Duuchfielung gang, et war aach Houtfielung, so Backe an Backe, wenn dat Mensch so ongefähr of Aueheh met ähm selebst gewääs es. Dodebej hot ma ganz noue Erfahrunge met sich selebst on met all sejne ajene fönnef Sinne offemoo gemach, on aach met sejna Fantasie.

Bej däne flotte Rhythme honn sich die Bondebacher Musika of da Bien en Spass drouß gemach on drej, vier Liere ohne Pous hennananna gespielt. Doo es ma als Dänzer ganz schnell oußa Odem komm on muust sej Mensch manchmoo aach vorzejdisch wiere of ehre Platz zoreckbrenge. Am Disch hot ma sich dann bej däm Mädche brav merrem Diena fo die Hopserej bedankt on es met Schwääßbahne offem Kopp on em Gesiecht zoreck gang of sejne Platz. Wenn die Musikkapell so richdich oußa Rand on Band war, honn sich die zwoo Gittariste merrem Bockel of die Disch gelaacht on so iewakopp of däne elektrische Instrumente emma wejere gezuppelt on de Rhythmus aangetrieb. Ma hot gemäänt, wejle sen se oußa sich, wejle hewen se glejch ab.

Noo so äna Extase hot ma sich merrem große Säckelduuch dat Wassa vom Gesiecht on ous da Halskoul gewischt. Dat hot awwa net gelangt, wejl ma joo näächst am ganze Kerper geschwitzt war, vor allem offem Bockel. Wer von de Mannslejt de Schlips noch net ab hat on de Wammes noch net ous, dä hot dat wejle spätestens gemach. Die honn se an die Hooke gehonk, die ronderom an däne broune Brääre en e bissje iewa Koppeh an de Wänn aangeschrout ware. Wejle konnd ma bej dä Männer ehre wejße Hemder die große Schwääßplacke onna de Aame gut siehn. On wenn dat Hemd net ous Leine war, wenn et so en modern Nylon- ore Perlonhemd gewääs es, watt ma nemme biechele muust, hot dat ganz schnell aangefang se stinke. Dat war domols schon ganz ägelisch, vor alle Dinge bejm Danze, on dat es bej däne Hemda hout emma noch so.

Wenn ma en greßa Abkielung gebroucht hot, es ähm nejst anneres iewerich blieb, wie moo rous se gehen an die frisch Loft. Aach drouß of däm Festplatz war bej normalem Suumawäre noch genuuch Geduuschem gewääs, wo ma sej Onnahallung on sejne Spaß fon hot. Dat Karussell hot sich gedräht, die Autobahn es gefahr on die Schießbud hat off bes et dunkel woar es. Aach konnd ma doo zwischedoarsch moo en kiel Stubbi trinke on met de Lejt schwätze.

Doch zu lang doarft ma aach net drouß blejwe, sonst hätt ma viellejcht en ganz wichdiche Dääl von däm Programm vabasst: Die Damewahl!

Die Kapell hot dat von da Bien eronna schon bej Zejt ganz groß angekennicht. Fo die Bue on junge Männa war dat glejchzejdich Entspannung on aach Aanspannung.

Entspannung, wejl ma sich wejle net so dommele muust, fo sej Mensch fo se danze se kriee. Aanspannung war et awwa, ob dat Mensch, wat ma em Sen on em Aau hat, selebst zu ähm riewa komme dät ore net. Doo horret sich gewies, wie wejt ma merrem war, ore aach net war. Ob die Mäd ehr Danzpartner noo dänzerische Qualidäte ore noo persenliche Sympathiee ousgewählt hon, war ganz vaschieden. Net emma war ma sefriere met däm Wahlergebnis.

Wie et dann so noo Mettanaacht gang es, sen die ällere Lejt so langsam offgestann on hämgang.

Die Junge awwa sen blieb bes zum letzte Takt von däne zwoo Gitarre, der Klarinett, der Trompet on däm Schlaachzejch. Doch ebst et so wejt war, hotts nadeerlich aach mennestens ä Poloneese gen, die allfott emma ronderom doarch die ganz Toarnhall gang es.

Dann awwa honn die Wejbslejt ehr Männa gegreff on en Richdung Ousgang geschubbt on gezoo. Manche harre dodemet richdich se duun gehat, wejl die Männa die Sach schejns annaschd betracht hon, on noch e bissje blejwe wollde. „Ma misse doch noch uus Flasch met däm dejere Wejn leertrinke" honn se dann gesaat. Manch äna von däne Seffa hat koarz vorher extra noch en frisch Flasch von däm Muselwejn bej änem von dä Kellner met dä wejße Wämmes bestallt.

Die Bue honn sich wejle ganz annere Gedanke gemach: „Wer brängt dann wän häm?"

Wenn die Musik feddich war on die Instrumente engepackt woar sen, es die Juchend joo so ziemlich sesamme en äna großa Grupp vom Festplatz abgereckt. Doo ware näächst all die Bue on die Mäd vom ganze Doarf debej. Wie ma dann awwa dä dunkel Wäsch onna de Eiche noo Bäckasch Heh eroff gang es, hot sich dä Haaf Lejt schon en kläne Grippcher offgedäält. Die Grippcher sen dann noch kläna woar, bes noor noch Päärcha sesamme ware. Änzelne Bue, die kä Mensch metkriet hon, sen iewerich blieb on muuste allään häm gehn. Joo, wer wäs, fo wat dat gut war!

Domols, noo däm forschbare Kriech, horret net noor bej uus em Doarf mee Bue gen wie Mäd, doo muuste joo e paar Bue iewerich blejwe. Ma konnd grad määne, die Nador hätt loo ebbes von sich ous wiere ousgeglich.

Mondasmorjens Spießbroore

Wat em Rheinland on en da Mainzer Gächend de Rose-
mondach es, dat war bej uus de Mondach vom Bichebejerna Fest gewääs. Fo so manche Doarfbewohner war dat de
wichdichst Daach em ganze Joahr, of dän ma sich schon so
lang arisch gefrejt hot.

Worom war dat so, of wat hot ma sich gefrejt?

Of de Spießbrore hot ma sich gefrejt!

An däm Daach es em Doarf aach koum ebbes geschafft
woar. Die Kenn harre merchdens en der Zejt Schoolferie,
on die Handwerksbetriebe honn schon gään Meddach ehr
Deere zugemach on die Männa sen offd Fest gang, fo de
Friehschoppe se trinke on de Spießbrore se esse.

Dat männlich Personal von da Volksbank, da Krässparkass on aach vom Amt hot sej Tätichkääte an die schmale
Bäng on Kirmesdische of däm Festplatz onna de Eiche
valaacht. Aach die Bouere honn sich dat net gäre an de
Naase vabej gehn geloss. Die Wejbslejt sen aanfangs merchdens dehäm blieb. Met de Joahre hot sich dat awwa aach
allmählich geännat.

De Friehschoppe mondas war so organiseert, dat Bütt-
nasch Richard de Broore dehäm schon feddich gewerzt, gefellt, gerollt on met Gordel sesammegebonn hat, on dann
met sejnem Opel Kapitän of de Festplatz an die Toarnhall
braacht hot, wo dat Foua met de Holzkuhle schon offen
gewaat hot.

Die zwoodäliche Wassaweck on die Millichbretcha hot
de Richard glejch von Beckasch metbraacht. Die Holzkuhle
von däm Foua ware wejle schon so doarchgebrannt, dat se
glejch fo die zwoo Broore en gut Hetz abgenn konnde. Die
hot de Richard wejle nämlich met sejne fette on fettische
Hänn of die lange, schlanke Eisespieße gestoch, wo an de
Enna so zwai Zinke en dat Fleisch erenngegreff hon, darret
sich of däm Spieß iewa däm Foua aach ordelich ronderom

drääe geloss hot. Die Fleischspieße sen wejle vore on henne of die Hooke von däm Drähgestell gehonk woar.

En de erschde Joahre muust ma die Spießbroore noch langsam met da Hand drähe. Dat solld emma glejchmäßich vonstatte gehn, net zu schnell on net zu langsam. Oußadäm muust ma die zwoo Rolle emma wiere e bissje met Bier begieße, dann dären se scheen brutzelich wäre, honn se gesaat. Bej där Awet hot ma sich nadeerlich gäänsejdich e paarmoo abgewechselt. Of die Wejs kamde meer Bue aach e moo an die Rejh fo se drähe. Am Aanfang war ma dodroff nadeerlich ganz stolz, doch die Dräherej es ähm aach schnell en die Arme gang, on et es ähm bal läärisch woar. Nadeerlich muust ma ganz näächst am Foua setze, on et es ähm ordelich warm woar. Dodegän hot noor end gehollef: En Stubbi!

Wenn dat Schweinefleisch am Spieß so langsam se prutschele aangefang hot, es dat Fett iewerall von der Fleischroll of die Holzkuhle ronnagedreppst, dat jedesmoo von doo en klää Flämmsche met so änem koarze Zische hochgespretzt es.

Wie de Brore schon scheen broun war, es de Richard so alle paar Minude en sejnem schwatz-wejß gestrejfte Metzgerkierel komm on hot met sejna zwaizinkisch Gaawel fest en dat Fleisch erenngestoch fo se siehn, ob et gaar wär.

Wie a gemähnt hot, dat ma de Broore wej esse kennt, es erschdemoo en Schnied merrem Messa so gemach woar, dät ma dat Fleisch aach von ennewennich siehn konnd. Oußewennich muust dat dunkelbroun on e bissje knackich gebroot sen. Ennewennich doarft nejst mee roh on rot sen, dat Fleisch muust scheen zartrosa bes hellbroun doarchgebroot oussiehn on die Zwiewele hell on weich. Hout dät ma joo saan, dat Fleisch solld medium sen.

Wie et endlich and Vadääle gang es, hot jeder so en ordelich Porzion von vier cm von der Broreroll abgeschnied on of sejne Della galaacht kriet. Denäwe en Weck von Beckasch on en Flasch Bier ore en Stubbi. Stubbi war aach Bier, abgefelld en Drettelliterflasche. Die merchde Lejt honn ehr Bier ous da Flasch getronk, die honn kä Glas gebroucht. Wer vorher dehäm e bissje noogedaacht hat, hot sej scharf Säckelmesser metbraacht. Dat war dat best Werkzejch fo dat groß Stick Fleisch of däm Della klän se schnejere.

Dä Platz met dä viele Lejt an de Disch on Bäng onna de Eiche vor da Juchendherberch hot ousgesiehn wie en Stroußwertschaft em Hessische. Dat Word hot ma bej uus offem Honsreck awwa net gebroucht.

En Musik hotts mondas bejm Friehschoppe on bejm Spießbrore net gen. Die hot aach käna gebroucht, die Lejt harre genuuch metnanna se deskereere, se despedeere on se schwätze. Je spära et woar es, desdo lauter on frehlicha esset woar an dä Kirmesdische onna de Eiche.

Die Fejererej hot sich dann de ganze Nommedach noch hiengezoo, on wejl omens om acht Oua schon wiere die zwäät Danzveranstaltung von uusem Fest aanfänge solld, muust jederääna von däne Friehschoppegänga offbasse, därra sej Energie on sej Verzehrkabazitäte en jeder Hiensicht so iewa de Daach vadäält hot, derra am Enn net em Saal engeschloof es.

Mondasomens nochemoo Danzmusik

Wer omens noch vom Friehschoppe on vom Spießbroore morjens iewerich blieb war, on ohne Ruhepous bejm Danze wiere sejne Spass honn wolld, dä muust met sejna Kondizion schon ziemlich of da Heh gewääs sen. Doch von der Sort Lejt hotts bej uus genuuch gen, zumennest honn se so gedoon.

So mancher Mann hot sich doo nejst aanmerke ore noosaan geloss, wenn er sej Fraa erschd gän Omend dehäm fo se Danze abgehuul hot. Ehr zelieb essa dann aach noch stonnelang bej däm letzte Dääl von dem Fest of dä abgewetzte on quietschende Bräre von der Toarnhall noo der flott Musik von da Bondebacher Kapell erommgehippt.

Em zwöllef Oua war dann Schluss met Lustich, dat Fest war wejle rom. Korz vorher honn die Bondebacher wiere ordelich offgedräht on die Lejt merrem ganze Potporree an Liere doarch de Saal gejäht. Dann honn se ehr Instrumente engepackt, die Glieser ousgetronk on sen hoddisch von da Bien vaschwonn. Net noor die muuste am näächste Morje wiere bej de Felke, of de Fluuchplat ore sonstwohien schaffe gehn. Genau so wie die Lejt ous Bichebejere on de Dearfer drommeromm, die wejle daelang ehre Spass harre on dodemet fo dat Joahr aach sefriere ware.

Wenn sich die Lejt dann dat näächste Moo bej da Aawet ore sonstwoo wiere troff honn, dann hot ma sesamme festgestallt: „Dat Bichebejerna Fest es doch jed Joahr dat scheenst Fest en da ganz Gächend!"

Der Tag des Baumes

Der Tag des Baums am 25. April es en Dejtschland et erschdemoo 1952 estameert on begang woar.

Erfonn honn meer Dejtsche dä Gedenkdaach joo net grad. Dän hotts schon genn, sejtdäm dä ameriganisch Journalist on Politika Julius Sterling Morton em Joahr 1872 bej sejna Regierung en Nebraska die „Arbor Day Resolution" beantraacht hat.

Die UN hot am 27.11.1951 den „internationalen Tag des Baumes" beschloss on en Dejtschland es dä dann et Joahr droff aach engefoat woar. Am 25. April 1952 hot sich uuse erschde Bundespräsident Theodor Heuß dodefoor noch arisch en de Ress gelaacht on selebst em Bonner Hofgarten en Ahornbäämche en de Borem gesatzt.

Spära horra dat nemme selebst gemach, er horret mache geloss. Awwa dat Datum fo dä Ehredaach fo die Bääm so allgemän hot sejtdäm festgestann, on et gelt bes hout.

Die Sach muss sich domols schnell romgeschwätzt hon, obwuul meer joo noch kä ordelich Radio on kä Fernsehn, on noor ganz wenich Lejt en Telefon dehäm harre. Doch en däne Joahre noom Kriech war die Sach en Dejtschland joo so, dat met uusem Wald ous de Not erous iewerall ganz scheen Schendlure getrieb woar es.

Do koom so en „Daach des Baumes" uusa Regierung en Bonn on aach uusem Uaforschda en Bichebejere ganz gadding, Dat war en gure Offhenga fo die Lejt of dat Problem se stuppse, dät meer ganz viel noue Bäämscha planze sollde. On wer muußt et mache? Die Schoolkenn!

Ejch wäs noch genau, wie em April 1958 uuse Lehra Rohleff, dän meer Kenn emma nor „de Emil" genannd hon, en uusem achte Schooljoahr, watt joo aach dat letzt Schooljoahr gewääs es, folgendes bekannt gen hot:

„Am Freitag 25. April gehen wir mit der ganzen Schule einen Baum pflanzen!"

Dä Platz fo dat nou Bäämche war vom Uaforschda on vom Vorstehea schon ousgesucht:

Onna de Eiche of Beckasch Heh!

An däm Platz honn schon ganz viel große on alde Eiche gestann, doo hot dat nou Bäämche, wat wejle vom Uafoarschda braacht woar war, ganz gut debej gebasst.

De Lehra hat Order kriet, die Sach met däm Planze met uus Schoolkenn se organiseere. Er hat sich bestemmt vorher schon so sej Gedanke gemach, bevor er Casparys Erwin on mejch dodemet beofftraacht hot, am Frejdachmorje met de Schaffboxe en die School se komme. Meer zwoo sollde noo da erschd Schoolstonn met da Kreizhack ore Scheffelaau on Schepp of die Beckasch Heh of dä Platz onna de Eiche gehn, wo de Uafoschda schon en bonde Lappe an en Äst gebonn hat. Er hot aach gesaat, wie groß on wie dief dat Loch fo dat Bäämche sen solld, on en Gießkann voll Wassa sollde ma aach metnemme. Awwa dat härre meer aach selbst gewosst.

An der Stell, wo dä Lombe gehonk hot, sollde ma en ordelich Loch grawe. Die annere Kenn kämde dann spära noo, fo dann met uus sesamme dat nou Eichebäämche se setze. Wenn die Meddachsglock von uusa Keach anfänge dät se lejere, däre sich die zwoo Schoolklasse met de acht Joahrgäng sesamme of de Wääsch doarchd Doarf mache.

Meer zween, de Erwin on ejch, harre wejle genuuch Zejt fo uus Awet, die ma offgetraan kriet harre.

Am Frejdachmorje, so em nejn Oua eromm, sen meer dann ous da School of da Eiche Heh em Uadoarf abgereckt, fo zeerschd dehäm en Schubkarre on uus Werkzejch on en

Gießkann voll Wassa se huule. Dodemt sen ma dann doarch dat ganz Doarf marscheert on dann die Beckasch Heh eroff. Wahrscheinlich war et an däm Morje schon arisch warm woar. Annaschd kann et gar net gewääs sen, dätt äna von uus of die Idee komm es, vorher an Beckasch noch en Flasch Bier se kaafe. Ä Flasch fo uus zwoo sesamme, net fo jeden von uus en Flasch. Die Wertschaft von da Emma-Good hot fo uus joo grad so offem Wääsch gelähn.

De Erwin hat joo emma schon so e bissje Klägeld en sejnem Säckel gehat, on manichmoo hat aach ejch die 20 Penning Pfand von da letzt Bierflasch ousem Schossegrawe, die ejch bej Schelasch Helga en da Wertschaft abgenn hat, noch net fo en klää Eis am Stiel glejch wiere ousgen. En Flasch Bier hot domols en de Wertschafte iewerall 80 Penning kost. Doo esset net droff aankomm, wo die getronk woar es, direkt an da Thek ore erjendwoo drouß of äna Boustell. Wenn ma die Flasch metgenomm hot, muust ma noch 20 Penning Pfand droffbezahle. Die Emma-Good hot net gfroot, ob meer schon 18 Joahr alt wäre, dat wär aach forschbar flabbisch gewääs von där, die hot uus joo kannt ond wosst ganz genaau, dat ma noch Schoolkenn ware. Se hot noor gesaat, meer sollde dat Bier net so schnell trinke.

Viellejcht hatt se sich aach zerächtgelaacht, dat meer zwoo sesamme joo schon iewa 18 Joahr alt ware, nämlich dä ähn 13 on dä anna 14. Dat wäre dann sesamme 27 Joahr. On wejl meer zwoo die ä Flasch Bier joo sesamme trinke wollde, war dat joo dann so aach in Ordnung.

Uus Kirner Pils war kä Stubbi, et war en halwa Lita merrem Blechdeckel uedroff. Dat muust noch bej uusa Aawet of da Planzstell getronk wäre ebst die ganz School, met dem Emil vorewech on da Frau Tomaschewski hennedraan, aangereckt koom. Fo uus zween war dat joo wejle kä ganz nou Erfahrung, Bier harre meer schon meemols getronk on aach gut vadraan.

Met däm Loch, wat ma se mache harre, es et gut vorran gang. Meer ware et joo gewient, met däm Werkzejch richdich omsegehn. Die Planzstell war net wejt wech von da Bahnschiene, die henna Beckasch Breck noo Sohre zu bissje diefer gelähn honn wie uuse kläne Wald onna de Eiche. Noa gura halwa Stonn ware ma feddich met uusem Planzloch fo dat Bäämche on konnde dann ganz gemiedlich sesamme uus Kirner Pils trinke, on denoo die leer Flasch onna de Bliere an däm schleje Bahndamm erschdemoo vaschärre. Spära muuste ma die awwa wiere fenne kenne, wejl ma die joo wiere zoreckbrenge konnde on et dodefoor nommo 20 Penning Pfand redor gen hot.

So em haleb Zwellef erom koom dann die ganz School met de zwoo Klasse aanmarscheert. Frau Tomaschewsky hot die Kläne, dat ware die Klasse end bes vier, on de Emil hot die Große met de Joahrgäng fönnef bis acht onna da Fuchdel gehat. Extra fo dä Daach des Baumes hatt die Lehrerin met all de Kenn en Lied engeiebt, wat wejle sesamme gesung woar es. De Forschda Fuchs hot en sejna griena Uniform on däm Sträißje an sejnem Lodehietche aach debej gestann.

Wie dat Lied am Enn war on de Forschda sej Red gehall hat, honn de Erwin on ejch de Setzling en dat Loch gestallt on festgehall, on die ganze Kenn honn met ehre nackische Hänn de Dreck ronderom bejgescherrt, bes de Baam fest on ordelich gestann hot. Zwischedoarch honn se met ehre kläne Fieß de Grond emma wiere fest aangetrampelt.

Zum Schluss hot de Forschda noch en klää Red gehall on die Bedejdung von so äänem noue Baam geriemt on devon geschwätzt, dat dää, genau wie meer Schoolkenn, joo hout noch so oschärisch oussiehn dät, awwa, wie alles annere of da Welt aach, klän anfängt, denoo awwa noch waase däät bessa groß on staak wär. Dann horra däm kläne Bäämche met da Gießkann en da Hand en gut Entwicklung on en lang Läwe gewenscht, on dat aach glejchzejdich ordelich gesprenzt. Uus Schoolkenn harra awwa nejst metbraacht.

Däm noue Eichebäämche war dat awwa vagonnt. Ejch konnd dat Läwe von däm Eichebaam noch en Herd Joahr lang emma dann kontrolleere, wenn meer of uusem Sport-platz Fußball gespielt hon. Dä Wääsch dohien geht onna de Eiche doarch.

So bis 1964, wo ejch bej die Soldate gang sen, hat dat klää Bäämche von domols onna sejne große Kamerade drommerom sej aje Terreng gut behaupt.

On wie ejch met mejna Fraa for e paar Joahr moo wiere en Bichebejere war, homma dä Platz onna de Eiche wiere offgesucht on genau an der Stell, die ejch noch so fest en mejnem Kopp hat, aach tatsächlich en ganz schlank hoch-gewaas Eich stehn gesiehn. Uuse Frejnd Axel, dä ebbes von de Bääm em Wald vasteht, war aach debej, on dä hot glejch gesaat:

„Hej die Eich muss so om die 60 Joahr alt sen!"

Von Maaikäfa on Hinkel

Wie meer en Kerberich noch en da Bahnhubstrooß gewohnt hon, doo hot vor uusem Hous en großa Lennebaam
gestann, däm sej kräftiche Äst met dä viele Bliere bes eroff
vor uus Kichefenster em erschde Stock gwaas ware. Von
doo ous konnd ma bal met de Hänn draanlange. Dat war
net die ähnzich Lenn en der Strooß. Awwa die annere ware
net grad so groß wie uus, bes of die vor Fuchse Wertschaft,
rächts näwa da Molgerej.

Wie uus Lenn em Maai so langsam ehr Bliere kriet hot,
ware aach die Maaikäfa glejch drenn.

Wo die of ämo herkomm sen, homma net gesiehn, se ware
ähnfach doo. Fo uus Kenn honn die bej dä Monat Maai
ähnfach dezugehoart. Die Eldere harre uus dat so vazielt.

Wenn et omens dunkel woar es, horret en däm Baam gebrommt wie en änem Horwesbelenest.

Dann sen die Käfa scheins monda woar on harre ebbes vor
gehat. Se wollde fliehe.

Dann honn meer gäre uus Kichefensta wejt offgemach
on glejchzejdich aach dat Liecht en da Kich aangeknippst.
Et hot net lang gedouat, doo kaamde die erschde Käfa
erenngefloo on sen en da Kich erom gebrommt, am liebste
emma iewam Kichedisch om die Lamb eromm. Wenn et zu
viel ware, hot uus Modda dat Fensta wiere schnell zugemach, on meer honn dann sesamme en uusa Kich die Dier-
cha engesammelt.

Vorher harre ma schon en Schuhschachdel ousem Kella
gehuul, doo en Handvoll frische Lennebliere renngelaacht
on ue en dä Deckel merrem Kichemesserche kläne Lächa
renngeschnied, dät die Käfa aach Loft krie konnde.

Fo die näächste paar Daach war dat wejle uus lebendich Spielzejch. Et hot nejst kost on et hot Spaß gemach. Meer ware nadeerlich net die ähnziche, wo die Maaikäfa gefang hon. Aach die annere Kenn en da Nobarschaft on aach die, wo en da Stadt gewohnt hon, ware met ehre Käfa beschäfdichd.

Wenn meer dann en der Joahreszejt mem Zuuch noo Bichebejere bej uus zwoo Omae on Obae gefahr sen, homma zeerschd merra Goordel de Deckel fest of die Schuhschachdel met dä Maaikäfa gebonn on die dann nadeerlich metgenomm.

Wie dann so e paar Daach erom ware, hot ma allmählich an der Spielerej met dä Maaikäfa die Lost valoor. Dann saat die Henne Oma, „kommt, ma genn se de Hinkel"!

Dat Paket ous Ameriga

Die Lejt, die vor uus offem Honsreck geläbt honn on e
bissje politisch entresseert ware, konnde noch von de Sepa-
ratiste em Rheinland vaziele. So noo däm erschde Welt-
kriech war en Dejtschland joo so allerhand doarchenanna
komm, on of da links Sejt vom Rhein honn sich junge Lejt
dodemet beschäfdichd, ous ehrem schene Rheinland en
selbststänniche Staat se mache. Se honn gemähnt, of die
Art on Wejs met de Franzose dann besser zerächt se komme.

Eichentlich hot die Sach jo schon 1919 en Wiesbaden losgang on bes 1923 gedouat. Die Männa on Fraalejt, die sich
dodran beteilicht honn, hot ma Seperatiste genannd, se wollde dat Rheinland vom Dejtsche Reich separeere. Manche
von däne honn sich fo die Sach arisch ousem Fensta gehonk.

E paar Joahr lang wosst ma net richdich, wo ma draan
war. Die franzesisch Besatzungsmacht hot die Abspalter so
e bissje onnastetzt, on en e paar Rathäiser em Rheinland
harre die aach schon en Boimästa setze. Die Hellef von de
Franzose war awwa net groß genuuch, dat sich die separa-
tistische Bestrewunge doarchsetze konnde. Aach honn die
Beamte en de Verwaldunge von de Städt on annere Kom-
mune net so richdich metgemach, on aach noch annere
praktische Sache fo so en Systemwechsel honn net funktio-
neert. Dat Hauptproblem en der Zejt war die Awetslosichkäät, on dodegän harre die Seperatiste aach kä brouchbar
Meddel. En ganz großa Prozentsatz von de Lejt war ohne
Awet, net noor bej uus em Rheinland, iewerall en Dejtschland war dat so gewääs.

En der Zejt war en Dejtschland joo aach schon die DAP
(Deutsche Arbeiterpartei) onnawäächs, on die hot sich met

de Seperatiste net vatraan. Die Awetslosichkäät, die schläächt Onnastetzung von de Franzose on de Drock von de nazional gesinnte politische Gruppe honn die paar Seperatiste em Rheinland so noo on noo en die Eng getrieb, die sen wejle met alle Meddel bekämpft woar, ma hot se engesperrt ore sogar vakloppt on ousem Land gejäht. Joo, manche muuste om ehr Läwe Angst hon.

Viele von däne sen dann frejwellich gang, en große Dääl devon fott noo Ameriga. Aach en uusa Familie ware e paar Lejt devon betroff. Die Schwester von mejner Oma hat en Mann ous Klennich gehejrat, dat war de Willy Kreutzer, on dä war bej de Seperatiste gewääs. Ob er doo en groß Nomma war, wäs ejch net, awwa ejch wäs, darra em Joahr 1925 met sejner Fraa abgehau es noo Ameriga. De Willy war Schnejere, genau wie sejne Zwillingsbrure Friedrich, on allezwoo harre se offem Honsreck of ehrem Handwerk kä Awet gehat.

De Friedrich es 1923 en die Schweiz ousgewannat, on de Willy hot sich bej änem Frejnd, dä schon noo Ameriga gang war, erkonnicht, ob ma doo als Schnejere schaffe kennt. Ma kann wejle saan, die politische Verhältnisse on die Awetslosichkäät honn uus Vorfahre 1925 ous uusem Land getrieb.

Ejch wäs dat aach deswäe so genau, wejl ejch vor e paar Joahr (29.03.2014) met mejna Fraa moo en Bremerhaven en däm Ouswanderermuseum war on doo de Computer gefroot honn noo däm Willy Kreutzer ous Klennich.

On wat gläbt da, dä hot ma joo glejch Antword gen, dä wosst glejch Beschäd iewa de Unkel Willy. An sejnem Bildschirm horra ma dat Schiff met däm Name

T.S.S. Rotterdam, Holland-Amerika-Linie

gewies, met däm de Willy em Novemba 1925 von Rotterdam ous noo New York gefahr es.

Wie a dann doo war, muust a sich zeerschd moo zerächt fenne. Er es glejch en New York blieb on hot of sejnem Schnejerehandwerk aach bal en Aawed fonn, wo a schaffe konnd. Wie a sich doo schon e bissje hämisch gefielt hot, essa 1927 nochemoo noo Dejtschland komm, on hot dann hej mej Tante Frieda geheierat. Glejch denoo sen se alle zwoo endgeldich noo Ameriga ousgewannat.

Ejch honn uus ameriganisch Vawandschaft joo gar net kannt, ejch hat noor von mejner Oma devon gehoart. Aach von dä zwoo Bue, die doo 1928 on 1930 gebor woar sen, hat ejch bes dohien noor ganz wenich gewosst. Bes ma die moo kennegeleart hot, hotts noch en ganz Herd Joahr gedouat.

Die Bue ware awwa viel älla wie ejch, on muuste so aanfangs von de 50-er Joahre fo ehr Land USA en de Korea-Kriech ziehe. Dat hot däne aach net gefall.

Die zwoo sen awwa hääl ous däm Kriech en Asien wiere häm komm on honn devon vazielt, wie et so schoufel zugeht, wenn sich die Mensche, on dann noch vom Staat organiseert, so gänsejdich ombränge misse.

So war et joo aach grad e paar Joahr frieha en Dejtschland on näächst en ganz Europa gewääs, on so aanfangs de Foffzischer Joahre harre meer en Dejtschland noch emma dodronna se lejere. Viel Lejt honn gehungat, harre kä ordelich Wohnung on harre nejst fo aanseduun. All dat honn uus Vawande en New York scheins ganz gut gewosst.

Ejch gläb, et war so gän Wejhnachte 1953, wo de Briefpot uus of ämo en Paket braacht hot. Et war so groß on schwer wie vareckt on hot ousewennich ousgesiehn wie en großa Werfel. Et war so lang wie bräät on so dief wie lang. Et koom ous Ameriga on hat en lang Rääs henna sich. Käna von uus hot dodevon ebbes gewosst. Dat Paket war net angekennicht. Telefoneere konnd ma net, wejl ma kä Telefon hat, schon gar net met Ameriga. E-Mail hotts noch net gen on Whatsapp aach net. Om dat Paket erom war en dick Gordel gebonn, die muust ma erschd emool offknippe.

Doch halt, vorher es noch die Vawandschaft ousem Doref sesammegetrommelt woar. All sollden se debej sen, wenn dat Paket ous Ameriga ousgepackt werd.

Die Sendung war kä Care-Paket gewääs, wie se domols noom Kriech zu Honnatdousende von Ameriga noo Dejtschland geschickt woar sen, ore genaua gesaat, noo Westdejtschland. En die DDR es bestemmt kennt geschickt woar. Die härre aach sicher kä Paket vom ameriganische Klassefeind henna ehre ejsane Vorhang geloss. Met dä Knallkäpp konnd ma joo garnejst aanfänge.

Nä, dat Paket es von uusa Tante Frieda on von uusem Unkel Willy ous New York komm.

Wie uus Lejt all sesamme en da Kich gestann on gehockt hon, hot mejne Vadda met sejne stabile Finganääl aangefang, die dick Gordel, die om dat Paket dromerom gebonn war, offsepodele. Doo es nejst met da Schär ore merrem Messer doarchgeschniet woar, die Gordel konnd ma joo nochemoo fo ebbes anneres gebrouche. Denoo es dat dick broun Packpapeja vorsichdich abgemach on ordelich sesammegelaacht woar. Aach dat konnd ma spära nochemoo vawenne, obwuul et von der lang Rääs von Ameriga noo Bichebejere ronderom schon ganz scheen vaschammereert war.

Wejle esset an de Enhalt gang, on all sesamme homma gespannt gegguckt, wie die Oma so ä Stick noom annere ous däm Paket erousgezoo hot.

Doo war als greest Päckche moo en Kaubojwest ous gälem Läre met ganz viel bonde Franzele ous Lärestrejfe onnedraan, on aach met Franzele an de Näht von de Aarme.

Wie uus Oma met ehre gesprätzte Fingaspitze dä Wammes ous sejnem Papeja gewickelt hat, hot se ehr Naas ganz kriwelich en Falde gelaacht on gefroot:
„Wäm basst dat dann?"

Bej uuse Lejt rond om dat Paket ware aach die Kenn debej, de Jürgen, de Horst, de Klaus on et Helga. Von dä Bue war ejch de jingst on de klänst. „Meer", honn ejch dann sofort zu mejna Oma gesaat on dä Kaubojwammes glejch iewageschmess. „Dä basst ma ganz genau", honn ejch dann glejch festgestallt, noch ohne dat ejch mich em Spiechel betracht hat. Die annere honn mich ousgelacht, on nodääm jeder von uus die schee Lärewest met däne Franzele aanproweert hat, hot de Horst se kriet. Dä war de greeßt von uus.

Dann hot die Oma noch en Kapp on en Kaubojhemd met so allerhand Firlefanz droff ous däm Paket gezoo. Awwa dat Hemd hot meer aach net so richdich gebasst, aach dodefor war ejch noch zu krobbich. Die Kapp hat henne so en Verschluss, dän ma vastelle konnd. Trotzdäm hot se käna gewolld, doo honn ejch se kriet.

Aach noch annere Geschenke ous däm Paket ware fo uus Kenn entressant: Schokelad zum Bejspiel on Kaugummi. So ebbes harre meer noch nie gesiehn on schon gar net zwische uuse Zenn gehat.

Aach fo se esse hot ebbes en däm Paket drenngestoch: E paar Dose met rorem Lachsersatz, Erdness on getreckelde Aprikose sen ma noch em Kopp. Aach Tute met Kakao, Tee on Bohnekaffee en ähnzelne Päckcher honn ejch en Erennerung. Dann war doo aach noch en ordeliche Balle met offgewickeltem Klärestoft. Dat ware en Herd Meda, ous däne mej Modda fo sich selebst on fo annere Fraalejt en da Vawandschaft noue Kläre gemach hot. Mej Modda hot so ebbes joo gut konnd.

Fo die Fraalejt ware aach noch Nylonstremp so paarwejs en däm Paket. Die Stremp harre Noote, die ejchentlich henne an de Bään richteroff gehn sollde. Wenn die Wejbslejt awwa bejm Aanduun net offgebasst hon, hot so en Noot ganz schepp gesess, on dat hot ganz schoufel ousgesiehn.

Fo die Mannslejt harre die Tante on de Unkel noch Tuak en Dose engepackt, dä es ous Virginia komm.

Mejne Oba hot doo glejch draan geschnuppat on gemähnt, dä riecht awwa bessa wie mejne Tuak ousem Gade, dä, wo wejle offem Speicher grad treckele duud. Ob et gruwe ore fejne Tuak war, dat wäs ejch wejle nemme.

De Oba horren en da Peif geraucht on mejne Vadda on die Unkele honn sich Zigarette devon gedräht.

Joo, en paar Belder von uuse Lejt ous Ameriga ware nedeerlich aach debej. Doo honn meer Kenn doch moo en Vorstellung kriet, wie die ousgesiehn hon. Aach en lange Brief met da Hand geschrieb hot drengelään, dän honn die Große so nonanna vorgeläs, jeda ähne Abschnitt. Dä es alsemoo so zwische de Hänn hien on her gang, wejl die Schreft schejns net so gut se läse war.

Meer honn uus allegare ganz brav fo dat groß Paket merrem ajene lange Brief bedankt, on so ongefähr 30 Joahr spära, wie de Unkel on die Tante die ganz Vawandschaft offem Honsreck moo besucht hot, konnd ejch dann tatsächlich doch nochemoo ganz persenlich fo die Kapp ous däm Paket dankescheen saan.

X Sorte Mensche

Wie ejch grad off da Welt war, honn ejch glejch gesiehn, darret doo zwoo Sorte Mensche gett:

Mannslejt on Fraalejt!

Wie ejch dann noch am selwe Daach mejne Brure on mejne Oba gewahr woar senn, honn ejch met däne nochemoo zwoo Sorte kennegeleart: Kläne on Große, ma kann aach saan, Alde on Junge!

Wie ejch dann en de Kennagaade on spära en die School gehn muust, sen ma schon wiere zwoo noue Sorte offgefall: Schoolbue on Schoolmääd!

On die zwoo Sorte en uusa School konnde wiere gedäält wäre en: Schloue on Domme!

Wie de Fluchplatz Hahn feddich gebout war, on die Ami met da Bahn von Bingabreck onneroff aangefahr kaamde on von Bichebejere ous met da nou Fluchplatzbahn of de Hahn wejere gefahr senn, konnd ejch bej dä Soldate zwoo Houtfarwe siehn: Schwatze on Wejße!

On noch viel spära hott ma met de Farbfernsehabberade die bonde Belda von broune on von gääle Mensche von iewerall her frei Hous en die Wohnstuu geliefat kriet. Bej dä broun Sort muss die Sach noch bissje nääxda erklärt wäre: Die gerret noo da Fareb oußewennich on leida aach noo da Gesennung ennewennich.

En Ameriga solle friea sogar moo rore Lejt geläbt honn. Von däne honn ejch als junga Buu schonn en de Biecha vom Karl May ous Radebeul en Sachse gelääs. De Karl en Sachse hott die Indiana awwa genau so wenich selebst se siehn kriet wie ejch offem Honsreck.

Annere schwatze Lejt, die uus Vorfahre ous Europa friea moo von Afrika noo Ameriga vaschlääpt harre, ware meer als Kend schon en däm Buch "Onkel Tom's Hűtte" begähnt. En derselwe Zejt sen ma aach die schwatze Zulus ous Südafrika en däm Buch „Der große Treck" onnakomm.

On so ging ed em Läwe all'd wejere, emma war ebbes Noues se besichdiche.

Em Konfirmazionsonneriecht bej uusem Parre honn ejch nochemoo zwoo Sorte Lejt aantroff:

Die, wo an datt geglääbt honn, watt de Parre vazielt hott, on die, wo dat net gemach honn.

Wie ejch dann denoo off da Raiffeisebank en Kerberich en die Lehr komm senn, doo honn ejch nochemoo zwoo Onnaschiede kennegeleart: Arme on Rejche!

En där Zejt es noch die ganz Bevelkerung en uusem Land an viele Platze noo Raucha on Nichtraucha oußenannagehall woar. Fo die zwoo Sorte horret extra Hotelzemma on Abdääle en die Ziech genn. Datt war iewerall so, net noor en Dejtschland. En där Sach es awwa enzwische off da ganz Welt gottsejdank ordelich offgeroumt woar. Datt micht Hoffnung fo Besserung aach en annere Dinga on Äjanesse of da Welt on en uusem Läwe.

Zwischedoarch on denoo sen ma off mejnem Wääch doarch die Zejt näächst jede Daach on iewerall en da Weltgeschicht noue Sorte von Lejt begäänt. Ejch muust dann annere Name fenne fo die Endälung en Kategoriee on Fähichkääte, noo ehre Kenntnesse, ehrem Verhalle on noo ehre Religione.

Dodevon well ejch hej noor e paar Mosda offereere:

- Die Kommode on die Wiechde
- Die Vaboorde on die Omgängliche
- Die Gruwe on die Fejne!
- Die Direkde on die Scheinheiliche
- Die Sanfde on die Rabiade
- Die Selbstbewossde on die Vascheichde
- Die Musikalische on die Onmusikalische
- Die Fahrradfahrer on die, wo dat net kenne
- Off wattforer Strooßesejt se fahre
- Watt se for Religion honn
- Watt se gäre gess on getronk honn
- Watt se gäre gedoon honn, Hobbys on Berufe
- Watt se so gewient ware, ehr Tradizion
- Watt se for Landslejt ware
- Watt for Sprooch se geschwätzt honn
- Watt se for Weltbeld met sich rommgetraan honn
- Watt se geträämt honn, on warren wichdich war

Dätt da bessa vasteht, watt ejch mähn, well ejch hej noch off e paar annere Äänzelhääte engehn:

Wenn meer Bue spära em Suuma sonndas met uuse Mopeds noo Morbach end Schwemmbad geknaddad senn, wollde ma doo onbedingt zu da richdich Sort gezielt wäre:

Zu de Schwemmer wollde ma gezielt wäre, net zu de Nichtschwemmer.

Met däm Fahrradfahre war die Sach ähnlich valaaf.
Als Schoolkenn wollde ma datt aach all kenne.

Von de bissje sportlich engestallde Lejt em Doref hott ma alsemoo die Sprich gehoat:

„Wer net schwemme kann, es noor en halwa Mensch!"
on
„Wer net Fahrradfahre kann, es noor en halwa Mensch!"
Wer awwa datt ähn on datt anna net kann, es dä nejst?

Oußa däne ganze Onnaschiede gerret bej de Lejt noch vaschiedene Temberamende:
Die, wo sich riechdewäch vahalle on glejch ehr Mähnung saan, wie se dat em Kopp honn on
die, wo net richdich ous sich rouskomme on sich so edepedede vahalle.
Ma kann se aach die Selbstbewossde on die Vascheichde nenne.

Die Selbstbewossde stelle sich vor die vasammelde Mensche vore hien on schwätze frei erous, ohne datt se off da Naas ore offem Bockel end Schwitze komme. So Lejt honn aach merchdens en gut Schlappmoul, ous däm awwa net emma ebbes Gures rouskemmt. Die honn kä Scheich devor, dätt se ebbes vakeart mache kennte on aach kä Geheimnisse vor de annere Lejt, se saan, watt se grad so denke.

Die Vascheichde stelle sich net so gäre en de Meddelpunkt. Die druckse liewa romm on blejwe eha onoffällich en de hennaschde Reihe hocke.

En ganz fräsalich Sort Lejt sen die Scheinheiliche.
Voore lachen se äähn aan met de Zänn, on henne wetzen se die Messa. Iewa die honn friea schonn die Alde abfällich geschnureld on gemäänt: "Datt es en Sort!"

On wejle noch en Word iewa die gruwe on fejne Mensche, ma kann aach saan, iewa die Sanfde on die Rabiade. Die Lejt, wo schon paarmoo em Krankehous ware, kenne ouch die Onnaschiede von da
„Schwester Sanfda" on da „Schwester Rabiada" gut ousenannareffe. Dann wesst da Beschääd!

Noch ganz wichdich esset, off die gesonde, die kranke on die behennade Lejt hiensewejse. Käna es joo total gesond, total krank ore total behennad. Wer mähn, er wär gesond, es noor noch net genuuch onnasucht woar. Wenn ma well, kann ma näächst iewerall on bej jedem ebbes fenne, watt net so ganz stemmt on en Ordnung es. Aach fo die

Kranke on Behennade muss en alle Bereiche von uusem Läwe en Platz fonn on aanstännich gesoricht wäre.

All sollen se ehre richdiche Platz, ehr Aawet on ehr Ouskomme honn, jeda noo sejne Fähichkääte.

Vor allem soll jeda met sejnem Läwe sefriere senn.

Wenn ma de annere Lejt begreiflich mache well, an watt ma sieht on merge kann, wie die Mensche om ähn romm so gestreckt senn, dann stellt ma sich selebst moo am beste vor de Spiechel on guckt ganz genaau doo renn, on micht sich dodebej sej ganz diefe Gedanke. Watt sieht ma doo ejchendlich von sich selebst?

Datt ajene Beld zaajt dattselwe, watt ma bej all de annere Lejt aach siehn kann, nämlich viele Ähnzelhääde, die de ajene Kerba ohne selebst se merge als sichtbare Zeiche noo oußewennich dräht, on so sejne ennere Zustand aanzajt. Wer en gure Blick devor hott, kann bej so ääna stella Betrachdung schon genuuch von ääna Person erkenne, darra die so ore so enschätze kann on wääs, wiela Sort von Mensche er se zurechene soll. Dodebej kemmt et of die klänste Klänichkäde aan, of jed Faser vom Gesiechtsousdrock, iewa die ganz Spannung von da Gestalt, wie ma sej Hänn hält, sej Fieß on jede ähnzelne Finga, ganz ähnfach of die ganz Haltung vom Kerba. Ma nennt et houtsedaach die „Körpersprache".

On dann getts noch en ganz forschbar Sort von Mensche, off die ma gut vazichde kennt. Zu där Sort rechene ejch net emoo die kläne Gauna on Spetzbue, awwa die Schwerkriminelle, die Vabrecha on Terrorisde. E paar von däne hocke en uusa Gesellschaft sogar en ganz hohe Funkzione on sen met däm, watt se vadaxeere, trotzdäm so wejt näwa da Kapp, datt se manchemoo sogar Kriech met ehre Nobae aanfänge. Die honn scheins all en rosdiche Naal en de Käpp. Kriech es datt Schlemmsde, warret off da Welt iewahaupt gett. So en Sort wär rächda glejch en Abrahams

Woarschdkessel blieb, on gar net erschd off die Welt komm.

Et get aach gure Mensche, datt wolle ma joo net vagesse! Doch watt es gut on watt es schläächt?

Wer bestemmt datt? Die ääne saan so, die annere so!

En jedeäänem von uus sticht ebbes von jeda gura on von jeda schlechda Eigenschafd drenn. Jeda es en komblizearda Klombatsch von so viele äänzelne Elemende, die en Mensch en sich drenn honn kann. Die Aandääl von da ään ore von da anna charakderisdisch Eigenschafd sen bej all de Mensche off da Welt annaschda vadäält. On hott so en Mensch en besonnere Karakda ore Fähichkäät, dann kann ma dääm datt em Gesiechd ore an sejna ganza Erschejnung oft schonn aansiehn, ore, wie ma hout so seht, an sejnem Offträre on an sejna Kerbasprooch erkenne.

Wenn ma von däne viele Sorte on Onnasorte all die mechliche Kombinazione ousrechene wolld, dann kääm ma bestemmt off so en Zahl wie:

Siewemilliardesiewehonnatsiewenesiebzichmillionsiewehonnatsiewenesiebzichdousendsiewehonnatsiewenesiebzich.

Datt sen grad so viel Kombinazione wie et Mensche off da Welt gett.

Friea em Paradies, wie de Adam on et Eva noch allään doo gewohnt honn, ware et noor zwoo Sorte gewääs.

Hout es uus Welt net äänfäldich on aach net zwoofäldich, nää, se es vielfäldich. Joo, ma kann wergelich saan, se hott viel Falde. On datt misse ma all sesamme endlich moo als uus Nadoor begrejfe, uus dodenoo riechde on friedlich metenanna omgehn.

Et gett genau so viel Fassette von Mensche, wie ähnzelne Lejt en alle Erddääl on Länna von uusem scheene Erdballe onna da Sonn erommtrambele on jede Daach ebbes esse on drenke wolle. Jeda von däne es en aje Sort.

All sen se annaschda, kääna es wie dä anna. Die Welt es vielschichdich on vielsejdich. Ään on däselwe Mensch hott manchmoo aach mee Gesiechda, je noo Zejdpunkt, Loune, Enfluss von da Omwelt on wie a grad so gemitscht es. Niemand von uus all brouch sich se schaame ore sich ebbes of Ebbes ensebelle. Jeda es so gewaas, wie uuse liewe Herrgott datt gewolld hott. Käna hott sich selebst gemach ore bestemmt, an wielem Platz er off die Welt komm es. Wenn äna moo e bissje besser geroot es wie dä anna, dann essa von da Nadoor e bissje vahätschelt woar on hott mee Energie metkriet, ore er es annem annere Platz ore en äna annera Zejt vom Hiemel gefall.

Met da Vielfäldichkäät von uus Mensche kennt ma sich noch stonnelang oußenannasetze on beschäfdiche. Ma kann se aach annaschda betrachde: Wenn de moo Lejt suchst met bestemmde Eigenschafde on Fähigkääte, dann fendst de die aach erchendwo. Et gett alles off da Welt, alles, watt de da vorstelle kannst.

Awwa wejle langt et, hout honn ejch moo scheen vom Lääre gezoo on ouch die Welt ganz genau erklärt!

Erdbäwe en Kerberich

Am Mettwoch, däm 14. März 1951 morjens em vertel vor ellef hot bej uus en da Kerbericha Bahnhubstroß offe moo de Borem on dat ganz Hous gewackelt.

Mej modda hot sich em Kella en da Wäschkich offgehall, on hatt schon bej Zejt doo de Kessel met Wasse gefellt, dann dodronna en Foua aangemach, on denoo die wejß Kochwäsch von de letzte verzäh Daach von uusa ganza Familie en dat häß Wassa gestobbt on dodrenn merra Portion Persil ous der grien Schachdel on däm große, helzane Wäschläffel rommgemengt. Dä Termin dodefoor war schon lang met der Familie em Erdgeschoss abgestemmt, met der meer en däm Hous met däne zwoo Dienstwohnunge von da Bahn dä fejcht Wertschaftsroum em Kella genau so se däle harre wie dat ähnsich Klo, dat of da haleb Trepp näwe däm Treppepodest war.

De Baba hot grad am Kichedisch die grub, dunkelbloo Box von sejna Dienstuniform met däm schwere Bicheleise ous massivem Eise, warra schon en sejne Zejt als Schnejerelehrbuu en da Werkstatt von sejnem ajene Vadda benotzt hat, gebiechelt. Nääxt zwai Stonn horra dä schwatz Koloss en uusem Backue vom Kicheherd of die neerich Temperador hääß wäre geloss. Dann horra dat schwer Ding an däm of- on-zu-klappbare helzane Greff om dat Eise romm aangepackt on sej Aawet an der Box offem Kichedisch aangefang. Of der blank Dischplatt hot noch en doppelt Wolldeck gelähn, däts doo kä Brandflecke gen konnd. Zwische dat hääß Eise on die Box horra emma wiere dat alt on schon lang ganz gäl on fleckisch Biechelduuch ous dennem Leine gelaacht. Dat solld de Stoft von da Bahnuniform schone on oußadäm hot dat aach emma so scheen gedämpt

on gut geroch, wenn dat hääß Biecheleise dodriewa ge-
foahrt woar es.

Mejne Brure, de Jürgen, war met sejnem Schoolranze
schon bej Zejt von dehäm noo da evangelisch Volksschool
abgereckt, die hennam Stadtgrawe an da Bundesstrooß 50
gäniewa da Schied gestann hot. Von doo ous konnd ma de
Wassatoarm siehn. Noo da Strooß war en bräät Stääntrepp
on ennewennich honn drej Lehra in drej Klassezemma all
de Kenn von däne acht Scholklasse bejbracht, wie ma
richdich rechene on schrejwe dut.

Ejch war erschd fönnef Joahr alt on honn dehäm en da
Kich offem Chäselong gehockt on mejnem Vadda zugeguckt, wie a die dunkelbloo Box von sejna Bahnuniform
gebiechelt hot. Meer honn uus so iewa dit on dat onnahall,
on meer esset so doarch de Kopp gang, dät die Awet aach
erchendwann moo mej Awet sen kennt.

Offemoo hotts gerappelt on geschäppat, die ganz Kich
hot gewackelt, als ob äna met zwoo stake Hänn dodraan
schierele dät. Ejch war ganz vaduzt on mejne Vadda hot
dat Biecheleise stehn geloss on sich schnell erommgedräht
on met sejne zwoo Arme de Kicheschrank noom Wohn-
zemma hien festgehall. En däm Schrank ware onne die
Deppe on Schessele, on ue die Della, Tasse, Gliesa on Aja-
becher drenn. Dezwische hot en da Mette die Brotdoos ous
Blech gestann on rächts on links en däne kläne Fächer met
däne Deere devor ware die Deppscha merrem Schellee,
Huunich on Sirup, däm Sennef, Zucka, Salz on all so en
Kroom. Dat ganz Ding hot sich geschierelt on geklappat,
dät ma gemähnt hot, alles dodrenn dät wejle kabutt gehn.

Wie lang dat Gerappel on Geklappa von der ganz
Kicheenriechdung, da Nähmaschin on dat Gewackel von
däne Belda an dä vier Wänn gedouat hot, wäs ejch hout
nemme.

War et noor en Aueblick, ware et zähn, zwanzich, drejßich Sekonde ore meh? Ejch wääs et wejle nemme.

Viellejcht hätt ma dat noch rouskriee kenne, wenn ma denoo dä Brandflecke of däm Baba sejne Box genau onnasucht hätt on proweert, wie lang et douat, dän met däm hääße Biecheleise en dä Boxestoft erenn se brenne. Die Box hätt ma fottschmejße kenne, awwa mejne Baba war joo aach en Schnejere on hot am näächste Daach dat vabrannt Stick Stoft met der groß Schär erousgeschniet on en anne Stick von äna alda Box erenngenäht.

„Wat war dat dann", honn ejch wejle ganz vascheicht gefroot. So ebbes war ma noch net begähnt.

„Dat war en Erdbäwe!", hot mejne Vadda ganz ruhich gesaat. Dä hot noch emma de Kicheschrank festgehall. Et hot sich aangehoat, als ob et dat normalste Ereichnis gewääs wär, dat ma mettwochsmorjens en der Stadt offem Berch erläwe konnd.

Fo datloo Vazielche em Rhein-Honsreck-Kalenna se schrejwe, wolld ejch wejle em Endanet onna däm Begreff

www.erdbäwe-en-kerberich.de
(**www** = **W**ejle **W**ell ejch **W**esse)

noogugge, wie dat genau war. Dodemet honn ejch awwa nejst fonn. Doo muust ejch joo of mej Zwätsproch, die ma schon en da erschd Klass von da Volksschool an da Schied geleat hon, zoreckgrejfe, on honn dann emoo bej GOOGLE engetippt:

erdbeben in kirchberg

Doo honn ejch fonn, wat ejch gesucht hon.
Vom Euskirchener Erdbäwe es doo die Red.

Wie ejch of die Art erfahr hon, soll dat Erdbäwe die Stärk von 5,5 gehat hon, on dat Zentrum soll südlich von Bonn, 15 Kilomeda dief em Borem von da Eifel gewääs sen.

Die genau Posizion wär gewääs:
50 Grad on 44 Minude on 4 Sekonde Nord
 6 Grad on 44 Minude on 3 Sekonde Ost

Die Stell es kä 100 Kilomeda fott vom Kerbericha Maatplatz met dä Koordinade:
49 Grad on 56 Minude on 30 Sekonde Nord
 7 Grad on 24 Minude on 11 Sekonde Ost

Loo ware ma nochemoo gut, on ganz ohne en bloo Aau, devonkomm.

Bej meer hot dat Erdbäwe domols so en staake Endrock hennaloss, derrich et bes hout net vagess honn. So ebbes honn ejch nie wiere erläbt, on die School hennam Stadtgrawe met ehre acht Joahrgäng on drej Lehra en däne drej Klassezemma war aach net omgefall.

Die Bahnschranke

Wie ejch noch en kläna Buu war, honn meer met uusa Familie en da Kerbericha Bahnhubstrooß gewohnt, on mejne Vadda hot net wejt ewäsch devon offem Bahnhub em Fahrdienst geschafft.

Von uusem Hous met däm große Lennebaam voredraan an da Strooß bes of de Bahnhub war et net wejt. Manchemoo muust ejch mejnem Vadda als de Henkelmann ore die Schmere on de Muckefuck bränge, wenn a net häm komme konnd fo se esse.

Meer Kenn von da Bahnhubstrooß sen näächst jede Daach off däm Bahnhubsgelände on om dä rot Gidaschuppe met der vorgebout Valaderamp erommgerannt on honn däne Aweda on Beamde en ehrer blooe Uniforme zugeguckt, wie se die Gidawaan, wo grad komm ware, ousgelaad hon. Denoo honn se dat ganz Gescherr, wat sich sejt gester fo se Vaschicke en däm Schuppe aangesammelt hat, met de Sackkarre en die Waggons erenngeroumt. Dodebej honn die aach arisch offgebasst, dät kend von uus Kenn of de Gläse von däm Bahnhub romgesprong es.

De greeßt Spaß awwa hot uus gemach, der Rangscheererej von da Lokomodiv met däne offene on zuene rore Giedawaan vore- on hennedraan of däm Bahnhub zusegucke. Manche von däne Waggons harre aach an änem Enn noch en Bremserhäisje gehat. Bejm Rangscheere es dann so en klä Damplok met e paar Waggons vor sich ore henna sich gefahr on hot dann offemoo scharf gebremst on es stehnblieb. Dann sen die änzelne Waggons, die schon vorher abgekoppelt ware, allään of däm Glääs wejere gerollt bes an dä Hämmschuh, dän die Aweda an däm Platz of die Schiene gelaacht harre, wo die Waan stehnblejwe sollde. Däne

Männa bej da Awed zusegucke, war emma ganz spannend on hot uus entresseert.

Manichmoo koom et aach vor, dat en schwer Dampwalz on sogar aach Zerkuswaan on so en anna Gescherr von soem flache Bahnwaggon of die lang Ramp eronnagezoo woar es, die zwische däm erschde Gläs on der Strooß noo Sobbese Wejher zu gebout war. Die Laderamp hatt zwoo Offfahrte on war ronderom on uedroff met ganz knuppische viereckische Basaltstään geplastad. Die konnde schon ebbes oushalle.

Joo, awwa wejle well ejch ouch en Steckelsche vaziele, watt sich of da anna Sejt vom Bahnhub abgespielt hot: Die Bahnhubstrooß eronna on vabej an Fuchse Wertschaft, da Molgerej on an uusem Hous, dann an Wewasch ehrem Hous met da Audowoo devor, dann an däm Säewerk Kunz henna Schrejnasch ehrem Hous noo Diele zu, wo die Grabstään gemach woar sen, es die Strooß links noo Denze ronna iewa die Bahnschiene abgeboo. Dat es hout noch so.

Dä Bahniewagang war domols met Schranke abgesichert, et hätt jo sonst ebbes passeere kenne. Zwoo ronde, rot on wejß geringelte Stange of jeda Sejt von da Bahn ware dodefoor doo, de ganz Stroßevakehr on aach die Fußgänga offsehalle, wenn en Zuuch doarchfahre solld.
Wenn von Unzeberch äna onneroff komm es, muust dä Mann offem Bahnhub vorher an äna großa Korwel die Schranke met de Hänn ronnadrähe, on dann an änem annere Hewel dat Haltesignal hochmache on of Grien stelle. Wenn dat vagess woar es, muust dä Zuuch en Stick vorm Bahniewagang vor däm rot-wejße Signalmast met däm quärgestallte Signalarme stehnblejwe on waade, bes dä wiere roffgang es. Bej Dunkelhäät war aach noch dat rot Liecht von da Kabitlamb se siehn, die onna däm abstehende Signalarme an däm Mast offgehonk war.

Dann hot die Lok gepeff, fo draan se erennere, dezze doo met däm Zuuch waade dut. Dat Pejfe hot ma iewa siewe Häisa gohoat. Wär dä Zuuch ähnfach doarchgefahr, hätts am Bahniewagang en Onglick genn kenne. Wenn dä Mann em Bahnhub die Schranke ronna gedräät, on dann dat Signal an sejnem Hewel wiere offgemach hatt, hott an däm Signalmast dat Liecht von der Kabitlamb audomadich von Rot of Grien gewechselt. Die bonde Liechta ware deswäe so wichdich, wejl die Lokfehra bej Dunkelhäät joo ganz schläächt ore garnet siehn konnde, ob dä Signalarme hoch ore quär gewies hott. Wenn dat wej en schwera Giedazuuch gewääs war, dä an däm Signal de Bersch enoff wiere aanfahre muust, dann honn die große rore Reere von da Lok manchemoo ganz forschbar doarchgedräht on ous de Vendile an de zwoo Sejde es de Wassadamp ordelich erousgepufft.

Aach wenn en Damplokomodiv met ehre Personewaan ore Gidawaggon offem Kerbericha Bahnhub en Richdung Siemere fottfahre solld, muuste die Schranke nadeerlich schon onne senn, ebst dä Mann met da rot Kapp vom Bahnsteich ous däm Lokfehra die grien Sejt von sejna Pletsch wejse doaft. Wenn et dunkel war, konnd ma die Farwe of der rond Pletsch met däm koarze Stiel joo net siehn.

Doo horra dann die schwatz Karbitlamb gehuul, on die grien Sejt noo vore gehall. Die viereckisch Handlamb war en Karbitvagaser, wo dat selebst gemach Gas iewa däm kläne Behälda met Wassa on Karbit, wenn ma Foua draangehall hott, glejch als Flamm vor däm engeboute Butzespiechel ous Blech vabrannt hot. Uedriewa war onna änem ronde Blechdach en Abzuuch fo de Rauch on die Hetz von där Flamm. Dat hot die Lamb gekielt on devor gesoarscht, därret net renrääne konnd. Dodriewa war en helzane Greff fo se traan. Noo vore rous, vor däm oschärische Flämmche,

dat von däm Spiechel vastärkt woar es, hat die Handlamb
met Gasbetrieb en groß wejß Glas gehat, noo links, henna
änem Schiewa ous Blech, en schmal rot, on noo rächts henna däm kläne Deerche, watt ma offmache konnd, en schmal
grien Glas. Wenn et dunkel war, konnd ma met so äna
Lamb on da Trellapeif de ganz Vakehr offem Kerbericha
Bahnhub so änichamooße rächele.

Von däm Platz ous, wo en däm noo vore geboute Stell-
werk of uusem Bahnhub die Handkorwel fo die Strooße-
schranke mondeert war, konnd ma gut die paarhonnat
Meda bes an de Denzer Bahniewagang gucke. Änes Daachs
honn ejch mejnem Vadda wiere die Schmeere braacht on
noch e bissje bej em gemaait, bes von onneroff de „Leig"
komm es. Dat war dä lejcht Giedazuuch, dä joahrelang of
da Honsreckbahn onnawächs gewääs es.

Mejne Vadda hot dann sej Schmeere met da Worscht
droff erschd emoo leje geloss on es an die Handkorwel
gang, met där die Säälwenn betrieb woar es, fo die Schranke eronnasedrähe. Ejch glääb, et ware sogar noor ziemlich
starre Eisedräät, met däne die Handbedienung offem Bahnhub met dä Schranke an da Denza Strooß vabonn war.
Noch ebst sich die Schrankebääm iewahaupt bewäät hon,
hot näwa däne emma so en Gleckche met äänzelne, langsame Bim-Bim-Teen laut aangeschlaan. So ebbes es aach hout
noch bej änem moderne Bahniewagang se heere. Die Lejt,
wo zu Fuß onnawächs ware on die Radfahrer honn sich ge-
dommelt, dät se noch of die anna Sejt von de Schiene
komm sen. Die Fohrwerke met de Geil on de Kie honn
emma bessa glejch Halt gemach on gewaat. Awwa die paar
Audofahrer ware aach domols manchemoo schon ganz
scheen roulich, so, als ob se kä Zejt gehat härre.

Die Bemmelerei von dä zwoo Gleckcher hat schon en
ganz Stieb gedouat on ma konnd siehn, wie sich dann die
zwoo hochgestallte Stange an däm Iewagang bewäät hon.

Dat hennascht koarz Stick met däm Gäegewiecht ous Betong hot sich hennerous hochgeklappt, on dat värascht lang Enn von jeda Schrank es noo vore ronna gang. On wat mähnt da, en däm Aueblick, wo die rot on wejß geringelde Schrankebääm schon ganz schley gestann hon, es noch so en narrischa Audofahrer met sejnem DKW von da Stadt ueronna komm on wolld noch schnell onna däne Schranke doarchwitsche. Mejne Vadda hot awwa emma wejere an der Korwel gedräht, er hot net offgehoart.

Genau en däm Aueblick wolld dä Flappdeckel met sejnem Audo noch iewa die Schiene fahre. Doo es em awwa äne von däne rot on wejß geringelte Balke so hat offed Dach geknalld, dät ma dat bes bej uus offem Bahnhub gehoat hot. Glejchzejdisch es die Schrank dann doarch dat Droffknubbe of dat Autodach wiere en Stick en die Heh gehippst, on dat Audo konnd noch grad so doarchflutsche. Et es net hänke blieb. Dä Fahra hot aach net stellgehall, er es ähnfach wejere gefahr noo Denze ronna.

Viellejcht war dä Käll besoff. Of jede Fall muss a en geheerische Schrecke kriet hon, on dä schee DKW hat aach bestemmt en ordelich Bous en sejnem Blechdach gehat.

Osteraja schmejße

Wie aach en de annere Derfer ronderom, hotts an Ostere fo die Kenn en Bichebejere en besonnere Spass gen. Doo es em Häfeld met de Osteraja geschmess woar. Dat Häfeld es en Terreng am Wääsch on an da Bach zwische Bichebejere on Nierewella, wo vor da Gasse Heck die Wiese ganz hubbelich sen, on wo dat Gelände rächts vom Wääsch noo da Bach ronna en zwai Stufe abfällt. Dat war de Käsbersch! Hout es dat Gelände ganz met Häisa zugebout.

Dat Ajaschmejße of uusem Käsbersch war zwar em Doarf net so en arisch groß Ereichnis wie die en de Kerchbels-Derfer iewerall bekannte Spielereje met de bonde Osteraja, awwa die Kenn honn bej änischamooße gurem Wäre dodebej gäre metgemach, besonnasch die Bue harre emma ehre Spaß.

Die konnde gemänahand joo aach wejere schmejße wie die Mäd. Dat honn se joo jed Joahr en Herschfeld of däm Schoolsportfest bewies.

An de Aja von de Hinkel hotts bej uus joo net gefählt, jed von uuse Doarfkenn hat am Ostasonndach nommedachs so stecka foffzä bond gefärbte Hinkelsaja en sejnem Kärebche läje gehatt. Die ware schon am Karfrejdach zeerschd hat gekocht on dann gefärbt woar. Bej uus es dat emma sesamme met da Henneoma en da Kich gemach woar. Et war ganz wichdich, die Aja ganz hat se koche, so sechs bes siewe Minude sollde die schon em kochende Wassa blejwe. Die Ajafarwe hat die Oma e paar Daach vorher schon en kläne Tietscha als Polwa an Schelasch kaaft. Extra dodefor bej de Gefdich se gehn, war ehr bestemmt zu wejt gewääs. Doo hätt se joo doarch dat ganz Doarf dappe misse. Am Karfrejdach noo da Keach honn dann de Jürgen on ejch em Iewadoarf bej uusa Henne-Oma en da Kich die änzelne

Farwe en de ganz gewehnliche Kaffeetasse en klarem Wassa offgelest. Et hot Rot gen on Grien, Gäl on Bloo.

Bissje omständlicha war die Färwerej met de Zwieweleschale on de Ajapotsche. Die Lejt, wo et net bessa gewosst hon, honn die Ajapotsche aach „Löwenzahn" genannd.

Ob Ajapotsche ore Löwenzahn, ma muust se allewää vorher en da Betz hennam Hous ore en de annere Wiese suche gehn, on dann merrem lange Messa met da dief Woazel ousem Borem rousschnejere, dät ma aach die onnaschte Bliere von dem griene Plänzje metkriet hot. Of die esset nämlich aankomm. Dat honn ejch met dämselwe Messa gemach, met däm ejch aach dat Joahr iewa die Lächer fo die Moldehafsfalle en die Wiese on die Stecka rengeschniet hon.

Bej dä Ajapotsche esset uus noor om die bräre on gezackte Bliere gang, die ma met Reihgar fest om die wejße on frische Aja ousem Hinkelsstall erommgewickelt, on dann vorsichdich merrem Schäimläffel en dat Deppe met dä kochende Zwieweleschale gelaacht hot. Dodrenn sen se dann genau so lang läje blieb on gekocht woar, wie die annere wejße Aja näwedraan en däm vabällat Kochdeppe ous Aluminium. Domols honn uus Hinkel määst noor wejße Aja en ehr Nesta gelaacht, die broune wäre aach net so gatting gewääs fo bond se färwe. Schon e paar Daach vorher hot die Oma aangefang, die Aja se sammele, dät ma fo Ostere aach genuuch hat.

Am beste hot ma die ganz Awet met der Färwerej von de Osteraja met da Vorbereidung von dä Zwieweleschale aangefang. Dodofor sen dann aach erschdemoo die Zwiewele, die sejt vorische Herbst em Säckche en da Kichekaama am Hooke gehonk hon, met däm kläne Knejpsche ous da onnascht Schubbelad vom Kicheschrank geschielt woar. Ma hot schon en ganz Heerd von däne dicke Zwiewele gebroucht, fo en däm alt Kochdeppe ous e paar Schäpp

Kranewassa en staak broun Brie offsekoche, fo dodemet die frische, wejße Aja ousem Hinkelssärel met dä drommerom gewickelte Ajapotsche merrem broun-redliche Zwiewelmosta vaziere se kenne. Dodebej hot dat fest an die Aja aangewickelt Krout von däm Löwenzahn sich als helle Schatte of dä wejße Schale abgehob, alles annere war dodenoo glejchmäßich brejnlich engeferbt. Awwa dat Reihgar hot fejne Strejfe of dä Ajaschaale hennaloss. Dat war net so scheen. Deswäe hot die Oma emma gesaat: „Wickelt dat Gar fest iewa die Bliere, dät mat net so sieht. Wenn da scheene Osdaaja honn wolld, misst da ouch schon e bissje Mieh gen!"

Bej der Schielerej von dä Zwiewele sen ähm schnell die Träne en die Aaue komm on ma muust se sich allfott abbotze. Fo dat Koche on Färwe met de Zwieweleschale honn die Fraalejt net so gäre en normal Aluminiumdeppe ousem Kicheschrank gehuul, wejl sich die broun Zwiewelebrie so ägelich en dat matt Metall erenngesatzt hot. Ma hätt dat Deppe dodemet schnell vasout on fo mettachs dat Gemies, die Krombeere ore die Sopp se koche, nemme so gäre en Gebrouch gehuul.

Wat ma met däne viele geschielte Zwiewele gemach hot, dat spielt wejle kä so Roll. Dat war erschd emool net so wichdich, awwa se sen e paar Daach droff naderlich all en da Kich vadoon woar, ma hot nejst fottgeschmess. An Karfrejdach awwa esset erschdemoo noor om die Zwieweleschale gang.

En de frieere Joahre, wie uus Eldere noch Kenn ware, sen all die Osdaaja em Zwiewelemosda gefärbt woar. Mejne Oba war Schnejere, on dorom horret bej uus dehäm wäe däm Reihgar fo dat Krout om die Aja se wickele, kä Not gän. Wer dat Gar net hat, muust entwäre en annere Farem ore en denn Gordel dodefoor hule.

Bej uusa Oma en da Kich honn meer jed Joahr so ebbes iewa drejßich Aja geferbt. Ebst die dann en dä groß Korb gelaacht woar sen, es jed Aj nochemoo ronderom merrem Stick Speckschwad von Hand abgerieb woar, dats aach ordelich on abbeditlich geglänzt hot. Wejle honn die all ousgesiehn, wie en Kerebsche voll met bonde Blume.

Am Ostamorje war et dann so wejt, dann sen die bonde Aja gebroucht woar. Henna jedem Hous hot de Ostahas em Garde ore en da Betz schon bejzejt die Aja vastoch. En manche Joahre hot dann noch Schnee gelään. Dann muust ma die Aja henna die Gehanstroue- ore die Kronschelehecke ore henna en Baamwoarzel ore an die vadreckelde Planze von vorischjoahr lään, dät se de Kenn net glejch offgefall sen. An däm Daach sen die Bue on Määd fria offgestann wie sonst sonndas. Noom Kaffeetrinke honn se glejch ehr leere Kärebscha gehuul on sen met da ganz Familie en de Gaade on en die Wiese hennam Hous gang. Wer kä Gaade hat, hot ennewennich em Hous noo sejne Ostaaja gesucht. Oußa dä gefärbte Hinkelsaja hotts aach manchemoo schon en Ostahaas ore kläne Ostaaja ous Schokelad gen. Die ware en bond Pabeja engepackt.

Wenn meer dehäm feddich ware met Ajasuche, dann sen meer Zwoo met uuse Ajakerebscha doarchd Doarf gezoo bej all die Vawande. Em Doarf harra ma en groß Familie met zwoo Omae on Obae on en Herd Tante on Unkel met ehre Kenn. Doo sen uus Kereb schnell voll woar bes ue hien. Ejch gläb, meer härre bal zwanzisch Aja drenn gehatt, wenn ma net zwischedoarsch emma wiere end gess härre. Uus Modda hot morjens schon de Finger gehoob on gesaat:

„Der derft jede Daach drej Aja esse, net meh!"

Doo es et awwa doch schon e moo vorkomm, dat ma uus e bissje vaziehlt hon.

Die Ostaaja ware joo net noor fo se Esse doo. Ma konnd dodemet vorher aach noch ebbes anneres aanstelle.

Deshalb komme ejch wejle nochemoo of de Käsbersch zoreck, wo ma von däm Feldwääsch ous, dä an de Wiese uelangst nom Nierewella Wald gang es, so scheen wejt met de Aja schmejße konnd. Die Aja muuste schon deswäe ganz hat gekocht sen, dat se bejm Schmejße net so wie en roh Aj doach die Loft getoakelt sen on die Richdung valoor hon.

Dat hot ma dann aach am Ostanommedach met Begeisderung gemach, die Bue on manchmoo aach e paar Määd. Die scheenst von däne bockeliche Wiese offem Käsbersch war die von uusem Oba. Onnenous an da Bach horret viel Moos genn on de Borem von de Wiese war emma weich on safdisch. Deswäe war die Gächend joo aach so gadding fo dat Ajaschmejße an Ostere. Ejch honn dat Gelände vom Haumache on Kremmetmache em Suuma on Herbst joo gut kannt. Doo konnd ma ohne Bedenke sej Aj merrem kräftische Schwung von ue eronna schmejße, ohne darret hat gefall ore staak geknuppt on glejch kabutt gang wär. Et ware ganz stabile Aja debej, die ma drej-, viermoo eronnaschmejße konnd, ohne dat se oußenanna gefloo wäre. Manchemoo war koum noch die Ajaschaal drommeromm, awwa dat Aj ennewennich war noch hääl. On am Enn hot ma an dä Daach noo Ostere jed Aj, end noom annere, ous da Hand gess, wenn et aach noch so vaschamereert ousgesiehn hot.

Wenn ma bissje Pech hat, ess dat schee Ostaaj bejm Schmejße en de Wiese onne en da Bach geland. Dat honn noor die Bue feddich braacht, die Mäd sen gar net so wejt komm. Vor däm Bou von däm Fluchplatz Hahn hat die Bach noch scheen klar on soua Wassa doarch die Wiese plättschere geloss, on e paar Fisch sen aach drennerom geschwomm. Doch ejch kann mich net draan erennere, datt dodrenn jemols jemand proweert hätt, en Fisch se fänge.

Dat wär joo en Frejzejtbeschäftichung gewääs, on frej Zejt horret bej uus net genn.

Nodääm awwa so Medde von de Foffzicherjoahre dä Fluchplatz on die Ami-Housing hennam Hebberich en Betrieb gang sen, hot uus Bach net noor dat klar on soua Wassa vom Hirschbach ous däm Wällche em Omgang on von de Wiese ousem Aanspann on vom Breggelche end Doarf braacht, nää, sejtdäm war aach dat brunkelisch Wassa, watt an da nou Kläranlaach en Iewascht Otscheld henne rous komm es, debejgemengt.

Die Schestermannsbox

Dat mejne Henne-Oba en Schnejere war on sej zwoo älste Bue däselwe Beruf aach zeerschd bej ihm dehäm geleart hon, dat wesst da joo schon. Et hätt dann joo aach net so viel gefählt, on ejch wär aach so näwebej noch en Schnejere woar. Als kläna Buu honn ejch em Wenda joo lang genuuch zugeguckt, wie die drej of de Schnejeredische gehockt on an ehre Nähmaschine gesess on gestrambelt hon. En da kalt Joahreszejt harren se demet se duun, de Lejt em Doarf on drommerom die Kläre se mache, manchmoo aach noor se biechele ore sonstwie en die Rej se reffe.

De Oba hatt schon en sejne junge Joahre die Mästapriefung of sejnem Handweak gemach on dann als Schnejeremästa bejm Amt en richdich Firma angemeld. Et war en Änzelbetrieb merrem wejße Emalljescheld drouß an da Houseck iewa da Majebank noo da Strooß zu. Oußa ihm selebst hot aach spära de Hans, sejne älste Buu, em Wenda doo geschafft. Dä hat awwa schon glejch noom Kriech däm Oba sejne kläne Bouerebetrieb iewaschrieb kriet on hat deswäe vom Friejoahr bes en de Herbst erenn dodemet genuuch se duun gehat.

Mejne Vadda hat sich noo sejna Lehrzejt dehäm bej sejnem ajene Vadda en Zejtlang als Wannagesell em Schnejere-Handweak em Honsreck, em Saarland on em Westawald erommgetrieb. Met da Aawet war et domols iewaall ganz schläächt bestallt, on dodrom horra sich dodenoo bej da Reichsbahn offem Honsreck en nou Beschäftichung gesucht. On dann koom joo dä Kriech, wo a dann wäe sejna wichdicha Beschäftichung em Staatsdienst als Soldat bejm Barras erschdemoo onabkemmlich gewääs es.

Ejch honn mejne Vadda erschd viel spära kennegeleart. Do wara grad von sejna Diensträäs noo Frankrejch met äna onplanmäßischa Vaspärung wiere hämkomm, on er doarft domols sej Aawet em Staatsdienst bej da Bahn erschdemoo nemme mache. Doo horra sich en Sohre bejm Säeweak Kunz en nou Stell gesucht on sich näwebej wiere of de Schnejeredisch on an die Nähmaschin gesatzt.

Wie da joo all schon wesst, war mejne Vadda am Schluss von däm Kriech doch noch als Soldat engezoo on merrem Gewehr offem Bockel an die Westfront geschickt woar, fo doo noch, wie alles schon zu spät war on wie et nejst mee se gewenne gen hot, däm Gröfaz ous Berlin met däm Schnouzbärtche onna da Naas on dem stramm noo vore gestreckte rächte Arme bej sejne Spuuchte se hellefe, die haleb Welt aan sich se reiße.

„Gröfaz" solld häße: „**Größter Feldherr aller Zeiten**".

Fo so ebbes hot dä Narrekopp ous Esterreich sich schejns selebst werkelich gehall.

Bej de Franzose war mejne Vadda viel länga blieb, wie et geplant war, on wie er aach selebst so gemähnt on mejna Modda domols vazielt hat. Aanfangs ´45 essa sesamme met noch e paar annere ällere Männa ous uusa Gächend on aach ganz junge Bue en soa groa Uniform bestemmt net frejwellich dehäm abgereckt.

Die Zejt es lang woar, on doo sen aach viel Briefe zwische ihm on mejna Modda hien on her geschrieb woar. Allfot hot de Vadda dodrenn aach noch vom „Endsieg" fandaseart on deskereert on gehofft, dät dann endlich dä ganz Schlamassel met däm Kriech vabej wär on dat Läwe met der jung Familie, der Fraa on dä zwoo kläne Bue (wo ejch äne devon war), wiere besser wäre dät. Doch wenn ma hout die alde Feldpostkaate on die -Briefe, wo net zugebabbt wäre doarfte, genau betrachde duud on wäs, wie roulich die Zejte domols ware, dann sieht ma en, dat so eb-

bes wäe da Zensor dodrenn stehn muust. Ebst uuse Brief-
pott en Bichebejere die Post bej mej Modda braacht hot,
war die jo schon längst von so Schniffela en broune Uniforme on Hakekreizbenne an de Arme of die Gesennung von
däm Absender hien onnasucht woar. Wenn ebbes Vakeates
drenngestann hätt, härret bestemmt Schärereje genn, on die
Post wär viellejcht gar net ousgetraan woar.

Wie mejne Vadda noo däne paar Joahre endlich wiere
dehäm en uusa Housdeer gestann hot, honn ejch dän joo
erschd kennegeleart. Ejch konnd joo schon so e bissje
schwätze, on doo honn ejch däm glejch vazielt, dat de Henne-Oba grad en **Schestermannsbox** fo mejch micht.

Die vorisch Woch war nämlich de Rävaschbejena Emil
merrem Balle Stoft of sejnem Gepäckträha von dehäm bej
de Oba noo Bichebejere gefahr komm on hott gesaat, er
wolld sich dodevon von ihm en nou Box mache losse. So
ään, fo jede Daach aanseduun, vor allem dann, wenn et
drouß kalt wär. De Emil war fo mejch schon emma en wejt-
läfischa Vawanda, dä alsemoo bej uus maje komm es. Mej
Henne-Oma hot emma wiere proweart, meer die familiäre
Sesammehäng bejsebränge on die Frejndschafte se verkli-
ckere, awwa ejch honn doo emma die Hänn iewam Kopp
sesammegeschlaan on net geloustad, watt se ma saan
wolld. Hätt ejch dat gemach, dann kennt ejch ouch wejle
genau ousem Kopp vaziele, wie dä Emil on sej Anna ous
Rävaschbejere met uus vawand gewääs ware.

Dä grub gereppt Manchesterstoft war noch ordelich om
en steife Babbedeckel gewickelt on en broun Packpabeja
engeschlaan. Er hat so en hell gääl-broun Fareb gehat, so
bissje wie dat Fell von uuse Kieh em Stall. De Emil hot gemähnt, et wär en gut Qualidät, on dä Stoft wär en England
gemach woar. Schon for e paar Monat härra dän en änem
kläne Geschäft en Trorbach gän en Schwademae on en klää
Blutwoarscht engetouscht.

De Emil war en großa on ziemlich dorra Käll met lange Bähn. Awwa dä Balle met däm rubbelich Manchesterstoft hat aach en heard Meda om dä Babbedeckel en da Medde erommgewickelt.

Wie mejne Oba sich dat so besiehn hatt, horra zu meer gesaat: „Wenn et ejst langt, dann mache ejch aach deer dodevon noch en Box".

„Ou joo!" honn ejch doo glejch gesaat, „so en Schestermannsbox hätt ejch aach gäre."

Spära horra dann gemähnt, „viellejcht werds aach noor en koarz Box, ejch muss erschd moo siehn, wie et geht."

Wie de Oba dann däm Emil sej lange Mooße met da wejß Kreid of dä Stoftlappe droffgemolt on die änzelne Sticka von der nou Box met der groß Schnejereschär ousgeschniet hat, doo war von däm Manchesterstoft werkelich noch genuuch iewerich blieb, fo en Kennabox met lange Bään on em Latz met Boxeträha drous se mache.

De Oba hot die Box dann awwa extra so groß gemach, dat se erschdemoo mejnem große Brure gebasst hot. Er hot gemähnt, dat dät sich doch eha lohne, wenn zwoo Bue die nou Box aanduun kennte, zeerschd dä Groß on dann dä Grobbisch. Ejch muust wejle waade, bes de Jürgen ous der nou Schestermannsbox rousgewaas war on ejch se dann endlich kriet hon.

Sejtdäm hotts bej uus dehäm on en da Schnejerewerkstatt von mejnem Henne-Oba kä

Manchesterstoft on Manchesterboxe

mee genn, et es noor noch von

Schestermannsstoft on Schestermannsboxe

geschwätzt woar.

Houtsedaach wesse die junge Lejt nemme all, wat dat ähn ore wat dat anna es. Bej däne werd dä gut Stoff ous England merchdens „Cord" genannd. Worom dat so es, kann ejch ouch awwa net sahn.

Dat met däm Ravaschbejener Emil hot ma joo kä Ruh geloss. Wie ejch met däm Stickelche aangefang honn offse-
schrejwe, wolld ejch ouch doch genau ousenannareffe, wie
dä Emil ous Rävaschbejere zu uus gestann hot, also, wie dä
met uus en Bichebejere vawand war.

Do honn ejch mich an de Uaklennicha Gerd gewand, on
dän gefroot, ob er ma doodebej hellefe kennt. De Gerd es
aach noch so e bissje met uus vawand, awwa dat wär dann
en nou Stickelche, von däm ejch wejle net aach noch vaziele well.

De Gerd es net noor em Kerchbel bekannt devor, dat er
met däm Familieprogramm of sejnem Kombjuda de Lejt
em Honsreck on manchemoo aach noch drommerom on
wejere wech hellefe kann, wenn se wesse wolle, woher se
selebst komme on wer ehr Vorfahre on Blutsvawande ware
on aach viellejcht emma noch sen. Vom Gerd honn ejch
iewa dat Endanet dann elektrisch en Beld geschickt kriet
met ganz viel kläne Kästcha droff, wo Name on so ebbes
drenngestann hon. Die Kästcha ware met fejne Striche so
mettenanna vabonn, dät ejch dodrous siehn konnd, wer zu
wääm gohoart hot.

Die stoderte Lejt nenne so ebbes wahrscheinlich „Dia-
gramm". Dat Beld met däm Ousschnitt ous däm Familie-
stammbaam honn ejch ma erschdemoo an mejnem Komb-
judafensta groß genuuch gemach on dann ganz genau aangeguckt. Wie ejch et begreff hat, honn ejch dat of Pabeja
ousgedrockt on die änzelne Bliere so hennananna on onnananna gebabbt, dats näächst so oussieht wie en Bouplan
von änem noue Wohngebiet. Wejle war dat Beld iewasicht-
lich, nemme so oschärisch on klän sesammegedrängelt, on
ejch honn dann rouskriet, dat ejch met däm Emil so vawand sen:

Mejne Vadda   war de
Erich Leonhard ous Bichebejere

Däm sej Modda war die
Auguste Bauer ous Bichebejere

Der ehr Modda war die
Katharina Karoline Alberthal ous Bichebejere

Der ehr Schwester war die
Luisa Alberthal ous Bichebejere

Die Dochda von da Luisa on ehrem
Mann Wilhelm Haag ous Rävaschbejere war die
Bertha Haag ous Rävaschbejere

Die Dochda von da Bertha on ehrem
Mann Heinrich Fischer ous Rävaschbejere war die
Anna Fischer ous Rävaschbejere

Der ehre Mann war de Emil Jost
ous Rävaschbejere,
fo dän mejne Henne-Oba die

Schestermannsbox gemach hat.

De Pasdorekuche

En der schläächt Zejt noom Kriech, wo viel Lejt en Dejtschland net genuuch se esse harre, doo ware meer offem Honsreck noch gut bedient. Die merchde Lejt harre e bissje Landwertschaft on en Gaade, ore se harre Beziehunge dodezu. Von de Lejt bej uus em Doarf muust käna Hunga läjere on hamstere gehn, wie die Stätta, die met ehre Rocksäck noch lang doarch die Gäschende gezoo sen on ehr gut Geschärr ous de Schräng gän ebbes se esse engetouscht hon.

Joo, meer honn dehäm aach net en Sous on Brous geläääbt, awwa ma sen emma satt woar. Viellejcht wosst net jed Kend, wie sich dat „satt sen" iewahaupt aanfielt, wejl net all die Kenn noom Kriech moo satt gewääs ware. Datt maa fo die Stadtkenna e lang Zejt so gewääs sen, awwa net fo uus offem Land, of da links Sejt vom Rhein zwische da Musel on da Noo.

Trotzdäm muuste aach meer dehäm uus bejm Esse gut endääle. Datt hott uus Modda gemach, meer Kenn honn et gar net gemerkt. Jede Morje zum Kaffeetrinke hotts en Schmeer genn, wo links die Margarine denn droffgekratzt woar war on of da rächts Sejt die Marmelad grad so, datt koum en oschärisch Mick droff babbe blieb wär. Wenn ma noch en Schmeer en die School metnämme doarft, dann es die grad so sparsam geschmeert on dann sesammegeklappt woar. Et hott en där Zejt en Dejtschland aach bestemmt viel Kenna genn, die kä zwoo Brotscheiwe en die School metnämme konnde, on wenn doch, harren se nejst droffgestrich kriet.

All die Lejt muuste en Wääsch fenne, wie se sich selebst on ehre Kenn met ähnfache Meddel die hungeriche Mäila änischamooße stobbe konnde.

Se Meddach hotts bej uus dehäm manchmoo vorewäch en Sopp genn. Die es von da Modda en diefe Della vorsichdich so of de Disch balangseat woar, datt se net driewageschschwappt es. Meer Kenn harre so Della on Tasse ous dickem Stäängutgeschärr, Bozellan war et net. Dat war gääl glaseat on hatt so kläne schwatze Hinkelscha droffgemoolt. Aach of da iewerschd Sejt von dä Bärem von de Soppedella ware en da Medde so schwatze Hinkelscha se siehn. Wenn die Sopp gut war, konnd ma die Beldscha net glejch erkenne, erschd dann, wenn die Della bal leer gess ware. Et koom awwa aach vor, datt die schwatze Hinkelscha glejch, wie die Modda die Della braacht hatt, doarch die denn Sopp doarchgeguckt hon. Dann war datt en Hinkelssopp, en die von ueronna mee Kennaaue renngeguckt honn, wie Fettaue von onneroff.

Dat loo Beld met der denn Sopp erennat mich staak an de Bliemchekaffee en de bemoolde Sammeltasse bej dä Kaffeekränzcha von de Fraalejt, von däne ma als gehoat hott: „Dä Bliemchekaffee dät noor deshalb so hääse, wejl ma glejch doarch dä Kaffee en dä volle Tasse die Bliemcha off de Bärem siehn kennt."

En uusa Gäschend horret se Meddach aach ganz oft Geaschtsopp se esse genn, entwäre so en klää Porzion vorewäsch ore en große Della voll als ähnzich Esse, noor merrem Stick trocke Brot debej. Ejch honn die Sopp joo ganz gär gess, meer hott se geschmackt. Awwa annere Lejt honn se noor deshalb met zuene Aaue vadreckt, wejl se de Bouch gefellt hott. Die gerollt Geascht es scheins em Bouch noch e bissje offgang on hott die Lejt nooträchlich satt gemach. Wenn allfott so en Esse of de Disch komm es, dann es von de Mannslejt alsemoo gekrommelt on gemoult woar.

Die Woch iewa war von Sonndas oft noch Kuche iewerich blieb. Dann konnd mej Modda dodevon noch ebbes Guts zeräächt mache, watt bej uus Kenn on bej uusem

Vadda ganz ue of däm Wonschzierel gestann hott:
De Pasdorekuche!

Dat war nejst anneres, wie en ganz ähnfacha Offlaaf von
Kuchereste. Dä Name „Pasdorekuche" hatt mej Modda
metbracht, noch ebst meer zwoo Pänns dehäm am Disch
setze konnde. Die war nämlich als jung Mädche bejm alde
Dokda Scheler en sejner Villa em Houshalt beschäfdichd
gewääs. Doo esset als fejn hergang, on datt Kommando
iewa die Dienstmäd hatt die „Frau Pasdor" gehatt, wie se
so genannd woar es. Wer datt genau war, es wejle net so
wichdich, es awwa en änem annere Vazielche genau erklärt. Die Fraa hott dat Rezept fo die gut Restevawertung
en ehre Biecher stehn gehatt, ore se hatt sich dat viellejcht
aach selebst moo ousgedaacht.

Fo de Pasdorekuche se mache, hott ma hauptsächlich
trockene Kuche gebroucht, zum Bejspiel ganz normale
Kremmelkuche. Dä es merchdens deswäe iewerich blieb,
wejl uus sonndas nommedachs die Ubstkuche bessa geschmackt hon, on deswä aach schnell all woar senn. Fo dä
Pasdorekuche se mache, hott mej Modda dä alt Kremmelkuche zeerschd waagerecht doarchgeschniet. Dat hääst, se
hott die iewascht Schicht met de sieße Kremmele abgeschniet. Die honn ma glejch am näächste Morje zum Frie-
stick gess on Mellich debej getronk. De onnascht Dääl vom
Kremmelkuche war joo de trocke Kuchedeich, dä met Heeb
geback woar war. Noo Gebordsdae ore noo so annere Festa
en da Frejndschaft hatt ma manchemoo noch ebbes vom
Marmorkuche ore von eachend änem annere trockene
Foormkuche ore vom Rollkranz iewerich behall. Dat es
dann alles, wie et war, en da Schessel seseamme gemengt
woar. Wenn en da Nobarschaft ore eachendwo em Doarf
grad en Lejch gewääs es on noch Kranzkuche getraan woar

war, hott dä genau so prima dodebej gebasst wie trockene Mellichbretcha, alde Wassaweck ore die Koarscht on en Stick vom hatte Wejßbrot ous da Kichekaama.

Die ganze trockene Reste von däm Wejßmählsgeschneekels sen en en groß Schessel komm on dodrenn gestambt on met Mellich, e bissje Zucka on e paar Rosine so lejcht vamengt woar. Viellejcht es noch e bissje Backpolva, zwoo Aja on en Messaspetz Zemmet debej komm. Dä nou Deich von dä alde on trockene Reste doarft net so bratschich wäre, wie ejch noch emma die Speis vom alde Schuchmejere ous Nierewella en mejna Erennerung hatt, wie dä moo bej uuse Lejt em Uadoarf en Stick von da Stalldeck nou vabotze muust.

Dä bräckelich Brei fo de Pasdorekuche se backe es wejle fot zwääte Moo en die Kucheform gefellt woar. Dat war en hoch, rond Deppe ous Stäängut ore ous dennem on gewelldem Wejßblech merrem Rohr en da Medde, so hoch wie de Rand von däm Deppe. Dat Rohr hott ousgesiehn wie en Schorschdel on es uenous emma enger woar on hatt doo en Loch. En so äna Forem honn die Fraalejt samsdas gemäänehand aach de Marmorkuche geback on em Herbst alsemoo de Kappesofflaaf fot Meddachesse zerächtgemach.

For dä Pasdorekuche koom zeerschd mem Schäppläffel ä Schicht von däm sesammegemengte Deich onne en die Forem, on dann sen dodriewa e paar Leffel voll Äppelkombott vadäält woar. Dann wiere datselwe, also nochemoo Deich ous da Schessel on e paar Schäpp Äppel. Wie dat Deppe näächst voll war, es et en de hääß Backue geschubbt woar on dodrenn so lang blieb, bes mej Modda gemähnt hott, de Pasdorekuche wär wejle gut genuuch geback. Dat kann joo aach net so lang gedouat honn, wejl alles, watt doo drenn war, schon emmoo gekocht ore geback woar war. Hääs muust a sen, datt war wejle wichdich. En Thermomeda es net gebroucht woar on aach kä Oua, fo die Zejt abseläse. Wie se gemähnt hott, er wär gut, hott mej Modda en Streckspess gehuul on erenngestoch. Wenn ebbes dodraan babbe blieb es, dann hott ma noch e bissje gewaat.

Dä feddich Pasdorekuche war doarch die Backerej ronderom merchdens e bissje iewa de Rand erousgewaas. Met zwoo dicke Deppelombe hott mej Modda die hääß Kucheform met däm feddiche Offlaaf ous däm hääße Backue rousgehuul, on dän dann onnaschtiewascht of en große Della gestellept, on medde of de Kichedisch gestallt. Oußewennisch war dä Kuche ous der Form scheen broun on fest geback. En da Medde harra von däm Schorschdel en Loch gehatt. Wenn a net grad so schwabbelisch war, konnd ma dä feddich Offlaaf näächst wie en normale Kuche en Sticka schnejere. Manchmoo wara awwa net so geroot, doo muust ma ihn met zwoo große Soppeleffel vorsichdich of uus vier Della vadääle.

Näwa dä omgestellept Offlaaf hott mej Modda glejch dat groß, wejß Mellichkännche met der warm Vanellsooß hiengestallt. Die hatt se noch so ganz näwebej schnell sesammegemengd on glejchzejdich offem Herd gekocht. Wejle war se schon e bissje abgekiehlt, on jeda von uus konnd sich die selebst iewa sej Porzion met däm warme Pasdorekuche of sejnem Della schiere. Wer bejm Esse noch ebbes se schnurele hatt, ore wäm dat zu dederlich geschmackt hott, dä konnd sich gäre ous der groß Glasschessel näwedraan noch en Leffel voll kalte Äppelkombott of sejne Della schäppe. So ebbes harre ma em Herbst, wenn die Äppel so zejerich ware, emma en uusa Kichekaama parat stehn. Dat konnd ma joo als Bejlach bej näächst jedem Esse gut vawenne, on vor allem horret dodemet sonndachs alsemoo Noodisch gen.

Se Trinke homma nejst gebroucht, dat war bej uus am Kichedisch eichentlich nie so richdich More gewääs.

Wenn meer vier meddachs net alles esse konnde, wenn meer dä ganz Pasdorekuche net sesamme gepackt hon, dann war de Rest aach omens noch em kalte Zustand en gure Muufel fo die, wo noch ebbes devon of ehre Della kriet hon.

Die Lejt, die uus Frau Pasdor nemme kannt honn, on aach noch nie ebbes von där gehoat harre, kenne de Pasdorekuche von uusa Modda schon deshalb gäre aach

Reseiklingkuche

nenne, wejl er dat joo for en gut Restevawertung aach emma schon gewääs es. Et es nejst fottgeschmess woar.

Enkaafszierel von 1950

"Host de alles?" honn ejch mej Modda gefroot, wie se ehre Enkaafszierel nochemoo aangeguckt hott, off däm se grad äwe noch merrem frisch gespetzte Bleisteft rommgekretzelt hatt.

"Ejch wääs et net, watt ejch vagess honn, datt steht joo hej net droff", hott se gemähnt.

Räächt hott se dodemet gehatt. On ganz bestemmt war ehre Zierel aach en ganz annera Hiensicht met änem gespetzte Blejsteft geschrieb. Of däm honn noor die notwennichste Sache droffgestann, on et koom droff aan, ob ma ganz normal en da Woch kaafe gang es, ore ob ma fo en bestemmt Ereichnis ebbes besoriche wolld. Wenn ma zum Bejspiel en da näächst Zejt en Geboatsdaach dehäm fejere ore echend en anna Ems ousriechde wolld, dann war dä Enkaafszierel bissje länger wie gewehnlich. Dann honn doo noch e paar annere Dinga droffgestann, net noor datt, watt ma so alle Ritt gebroucht hott. Aach em Friehjoahr, wenn ma de Gaade se riechde hatt, muust ma Soome on Planze honn for ditt on datt. Watt ma awwa off de Sticka ore em Gaade selebst ziehe on ousmache, breche ore ousrobbe konnd, broucht ma net of dä Zierel droffseschrejwe on net em Geschäft kaafe.

Watt off däm Enkaafszierel alles droffstehn konnd :
- En Pond Salz / Zucker / Gries / Reis / Lense
- Zwoo Päckcha Backpolwa on Vanellzucka
- Fo en Grosche Heeb
- En Deppche Sirup
- Erbswoarscht
- En haleb Pond Magarine (Sanella ore Rama) on en Platt Palmin

- Schichtkäs on Boddamellich
- En Pond Muckefuck (Lindes ore Kathreiner)
- En Fläschje Maggi
- En Flasch Ulich
- En Stang Maggiwerfel
- En Flasch Essichessenz
- En Glas Sennef
- En Tietsche Peffa on Nelke
- Zähn Hering ousem Fass
- En Päckche Overstolz fo de Baba
- Zwoo Schachdele Strejchholz
- En klää Doos schwatz Schuhwix
- En Doos Bohnawachs
- En Paket Wäschpolwa
- En Stick Kernsääf on en Tuub Zahnpasda
- En Päckche Ata / Imi
- Abrazzo on Wiena Kallik fo die Herdplatt
- En Mickefänger on en Mäisfall
- En Päckche Brausepolwa ore en Roll Drops
- Rheila Perle ous da Abedeek
- Freimaake fo en Grosche, 20 on 70 Penning, on Notopfer Berlin fo 2 Penning
- Hellgroo Stoppwoll fo die Stremb
- Flickzejch fot Fahrrad
- Die Schuh bejm Schusda abhuule
- Soome fo de Gaade (Moorde, Kohlrawe, Zwiewele, Radiesscha on Koppsalat)

Oußa däm Zierel, sejnem Geldbejerel on de leere Tasche on Netze muust ma nadeerlich noch die leere Flasche on annere Deppcha fo offsefelle von dehäm metnämme.

Domols, 1950, noom Kriech on noo da Währungsreform, hott ma ball alles, watt ma honn wolld, wiere en de Kolonialwaregeschäfte, bejm Bäcka ore bejm Metzga se kaafe kriet. Off dä Zierel von de annere Fraalejt hott ähnlich Geschärr droffgestann wie bej uus, koum moo ebbes Besonneres, nejst, watt ma gar net gebroucht hott, kä Luxus, heextens moo en Päckche Tuak fo em Oba sej Peif.

Datt Word „Kolonialware" kemmt noch ous der Zejt, wo aach die Dejtsche gemähnt honn, wejt rous en die Welt, noo Afrika ore henna China miest ma hienfahre on dä Engeborene en däne Länna datt met Gewalt klaue, watt bej uus em Land net waase kann, wejl dat Wäre dodevoor net bassend es.

Schon vor paarhonnat Joahr hott dat so langsam losgang met de gewaltsame Eroberunge von so manche fremde Länna wejt henna de Weltmeere doarch die Spanier, die Portugiese, die Hollänna on die Englänna. Dann honn aach die Dejtsche gemähnt, ebst die ganz Welt of die Art on Wejs an die Nobaschlänna om uus erom vadäält wär, sollde se sich aach noch schnell en dä Gäschende on bej dä Velka, die sich net richdich degän wehre konnde, met bediene. Watt uus Vorfahre ous Europa en däne fremde Länna met Waffegewalt geklaut, ousgeroumt on hämmgeschlääbt honn, war emma noor dat best von däm, watt ma doo kriee konnd. So koom et, datt ma die Läwensmeddel von dä Koloniee en Dejtschland „Kolonialware" genannd hott, die dann hej aach en Kolonialwaregeschäfte vakaaft woar senn. Bej äna ganz bekannda Firma es dä Begreff sogar en de Name offgenomm woar: EDEKA es en Abkerzung, lang ousgeschrieb häst dat joo nejst anneres wie: Einkaufsgenossenschaft der Kolonialwarenhändler.

En jeda Stadt on en jedem Doarf honn die Ämda domols noch die Läwensmeddelkaade an die Houshalde vadäält. Dodebej sen die Käpp gezielt woar, die junge on die ällere Kennskäpp getrennt, on die alde Lejt aach, jed Grupp fo sejch. Die kläne on die große Kenn honn vaschiedene Kaade kriet, on fo die Schweraweda horret Extrarazione genn. Wenn ma em Geschäft ore en da Wertschaft ebbes devor kaaft hott, es en Schnippsel von däm Babbedeckel abgeschniet woar. Watt wejle noch droffgestann hott, muust fo de Rest von däm Monat lange. Datt hott awwa net gehääß, datts aach werkelich datt se kaafe genn hott, watt off däne Kaade gestann hott. Wenn et all war on nejst mee em Laare war, dann sen die Kaade am Enn vom Monat ähnfach vafall. Dann war de Rest ähnfach futsch!

Bis 1950 honn die Fraalejt oußa ehrem Enkaafszierel, de leere Flasche on Deppcha on ehrem Geldbejerel aach noch die Läwensmeddelkaade von da ganz Familie en die Geschäfte metnämme misse. Die Kaade ware nejst anneres wie Beschejnichunge von de Ämta fo jedeäna em Houshalt, datt dä ore die von bestemmte Läwensmeddel ore aach annerem Geschärr, watt dodroff gestann hott, ebbes kaafe doarft. So ditt on datt war domols en Dejtschland noch ganz knapp gewääs on deshalb razioneart. Ohne die Kaade hätt ma datt net so frej kaafe kenne. Von dä knappe Sache sollde joo all die Lejt ebbes krie kenne, nett noor die met däm merchde Geld em Portmannee.

En Westdejtschland sen die Kaade dann so noo on noo abgeschafft woar. Awwa en da Ostzone horret die Kaade noch viel länga genn on die Vasorjung von de Lejt met Läwensmeddel hott noch lang ganz schoufel ousgesiehn.

Bej sejnem Enkaafszierel musst ma nadeerlich aach offbasse, dat datt, watt ma an däm Daach alles kaafe wolld, net zu schwer wäre däät fo hämseschlääbe. Et koom schon droff aan, ob ma zu Fuß ore merrem Fahrrad onnawächs war on aach dodroff, wie wejt ma se gehn ore se fahre hatt. Von dä frische Läwensmeddel doarft ma aach net zu viel of ämo kaafe. Em Hous horret noch kä Kielschrank on kä Gefreerschrank genn. Die Lejt honn zugesiehn, dat se en kiel Eckelsche en ehrem Hous fonn honn, fo die Läwensmeddel onnasebränge. Wer en Kichekaama merrem schattiche Fenstasche hatt, konnd froh senn. Die annere honn sich em Kella en gatting Plätzje suche misse.

Wejle war de Zierel geschrieb, on mej Modda horren en ehre Mandel bej dat Säckelduuch gestobbt. Wie se die Dear abgesperrt hatt, es aach de Schlessel noch debej komm.

Wenn ejch als kläna Buu morjens met mejna Modda en Kerberich von da Bahnhubstrooß en die Stadt kaafe gang senn, homma zeerschd en die Geschäfte geguckt, von wo ma noor e paar Klänichkääte honn wollde. Erschd dodenoo sen ma an Hanse gang. Die harre ehr Läwensmeddelgeschäft am Maat, nääwe Wewasch Hotel. Ob an däm Hous dat Word „Kolonialwarenhandel" draangestann hott, wääß ejch wejle nemme. Doo honn ma näächst alles kriet, watt off uusem Zierel gestann on watt mej Modda en da Kich gebroucht hott.

Wenn ma denoo noch en Broot on en Stick Woarscht honn wollde, sen ma offem Reckwääsch erschd an Hoddebachasch ore bej de Augustin gang, on wäe däm halwe Pond Fleischwoarscht of uusem Zierel am Enn noch an Baddebachs en da Kappela Strooß. Die Frau Baddebach hott datt halleb Pond vom große Ringel abgeschniet, gewoo on dann en Pabeja gewickelt. Dann hott se noch en extra Schejb abgeschnippelt on met ehrem koarze Aarme iewa die Theek bej mejch eronnagelangt. „Dankescheen" honn ejch brav gesaat, die Woarscht sofort en de Mond gestobbt on die gut Fraa met volle Backe frejndlich aangestrahlt.

Wenn ma wejle noch e bissje Geld iewerich harre, konnde ma die sechs Overstolz fo de Baba noch ganz zum Schluss bej Waldasch ore an Lorenze kaafe. Die klää, flach Schachdel hott foffzich Penning kost. En änem von däne Geschäfde honn ma aach alsemoo en Zejdung gehuul, so ähn fo die ganz Woch, datt ma Beschääd gewosst hott, warret omens em Radio genn hott, wenn meer zwoo Pänns schon em Bett ware on schloofe sollde. Die zwoo Laare ware en derselwe Strooß en da Näh von da Raiffeisekass, wo ejch zähn Joahr spära mej Lehr gemach honn.

Wenn die Laredear noo ennewennich offgang es, hott glejch, wenn ma de Schlink eronna gedreckt on die Dear e bissje offgeschubbt hatt, iewa ähm die Schell geklembat. Die hott Zeiche genn, datt Konschaft doo war on aach jemand fo se bediene komme solld. Manchmoo ware awwa schon so viel Lejt em Laare drenn, datt ma waade muust, bes ma an da Rej war. Bes ma wejle sejne vakrombelte Enkaafszierel ousem Säckel gezoo hatt, konnd ma noch en Schwätzje met de Lejt halle. On wenn ma net arisch offgebasst hott, dann konnd sich aach emoo jemand vordrängele.

Solld ebbes abgefelld wäre, muust ma dat Leergut glejch parat halle. Datt hott fo de Ulich genau so goll wie fo dat klää viereckisch Fläschche vom Maggi on aach fo de Sennef. Ma hott sej Flasche on Glieser iewa die Teek gelangt, on die Fraa hennedraan hott datt dann ous dä große Flasche on Deppe ous de Regale wiere voll gemach. De Essich awwa hott ma als Essichessenz en kläne Flasche se kaafe kriet, die ma dehäm met so em oschärische Stobbezieha offgezoo on dat scharf Geschärr met viel Wassa en sejna Essichflasch vamengt hott. En Kerberich honn ejch dodebej als kläna Buu moo so en Spretza en mej links Aau kriet. Datt hott so foaschbar weh gedoon, dätt ma bej de Dokta Hüsen gehn muuste.

Die annere Läwensmeddel sen merchdens aach loose vakaaft woar, also ohne Vapackung drommeromm. Die Fraalejt henna da Teek honn die Sache met so kläne Scheppe ous Holz ore Aluminium ous de Schubbelade ore ous Säck on Keste rousgeschäppt on en spetze Tuute ous Pabeja gefelld. Die sen wej erschd moo gewoo woar, ob et aach en halleb ore en Pond gewääs es, wie de Konne datt honn wolld. Et es dann noch so lang ab- ore noogeschäppt woar, bes dä Zaja von der wejß Woo of da Teek genau am richdiche Platz gestann hott. Wejle honn se die Tuut ue rommgekrembelt, datt net alles wiere rousfalle konnd. Datt hott so gang merrem Zucka wie merrem Salz, em Reis, em Gries on watt ma sonst alles net selebst en sejna Landwertschaft ore em Gaade ziehe konnd, awwa doch alsemoo esse wolld.

Die Hering honn em Geschäft met Kopp on Schwanz ennem große Holzfass en da Salzbrie gelään on sen von da Vakäuferin merra langa Zang ous Holz rousgehuul on en Zejdungspabeja engewickelt woar. Die Zejdung hott ma am beste glejch von dehäm metgenomm. Annere Sorte Fisch hotts bej uus net genn, dodefor ware ma zu wejt fott vom Wassa.

Noor ganz wenich Sache ware en de Geschäfda schon feddich vapackt. Kaffee, zum Bejspiel. Merchdens war et joo Muckefuck, Lindes ore Kathreiner. Dä war genau so wie de Bohnekaffee en feste Päckcha engepackt on es aach so vakaaft woar. Backpolva, Vanellzucka, Buddingpolwa, Kakao on so Sache ware aach emma schon en kläne Tietcha feddich em Laare.

Wenn ma alles bejnanna hatt, es henna da Theek sesammegerechend woar. Die ähnzelne Beträch hatt dä Mann ore der Fraa joo glejch onnananna off en Zierel geschrieb. Wejle muuste die genau so sesammegerechend wäre, wie ma datt joo all en da School geleart harre. Dat hott gehääß, em Kopp rechene on merrem Blejsteft ä Ziffer noo da anna onne of däm Zierel akurat onna dä Strich schrejwe.

Dat hott alsemoo e bissje gedouat. Bej däm ääne länga wie bej däm annere, je nodääm, von wäm ma bedient woar es on aach dodevon, ob bejm Kontrollrechene glejch dattselwe wiere rouskomm es wie bejm erschde Moo. Wie de Betrach fo se bezahle festgestallt war, hott ma dä Zierel am Enn iewa die Theek gelangt kriet, datt ma dään dehäm nochemoo noorechene konnd. Wejle hott ma en sejnem Portmannee gemengt fo se bezahle. Am liebste hätt ma joo noor met sejnem Klägeld bezahlt on net noch en noue Schejn rousgehuul. „Es so en Schejn erschdemoo aangebroch, dann essa aach ball ganz fott", honn die Lejt domols schon er Lääd geklaat.

Joo, et hott aach Lejt genn, die honn net glejch bezahlt. Entwäre konnde se net, ore se wollde net. Die honn ehr Scholde en so en schwatz Buuch aanschrejwe geloss, of Pomp. Zu däne Lejt honn meer net gehoat. Henna da vorgehall Hand es iewa so Lejt alsomoo geschnurelt woar, on manche honn sich sogar dodriewa ehr Mäjla varress. Wenn bej uus bejm Kaafe dat Geld moo grad net gelangt hott, homma nochemoo ebbes ous uusa Tasch ousgepackt on of die Teek gelaacht, so datts mem Geld gebasst hott.

En de Läwensmeddelgeschäfte war domols so ebbes en Moore komm, watt ma „Rabatt" genannd hott. Fo en Enkaaf von 20 Penning horret ä klää Märkche genn. Datt solld ma en so en Rabattkaat ous Babbedeckel rennkläwe. Wenn ma en däm Geschäft en Omsatz von 50,00 Maak gemach hatt, war die Kaat met dä Märkcha vollgebabbt. Se hatt dann en Wert von 1,50 DM, on ma konnd se glejch enleese. Die Sach met de Rabatte honn ejch von Aanfang aan als flabbisch Zejch aangesiehn. Die Geschäftslejt härre joo aach glejch ehr Geschärr drej Prozent billicha mache kenne.

Dat wär am Enn dattselwe gewääs, on se härre net so viel Aawet demet gehatt.

Wejle muust ma dä ganz Kroom, dän ma kaaft hatt, joo aach hämschlääbe. Dat awwa war net so en groß Problem, wejl die Tasche on Enkaafsnetze noch net so groß on net so voll ware wie houtsedaach, on aach noch net so schwer. Getränke on so flissisch Geschärr ware joo koum debej gewääs. Aach noo däm Wäre muust ma sich riechde. Bej räänisch Wäre konnde ähm die Tute en da Tasch ore däm Netz offbasche on dat ganz Geschärr erousfalle. Hat ma en hääße Daach erwischt, dann es ähm ball die Magarine wejch woar on fottgelaaf. De Hämmwääsch war bej uus joo net so wejt, on wenn doch, hatt ma viellejcht aach et Fahrrad debej gehatt. Wenn awwa so en jung Fraa met ehre kläne Kenn allään onnawäächs war, muust se sich schon gut iewalään, wie se datt am beste aanstelle konnd. Gemäänehand hott sich awwa emma jemand fonn, dä ähm gehollef hott se traan.

Wenn oußa dä Läwensmeddel noch annere Sache off däm Enkaafszierel gestann honn, war et de best, die zeerschd se kaafe. Houtsedaach schwätzt ma joo von „Fuud" on von „Nonfuud". Mej Modda on mej Vadda honn fo ehr Nähereje fo uus selebst on fo annere Lejt alsemoo e paar Knäpp, Drockknäpp ore Krambe, en Reißvaschluss, Näh- on Rejhgar, e paar Meda Basbeleerband fo die Räck, Zackelitz fo die Bluse, Stoßband on en Stick Fureduuch fo die Boxe on Wämmes gebroucht. So en Kroom däät ma hout joo „Nonfuud" nenne ore „Kurzware". Datt hotts en Kerberich an Hähne, bejm August Schmidt on an Prinze se kaafe genn. Die drej Geschäfte ware näächst bejnanna, datt war ganz praktisch. On wejl dat Nonfuudgeschärr, watt meer doo kaaft honn, net so groß on net so schwer war, semma glejch doohien gang, ebst ma an Hanse die Läwensmeddel gehuul honn.

En däm Eckhous an da Kreizung noo Dickeschied eronna war en Kerberich noch en klää Mellichgeschäft, wo ma alsemoo Schichtkäs on Boddamellich kaaft honn. Dodefoor harre ma dann nadeerlich schon en leer Mellichflasch on aach en Schesselche fo de Käs en uusa Tasch. Die Vollmellich von däne homma awwa net kaaft, die koom joo ous da Molgerej, net vom Boua. Doo war datt gut Mellichfett schon zum Dääl abgeschäppt woar. Die Vollmellich homma jede Daach bejm Boua en Denze gehuul, wo e paar broune Kieh em Stall gestann honn, die morjens on omens gemollik woar senn, on wo ma debej zugucke konnd.

Fo se Trinke brouchte ma en de Geschäfde nejst se kaafe. Wenn ma Doarscht hatt, hott ma dehäm daachsiewa ähnfach Kraanewassa getronk. Uus Wassa war schon emma ganz prima gewääs. Et soll schon domols vom Iere komm senn. Et war net viel Kallik drenn on et hott aach gut geschmackt. Off uus Wassa honn meer nejst komme geloss! Darret en de merchde Häisa noch doarch alde Blejrohre en die Kich gofoat woar es, hott domols niemand offgerächt. Mejne Blechlasch Oba war Klempnermästa, dä hott gesaat: „Die Blejrohre sen die beste!" Dodemet kann er awwa noor gemähnt honn, datt se sich bej sejnem Handwerk gut vaschaffe geloss honn, wejl dat Blej so wejch es on gut om die Ecke gelaacht wäre konnd.

Wenn ma sich ebbes Besonneres fo se Trinke gegonnt hott, dann es alsemoo dä engemacht Saft en de Flasche ousem Kella met viel Wassa vadennt on dann geschloabst woar. Aach kä Sießschmeer, kä Gemies, kä Krombeere, kä Ubst hott ma em Geschäft kaafe misse. Brot noor dann, wenn ma net selebst em Backes backe konnd, on schon garnejst met Alkohol.

Wenn mejne Vadda moo wiere en Brief an de Unkel Kurt en die Ostzone geschrieb hatt, ore wenn end von däne ball Geboatsdaach hatt on meer en Päckche dehienschicke wollde, brouchte ma noch Frejmaake von da Post. En 20-Pennings-Maak fo en Brief on en 70-Pennings-Maak fo en Päckche. En Postkaat, en Ansichtskaat on en Gebordsdaachskaat hott noor en Grosche Porto kost. Awwa Achdung: Bej jeda Postsendung muust die klää bloo Notopfer-Briefmaak Berlin fo zwoo Penning dronna gebabbt wäre.

Manchmoo hott mej Modda Nurele kaaft, awwa merchdens hott se de Deich dodevoor dehäm en da Kich met Mähl, Wassa on Salz selebst sesammegemengt on merrem Wäljaholz ganz bräät iewa die halleb Dischplatt ousgerollt. Wejle hott se dän merrem große Messa, datt vore bissje rond war, en schmale Strejfe geschniet. Datt hott glatte Nurele genn. Wenn se awwa dat gezackt Riedche ous da onnascht Schubbelad vom Kicheschrank fo se Schnejere benotzt hott, ware die Strejfe an de Sejde ganz eckisch wie Zackelitz. Wejle sen die lange Strejfe noch fo en klää Stieb iewa en Stuhllehn gehonk woar, dat de Deich noch e bissje gehn konnd, bes se klängeschnied on en dat Aluminiumdeppe komm senn, wo dat Wassa schon gekocht hott.

Joo, met dä Nurele kennt ma schon wiere en nou Stickelche vaziele. Bej dä ganze Schwätzereje homma dä Enkaafszierel vom Aanfang schon ball wiere vagess. Wenn ma bej uuse Enkääf von domols moo ebbes vagess harre, horret merchdens dodraan gelään, dätt ma datt aach gar net off uuse Zierel geschrieb harre. Wenn ma houtsedaach noor en Dääl von däm Geschneekels on flabbisch Geschärr, datt ma met däne viele Prospekde allfott offgedrängelt kriet, on watt en de Supamäät on en de Drogeriee aach so en de Regale steht, off sejne Enkaafszierel droffschrejwe wolld, dann dääd dä so lang wäre wie Oomschied.

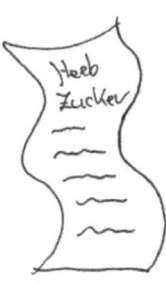

Die Offhebschachdel

Ejch wääs nemme, wie lang dat wejle schon her es, awwa se hott von Aanfang aan bej meer dehäm onnam Bett gestann: Die Offhebschachdel!

Dat hääst, so lang ejch denke kann, hatt ejch als Kend emma en Offhebschachdel onna mejnem Bett stehn gehat. Dat war en ganz ähnfach wejß Schachdel ous Babbedeckel merrem Deckel droff, en der vorher moo e Paar Schuh von Hammerudels drenn gewääs ware. Manche Lejt saan aach „Erennerungskest", „Schatzkest" ore of Noudejtsch sogar „Memory Box" dezu. Wejle hott jedeääna von ouch en Vorstellung devon, wie die Schachdel ousgesiehn hott on wie groß se gewääs es.

Awwa for watt honn ejch dann so en Offhebschachdel gebroucht? Wejl et en mejnem Läwe als kläna Buu schon emma so Sache genn hott, die ma gäre om sich romm ore am beste sogar emma bej sich hatt. Awwa ma konnd joo net alles offemoo en sej zwoo Boxesäckel stobbe. Die allerwichdichste Sache ware nedeerlich dodrenn gewääs. Awwa et es joo aach dodebej de Rejh noo gang. Noo dä allerwichdichste kamde die wichdichste on dodenoo hotts dann aach nadeerlich die zwäät- on drettwichdichste Sache genn. Dat es joo iewerall so on aach nejst Noues.

Watt grad for mejch wichdich war, hott net von voreren festgestann. Et war von mejnem Läwensalda abhängich on aach dodevon, wie die annere Bue dat betreffend Offhebsel for so besonnasch gehall on viellejcht sogar nejerich bewonnat honn. Wenn et scheen ousgesiehn hott, on wenn et noch ebbes war, watt net so oft vorkomm es, hott dat de Wert von däm Ding hochgetrieb on däm Gäestand de Rang von änem gure Offhebsel zugewies. En mej Schatzkest konnd et nadeerlich noor komme, wenn et aach klän genuuch war on doo renngebasst hott. Et doarft aach net flissich sen ore erschendwie lebendich. Dann wär et joo sicher en der Schachdel met da Zejt vadorb, vatreckelt, vahungat ore vaschemmelt.

Wejle wolld da joo bestemmt e paar Bejspiele wesse von däm, watt ejch onna mejnem Bett on onna däm Deckel, dä noch merrem rore Enmachrink von mejna Modda fest of die alt Schuhschachdel gedreckt woar es, alles offgehoob honn. En kläne Iewablick well ejch ouch wejle zum Beste genn:

En Fouazejch, am beste so en viereckisch Ding ous selwerisch Metall merrem Deckel dran, dän ma merrem Doume an däm kläne Schaneer so hochschnärre muust, ebst ma met däm gereffelt Riedche iewa däm Fouastään de Funke schlaan konnd. Dä hott dann dä Benzindonst an der Week, die ous däm kläne Tank onnedronna rousgeguckt hott, en Brand gestoch. So en Fouazejch hott ma noor bej de Ami en da Piäx kriet ore iewa Beziehunge. Als Schoolbuu hott ma so ebbes joo net selbst kaaft, ma hotts viellejcht getouscht gän ebbes anneres, ore, wenn ma Glick hatt, hott ma dat geschenkt kriet, viellejcht sogar von änem Ami. Von däne hotts bej uus domols joo genuuch genn.

En Taschemesser war aach so en ganz wichdich Ding, watt en de Boxesäckel gohoat hott. mejne Vadda hott deshalb aach noor „Säckelmesser" dezu gesaat. Wer datt en sej Offhebschachdel gestobbt hott, dä muust schon zwai devon gehatt honn. End hott ma joo selbst met sich romgetraan, jede Daach, aach morjens en da School on sonndaachs en da Keach.

Medallje on alde Geldmenze von alle Sorte honn zu de wertvolle on deshalb aach ganz wichdiche Sache gehoat. Vorewech war de Selwadollar ous de USA dat wertvollst Stick, watt meer Kenn so kannt honn. Dodenoo koom dann de Halebdollar von de Ami, dä war e bissje kläna on aach ous Selwa.

Et hott joo aach en Selwadollar ous Kanada genn. Dä awwa war net grad so scheen, on hott deswäe noor zu mejne beste Offhebsel gehoat, net zu de allerbeste. Et es aach alsemoo vorkomm, dat jemand ous da Vawandschaft en alt Geldstick ous Selwa en sejnem ajene Krom fonn on meer dann geschenkt hott. Dodevon harre sich met da Zejt e paar Zwo-, Drej- on Fönnefmaaksticka en mejna Schachdel aangesammelt. Et hott aach domols schon besonnere Fönnefmaaksticka genn, die noch goll honn. Ma konnd dodemet ganz normal en Scheelasch Laare kaafe gehn ore an Beckasch sej Wassaweck huule. Dat ware Sonderprägunge, die sen bej uus von da Krässparkass on von da Raiffeisekass an die Lejt vakaaft woar. Die honn genau so viel kost, wie droffgestann hott. Die Lejt honn gemähnt, se däre ebbes kaafe, watt e paar Joahr späre viel mee wert sen kennt. Dat hott sich so awwa net erousgestallt.

Aach of da anna Sejt von däm „Eisane Vorhang", dä domols noch von Norde bes Süde als en forchbar Grenz doarch Dejtschland gezoo war, hotts Sonderprägunge von däne ehra Ostmaak genn. So honn ejch hout noch en Fönnefmaakstick von 1969 ous da DDR, of däm gestann hot: „XX JAHRE DDR"

En Bichebejere an da Enkericha Strooß hatt ejch moo noom Krombeeregrawe of uusem Stick bejm Pluuchfahre met Henne Hans en ziemlich groß alt Münz ous rorem Metall fonn. Dä Kopp en da Mette von däm alt Geldstick war ziemlich abgegreff on die Schreft ronderom koum noch se siehn. Erschd viel spära honn ejch rouskriet watt dat war on wäm dä Kopp dodroff gehoat hot:
Et war de Kopp vom Ludwig XVI, däm Franzosekaisa, on die Joahreszahl 1792 konnd ma noch gut läse.

Die Recksejt war net besser, se war arisch abgeschrabbt on hott koum Konture. Dat ejch se doo hennam Pluuch en da Foahr fonn honn, hott fo mejch de Wert von der Münz ousgemach. Ejch hätt se joo hout noch, wenn ejch se net vor e paar Woche däm Honsreck-Museum en Siemere vamach hätt. Die honn sich dodriewa arisch gefrejt on aach merrem extra Brief bedankt.

Ebbes anneres hott aach noch zu dä gure Suweniers en mejna Memory Box gehoat: En Pejfekopp von mejnem Henne Oba. Dat Mondsteck harra behall. „Dat kann ejch noch brouche", horra gemähnt. Awwa dä Kopp von der kromm Pejf war ennewennich on oußewennich ziemlich aangekuult. Dä Tuaksbrenner war joo bejm Oba aach joahrelang jede Daach en Betrieb, wenn er omens noom Esse en da Stuu en sejnem Korbsessel am Ue gesess on meer die Geschichde ous sejna ajene Kendhät vaziehlt hott, wo ma dat Wassa noch ousem Bore geschäppt hott on dat Liecht for se läse von da Landa ore äna Kearz ous Wachs komm es. En Pejfestoppa hott aach en mejna Schachdel gelään. Dä war net noor for de Krüllschnitt Tuak fest en de Pejfekopp erenn se stobbe, met däm denne Dääl konnd ma aach dat Loch en da Pejf vom Sudda frejhalle.

Zejtwejs hatt ejch aach en scharf Patroon von änem Gewehr en mejna Schachdel offgehoob. Die hatt ejch moo em Herbst omens an Schelasch Laare offem Trottewa fonn. Et war schon dunkel gewääs, deshalb hott die sonst aach niemand vorher schon doo läje gesiehn. Wie sich spära dann rousgestallt hott, muss die von Schelasch Rollef gestammt honn. Dä es joo of die Jaacht gang on hott viellejcht, nodääm die Sou geschoss war, nemme so die richdich Iewasicht iewa sej Geschärr gehatt. Dat soll bej däm als schon moo vorkomm sen. Die Kuchel hatt ejch mejnem Vadda genn, on dä hott se an sejnem näächste Doppelkoppomend an Schelasch metgenomm.

Dann war so en schwatz Platzpatroon aach schon emoo en mejna Schachdel dren. Dat war e paar Joahr spära, wie ejch schon met mejna Grondousbeldung bejm Barras feddich war. Die annere knallische Sache vorher ware merchdens noch vom letzte Sylvesta iewerich blieb on honn dann dat Joahr iewer en der Schachdel of de näächst Joahreswechsel gewaat. Doo honn e paar Groschens Knaller debej gehoat, die ma an da Strejchholzschachdel rejwe konnd, en Handvoll griene Fräsch met Schießpolva drenn, die e paar Moo hennananna „Bom – Bom" gemach honn on kläne Rehrcher met so koarze Schwänzchja als Zendschnur. Wenn ma die losgeloss hott, sen se hien- on hergefloo wie die Horwesbele. Deswäe kamde ma die Dinga emma onheimlich vor. On dann nadeerlich aach mej alt Stobbepisdol met e Herd Schuss Munizion, die ejch noch vor Sylvesta an Geibs kaaft, on am Noujoahrschdaach offem Fluuchplatz en äna leera Fluchzejchhall ous Wellblech ousproweat hatt. An dä Knall, dä domols die Ärpolis well gemach hott, hott mich dat Dingelche onnam Bett noch lang erennat. Houtsedaach getts so ebbes nemme, et wär zu gefährlich.

En Kompass hott aach zu dä Raridäte en där Schachdel gehoat. Dän harrich moo zum Gebordsdaach geschenkt kriet. Sesamme met däm Magnet, dä wie en klää Hufeise ousgesiehn hott, konnd ma de Nordpool von uusa Erdkuchel schejns en alle Richdunge vaschubbe. Dat war lustich, wenn ma et vorgefoart hott. Mej opdische Geräte ware en Vagreßerungsglas, en Brennglas on die alt Brell von mejna Blechlasch Oma. Wenn die Sonn ordelich vom Hiemel ronnageknalld hott, konnd ma dodemet met e bissje Gedold en Loch en die Honsrecker Zejdung brenne.

Die klänste Schätzja en mejna Schachdel ware viellejcht die wertvollste. Dat ware Bräckelcher von Zahngold, goldene Plombe on so Sache. Wo die her ware, honn ejch net gefroot, wenn ejch se hie on doo von uuse Lejt kriet honn.

Die misse joo moo en erchendänem Mond ehre gure Dienst gedoon honn. Wie se denoo von doo wiere rous komm sen, wolld ejch ma gar net vorstelle. Sejtdäm leje die zackische Goldstickcha bej meer emma noch romm, se honn joo aach en kläne Metallwert on, wenn ma wesst von wäm se stamme, sogar viellejcht noch en ideelle Wert.

En da Klempnawerkstatt von mejnem Blechlasch Oba hatt ejch ma selebst moo en ronde Aanhänga ous Messing zerächtgefejlt on an so en fejn Kettche gehonk, dat ejch offem Bichebejena Fest am Losstand gewonn hatt. Als junga Stenz hatt ejch dat aach en Zejtlang om mejne Hals gehonk. Wie et ma awwa zu flabbisch woar es, esset bej dat anna Geschärr en die Erennerungskest komm, wo et joahrelang sejne Platz behaupt hott.

Wejl ma wejle schon en da Schmuckabteilung von der Schachdel sen, muss aach dä selverisch Rink vom Ami met däm schwatze viereckische Stään on däm droffgebabbte selvane Adler esdameard wäre. Dän hott moo äna von däne erschde Amisoldate, die of de Fluuchplatz komm sen, offem Kerbericha Bahnhub ous em Fensta von sejnem Waggon geschmess, grad vor mej Fieß. Wie dä Zuuch doo of däm zwääte Gläs en ganz Stieb waate muust, honn sich die junge Soldate en Spaß drous gemach, uus Kenn of däm Bahnsteich met allahand Mouze von ehre Fenstere ous se onnahalle. Doo horret en alla Effentlichkäät en begrenzte illegale Import von Kaugummi genn. For mejch war dat Geschärr nou, ejch wosst net, watt dat sen solld, watt ma dodemet mache konnd. Dä, wo meer dä Rink zugeschmess hatt, war en ganz junga schwatza Käll merrem ganz frejndliche ronde Gesiecht on wejße Zänn. Dat war de erschd Näächa, wo ejch en mejnem Läwe gesiehn honn.

Von mejna Henne Oma hatt ejch moo en ousgediente Geldbejerel kriet. Dä war ous Läre, awwa dat war met da Zejt ganz denn woar on hatt iewerall Lächa gehatt. Die

Oma wolld dän nemme honn, awwa for mej Offhebschach-del war dat noch en fejn Stick. Doo konnd ejch aach e paar Belda renstobbe, die mej Tante Else met ehrem Agfa Foto-apparat alsemoo von uus on uuse Lejt gemach hatt, on die net ganz geroot ware. Die gure Belda hott se nadeerlich selebst behall on en ehr Album rengekläbt. Dätt ejch die kläne Belda met dä forschbar bräre wejße Ränna offgehob honn, hott sich spära noch als gut erousgestallt, wejl do-mols sonst käna en da ganz Familie ore Frejndschaft en Fotoapparat hatt on knippse konnd.

Oußa däne selbst gemachde Belda war doo aach noch en Päckche Sanellabelda, die et domols en de Läwensmeddel-geschäfte moo for die Kenn so kosteloos debej genn hott. Die Sort von Kaaflaare hott ma aach „Kolonialwarenge-schäfte" genannd. Die Sanellabelda von fremde Diere on von fremde Gächende of da Welt ware ganz lehrreich on sen en mejna Schachdel merrem Gummirink bejnanna ge-hall woar on met de Joahre dodrenn aach e bissje sesamme-gebabbt. Ous da Zejt on von dä Magarinebelda wäs ejch noch, dat of uusa ganza Welt en da Mette von de Foffzicha-joahre so ongefähr zwai on e haleb Milliarde Mensche rom-gelaaf sen. Hout sennet drej moo so viel.

Watt emma wiere nou en die Schachdel komm es, dat ware die scheene, blanke broune Kastanie, die ma jed Joahr bej Dokdasch Villa am Inkerwäch offgeroff hott. Die Bääm ware hea wie die Häisa on harre emma viel von däne dicke stacheliche Kuchele aanhänke. Wenn ma sich dodronna offgehall hott war et gut, en Kapp offem Kopp se honn. Ejch wolld net, dätt ma so en frische Kastanieklombe met dä spitze Stachele ousewennich an der grien Schaal of de blank Kopp gefall wär. Ma wosst net so richdich, watt ma met däne glatte, broune Kastanie en de vaschiedenste For-me mache solld. Dat Vieh hott se net gefress on em Kenna-

gaade konnde die Kroppsäck gar net so viel Kastaniemänn-
cha boue, wie doo of da Strooß gelään honn.

Mej Offhebschachdel war wie en klää Museum. Se hott
dat sesammegehall, watt mejch emma wiere an so ähnzelne
Läwensabschnitte on Zejte erennat hott. Wenn ejch noo
Joahre moo wiere so en gut Stick ous däm Erennerungs-
kestche en die Hand gehuul honn, dann es die abgeläbt
Zejt on dat ganz Drommerom, watt dodemet se duun hatt,
en mejnem Kopp wiere richdich lebendich woar.

En Stään merrem wejße Strejfe drenn vom Ierekopp war
zum Bejspiel iewerich blieb von dä viele Sonndastoore zu
Fuß met da Tante Else on däm Jupp doarch die Omgächend. Aach en bond Wannakäppi ous Felz ohne Schepp
voredraan, awwa met e paar Offnäha on Aanstechnoole uedroff, honn ejch e lang Zejt en mejna Schachdel offgehoob.
Dat hott mich an so manche Ousfluuch met da Jungschaar
on met uuse Lejt met da Bahn on per Pedes erennat. En
Wannastecke honn meer noch net gebroucht, trotzdäm
honn sich e paar Scheldcha ous Blech, die ma hätt an de
Stecke nääle kenne, met e paar bonde Offnäha ous Stoft for
de Rocksack in meiner Schachdel aangesammelt.

Von de Wenzerfeste an da Musel es alsemoo en Wejn-
glas merrem Wappe von däm Doarf metgang on en die
Schachdel gewannat. Aach honn Tischtennisbällcha ous
däm CVJM-Roum vom Bätsaal, wo ma oft an däne griene
Platte met däm Netz en da Mette uuse Sport on uuse Spass
harre, zu mejna Sammlung gehoat.

Von der Gitarre, die ejch ma moo von mejnem erschde
selbst vadiente Geld kaaft hatt, war zeletzt noor noch so en
Pejf iewerich blieb, die ma gebroucht hott, for dat Instrument se stemme. Viel Zejt honn ejch met däm Klangkerper
on däne sechs Saite vadoon on nejst zeräächt braacht, watt
ma hätt vorfehre kenne. Doo konnd aach de Friedemann
ous uusa Nobarschaft nejst ousriechde, ejch war ähnfach

net musikalisch genuuch. De Friedemann war et Gäedääl, dä broucht noor so en Instrument en die Hand se huule, on et hott net lang gedouat, bes et dat gemacht hott, watt er wolld. Die Gitarre es dann awwa net en mej Offhebschachdel renkomm, ejch honn se an en Frejnd vaschenkt, dä dodroff spiele on noo der Melodie aach singe konnd.

Et hott aach ganz ähnfache Dinga en der wejß Schachdel onna mejnem Bett genn. Bonde Glasklicker zum Bejspiel, ore en Dopp ous Holz, dä onne en Spitz ous Ejse hatt, en Greffel ous mejnem Schoolranze, met däm ejch en de erschde Schooljoahre of mejna Schiefertafel geschrieb on gerechend honn. Genau so gut hätt ma dodemet aach of äna Lay von uuse Housdächer schrejwe on denoo aach merrem fejchte Lombe wiere abbotze kenne. En Stick von der wejß Krejd, met där uuse Lehra jede Daach an die Schooltafel geschrieb hott, honn ejch offgehoob. Die hott ma als gebroucht, for Kästcha wie en Hous of die Strooß se moole, en däne ma met de annere Kenn om die Wett von onne noo ue en die Spitz gehippt es, ohne of die Trennstrich se träre.

En Neckbällche vom Bichebejener Fest war aach so ebbes, warret noor ämoo em Joahr se kaafe genn hott. Dat war dann am beste en der Schachdel onna mejnem Bett offgehoob wenn ejch et net grad gebroucht honn, fo die Lejt se äjere, besonnasch die junge Määd. Met däm Glitzerbällche am Bännel konnd ejch noo däne schmejße, on dann es et wiere ganz von selebst bej mejch zoreckgeflutscht. Ob ejch troff hatt ore net, dat war egal.

En Erennerungsstick an mej Schlittschuh, met däne ejch em Wenda an da väracht Miel am Niereweller Wääsch met de annere Kenn ousem Doarf of däm Eis erommgeretscht sen, war dä Vierkantschlessel, fo die ejsane Dinga met dä Kufe onna die Suule von de hohe Wendaschuh se schroue. Net en jedem Wenda war et kalt genuuch gewääs, dat dat iewergelaaf Wassa von däm Mielebach of de Wiese henna

Schärisch ehrem Hous hatt genuuch gefroor war. Käna von uus Kenn hatt schon so en modern Ousrestung gehat, wo Schuh on Schlittschuh an änem Stick ware on ma nejst aanschroue muust. On so richdich dodemet laafe konnde meer aach net. Die merchde honn sich met ehre Fieß sejtlich offem Ejs abgestoß for vorran se komme. Datt hott awwa schnell die Vierkantstutze fo Aanseschroue so abgewetzt, datt de Schlessel ball nemme droffgebasst hott. Dä es dann am Enn aach noch en die Offhebschachdel komm.

Uuse Lehra hott sich gut drom gekemmat, dat sej Schoolbue aach genuuch Sport gemach honn. En da vert Klass horra moo Reklame gemach fo dat Fußball Leistungsabzejche. Die Iewunge merrem Balle ware vorgeschrieb, on meer honn se wochelang ordelich traineert. Dann war et so wejt, on de Lehra es sonndas met uus vier Bue an die Musel in die Krässtadt Zell gefahr, wo ma die Leistunge vor äna Kommission vorfehre muuste, ebst ma die Urkonde on die Aanstecknoole kriet honn. De Kääs, de Pitt, de Wempel on ejch ware debej. Mee doarft uuse Lehra, dän meer noor met sejnem Vorname „Emil" benannt honn, met sejnem VW Käfer gar net metnemme. Ejch hatt joo gar kä Träningsanzuch gehat, wo ejch dat Abzeiche hätt draanmache kenne. Doo es et ganz ähnfach onna mejnem Bett bej dat anna Geschärr en die Schachdel komm.

Mejne Unkel Kurt ous da Ostzone hatt meer moo bej änem von sejne seldene Besuche en Suvenier ous Magdeburch metbraacht. Et war so en klää Standbeldche vom Magdeburjer Dom ous grienem Glas. Dat Metbrengsel honn ejch joahrelang genau so wie die alt on kabutt Tascheoua von mejnem Blechlasch-Oba en mejner Schachdel en Ehre gehall.

Wenn ejch so iewa mej ehemolisch Heilichdiema onnam Bett noodenke on schrejwe, fällt ma off, dat mejne Kopp en äna Hiensicht met der alt Offhebschachdel se vaglejche es.

Von allem, watt ejch erläbt honn, es doo noch ebbes drenn on kann aach noch rousgehuul wäre.

Manichmoo war die Schachdel onna mejnem Bett ouße-wennich ganz voll Stepp on von mejna Modda ehrem Ko-bold-Staubsaucha en die hennascht Eck geschubbt woar. Doo muust ejch mich platt of de Bouch lään on vorwärts ganz onna dat Bett krawwele. Ejch honn dann gemähnt, et wär jemand draan gewääs, dat hätt meer gar net gebasst.

Die Offhebschachdel hott aach dann noch wielang onna mejnem Bett gestann, wie ejch schon bej de Soldate war on noor noch ganz selde moo dehäm geschloof hon. Met da Zejt war ejch et läärisch, of dat ganz Geschärr en där Schachdel offsebasse. Ejch honn se dann ousgeroumt on e paar ähnzelne Sticka bes hout devon behall.

Wenn ejch von da Oma, vom Oba ore von eschentje-mand moo so en Raridädche geschenkt kriet honn, dann honn ejch gemerkt, dat aach die annere Lejt scheins aach so ebbes harre wie en Offhebschachdel. Die honn dodrenn awwa bestemmt ebbes anneres en Ehre gehall, on ob se bej däne aach onna de Betta gestann hott, dat wääs ejch wejle net.

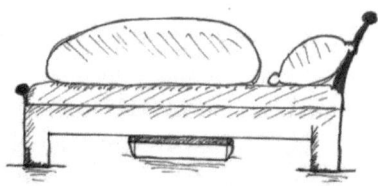

Fritz Walter en Siemere

Hout homma de zähnde Novemba zwanzichzwanzich! Am letzte Samsdach wär de Fritz Walter joo 100 Joahr alt woar. Dat war de 31. Okdowa 2020.

Uus Zejdung hot dodriewa en große Artikel iewa zwoo ganze Sejte braacht. Dän honn ejch met großem Interesse gelääs. Iewa uuse Mannschaftskapitän von der Weltmästamannschaft em Fußball von 1954 war doo so viel geschrieb, on aach e paar alde Belder von sejnem Trainer Sepp Herberger on von all sejne Weltmästakamerade ware debej abgedrockt.

Dä spondan Kommentar em Radio von däm onvagessliche Sportreporda Herbert Zimmermann bej däm Siegdoor zum Drej zu Zwoo von uusa Nazionalmannschaft en da viereachtzigst Minud von däm Endspiel am verte Juli 1954 gään die ungarisch Mannschaft met ehrem Spielfehra Puschkasch em Wankdorfstadion in Bern:

Aus dem Hintergrund müsste Rahn schießen,
Rahn schießt – Tooooor! Tooooor! Tooooor!

lejt meer noch genaau so em Ohr, als ob et gesda erschd gewääs wär.

Dä Reckblick von uusa Zejdung en die dejtsch Fußballgeschichte noom Kriech hot oußa dä Erennerunge an die noch ganz bekannde Name on Belda von domols bej meer noch ganz ajene offkomme geloss.

De Weltmäsda ous da Palz war meer nämlich schon ämo selebst ganz persenlich begäänt, on dat koom so:

Et war viellejcht so 1960 eromm, doo hotts bej uus em Doarf of ämo gehääß, de Fritz Walter kemmt met sejna Altherrenmannschaft vom erschde FC Kaiserslautern noo Siemere end Honsreckstadion on micht doo en Frejndschaftspiel gän en Honsreck-Ouswahl von de alde Herren.

Dat war jo moo en Ereichnis, doo muuste ma debej sen! Met zwoo annere Bue von uusa B-Juchend-Mannschaft vom TuS Bichebejere sen ejch dann an däm Samsdach noch vor Meddach met de Fahrreere noo Siemere gestratzt. Dat Stadion hot joo gatting gelään, von uus ous noch vor da Stadt. Awwa so 20 km harre ma trotzdäm noch se fahre fo ääne Wääch.

Wie dat Spiel dann so em Gang war, hotts ämo en Eckball gen fo de FCK, on dän hot de Fritz Walter von da rächts Sejt geträät. Meer drej Bue ous Bichebejere honn dodebej direkt näwa däm Eckfähnche gestann. Meer härre däm Fritz am Triko zuppele kenne, so näächst debej ware meer bej uusem Fußballidol gewääs.

Dat war de absolut Hehepunkt von uusa sportlicher Erfahrung em B-Juchend-Alder. Leider hot sich awwa käna von uus drej met däm Fritz sejna Fußballkonst infizeert.

130

0:6 gän Nieresohre

Wie vorgester, am Mondach däm 16.11.2020, die dejtsch Nazionalmannschaft em Fußball bej ehrem Näischens-Lieg-Spiel em spanische Sewillja 0:6 gän die spanisch Nazionalmannschaft valoor hot, es meer nochemoo engefall, wie uus dat moo en Nieresohre genau so gang hot.

Uus on meer, dat war die B-Juchend-Mannschaft vom TuS Bichebejere so om 1960 eromm, wo ejch aach debej war, merchdens als linka Läufer. Of der Posizion konnd ma net so viel kabutt mache, on laafe konnd ejch schon emma ganz gut.

Wie ejch ma dat Drama also vorgester dehäm em Fernsehn so aangeguckt hon, es ma uus B-Juchendspiel en Nieresohre wiere engefall, wo meer met uusa Mannschaft genau so hoch valoor harre. On dat koom so:

Meer honn schon 3 : 0 henne gelään, doo es änem von uusa Mannschaft ebbes spanisch vorkomm. Et war em offgefall, dät so viel Trikos von de Nieresohrena offem Platz se siehn ware. Doo homma däm Schiedsriechda gesaat, er solld dat Spiel doch moo onnabreche on die Spieler offem Platz nooziele. On watt glääbt deer? Die Nieresohrena honn met 13 Mann offem Platz gestann, 12 Feldspiela on de Doormann.

Dä Schiedsrichda war aach en Buu ous Nieresohre, er war e bissje älla wie meer. Dä hat dat bes dohien aach net metkriet. Awwa wat sollt da wejle mache? Dat Spiel abbreche? Die Mannschaft disqualifizeere? Uus Mannschaft als Sieger offschrejwe?

Nää, all dat es net gemach woar. Die Nieresohrener sen offgefordert woar, sofort zwoo Mann vom Platz se huule, dann es dat Spiel wejere gang.

Et es genau so wejere gang wie vorher aach. Die annere honn zwar noor noch met 11 Mann gespielt, awwa ebst die 90 Minude romm ware, honn se noch drej Moo de Balle en uus Door geschoss. Doo honn meer gewosst: An däne zwoo Mann mee horret an däm Daach net gelään.

Däm Schiedsriechda hot aach käna en Vorwoarf gemach, ma war joo froh, wenn iewahaupt äna doo war, dä dat Spiel pejfe wolld. Doo es net groß noo fachlicha Qualifikazion gefroot woar.

Awwa viellejcht hätts uusa Nazionalmannschaft vorgester gehollef, die spanische Spieler off däm Sportplatz en Sewillja moo nooseziele. Viellejcht wär däne dann aach ebbes spanisch vorkomm.

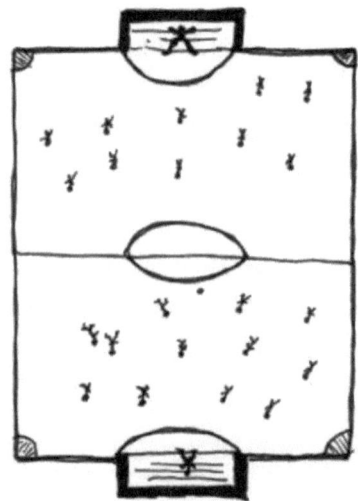

De Wäschkessel von mejna Modda

Esset wejle en Wäschkessel ore en Blumedeppe?
Dat ään esset wejle schon bal so lang wie et dat anna moo
gewääs war. Doch de Rej noo:
Wie ma 1957 dehäm dat Hous met däm kläne Klemp-
nalare on da Werkstatt von mejnem Oba geerebt, on dann
omgebout honn fo met uusa Familie dodrenn se wohne, es
em Kella en da Wäschkich en Wäschkessel offgebout woar.
Dat war en mächdich rond Ding met viel Betong on Ejse.
En däm onnere Betongkranz ware die Fouastell on de
Äschekaste onnabraacht, on uedriewa, wo noch so en Dääl
droffgesatzt war, hot dä groß Wäschkessel ous Kupfa met
sejnem bräre Rand en däm Betongrink iewam Foua gehonk.
So alle Verzädaach, Drejwoche war et so wejt, doo wolld
mej Modda wiere die Kochwäsch mache. Die Wejßwäsch
es joo domols noch gekocht woar, net wie hout, wo die
Wäsch met 60 Grad noor so e bissje waam gemach, on de
Rest von da Schemie erledicht werd. Dä Kupfakessel es
voll Wassa gemach woar, dann es Foua dronna komm, wat
merchdens die ganz Zejt iewa met Holz gescheat woar es.
Manchmoo hot ma aach Kuhle droffgeschäppt ore Briketts
erenngalaacht, watt ma grad so hat. Die Wejßwäsch es en
däm hääße Wassa offgekocht on vorher en Stick Kernsääf
debej komm ore dat Persilpolwa ous der groß green
Schachtel erenngeschutt woar. Denoo es dä schwer Blechdeckel uedroff komm. Ma muust schon offbasse, dat die
Wäsch net iewagekocht, on die ganz hääß Brie oußewennich am Kessel eronna of de Borem gelaaf es.
Dat Wassa em Kessel hot ma e Zejtlang so vor sich hien-
koche geloss, on allfott merrem große Leffel ore Kniewel

ous Holz en der hääß Wäsch eromgemengt. Dat war die Wäschmaschin von Hand.

Doch meer harre dehäm aach noch ebbes ganz anneres fo se Wäsche gehat, dat war die „Pulsette".

Dat war en Maschin merrem ronde Kopp von ongefähr 25 Zentimeda Heh on 20 Zentimeda Doarchmessa. Dat ganz Ding war viellejcht ebbes iewa en halwe Meda hoch on hot ousgesiehn wie en Stamba. En dat Koppdääl en da Mette war en elektrische Modor ennem Kunststoffgehäuse engebout, on zwoo Arme ous Holz sen dodevon noo de Sejte fottgang, met däne die Maschin of däm Rand vom Wäschkessel offgelään hot. Onna däm Modor war met e bissje Abstand en ronde Onnasatz ous Zinkblech draangebout. Dä hott en däm hääße Wassa met da Wäsch gehonk on emma noor ganz glejchmäßich gebrommt. Dodemet horra ganz diefe Schallwelle en dat Wassa met da Wäsch ousgestrahlt. Bewäät hot sich doo nejst en uusem Wäschdeppe. Dat hott so en Stonn lang gang, je noodäm, watt ma grad for Wäsch en da Wehr hat. Nadeerlich muust en där ganz Zejt aach emma gut Foua onna däm Kessel gewääs sen, dätt dat Wassa net kalt woar es.

Ob dat Bromme on die onsichtbare Welle von der Pulsett werklich de Dreck ous da Bettwäsch, de Dischdiecha, de Handiecha, de Wennele on da Onnawäsch so erousgetrieb honn wie vor däm dä groß Holzkniewel, konnd ma jo net kontrolleere. Awwa die ganz Wäscherej hot wejle mejna Modda nemme so viel Aawet gemach.

Die Enriechdung fo se Wäsche war bestemmt iewa zwanzich Joahr so en uusa Wäschkich en Betrieb gewääs. Denoo hot dä groß Wäschkessel noor noch näwa der nou elektrisch Wäschmaschin erommgestann on de Platz fo ebbes anneres vasperrt. Wie mej Modda dann gestorb war on ehre Houshalt offgelest wäre muust, war et en schee Stick Aawat, dä schwer Wäschkessel fottsemache. Met da Schlaa muuste ma die Betongdääl ousenanna haaue on dann met der ejsane Fouastell ous änem Stick extra fottfahre.

Dä Kupfakessel awwa es iewerich blieb. Fo dään homma spära extra vom Schmied en schee Gestell ous Ejse mache geloss, on wejle honn meer dän schon iewa zwanzich Joahr als Blumedeppe of uusa Terrass stehn. Dodrenn waast von Aanfang aan en Azalee, die ma ousem Gaade von mejna Modda metbraacht hon. Die werd jed Joahr greßa on greßa, on es noor noch met da Heckeschär en Fassong se halle. Of die Art on Wejs honn meer mej Modda emma ganz näächst bej uus.

De Kuhlekasde

En jedem Hous on en jeda Wohnung getts joo en Kich, on jed Kich hot en Kicheherd, on friea horret onna jedem Kicheherd aach en Kuhlekasde genn. Dän hott ma naderlich noor gebroucht, wenn en däm Kicheherd richdich Foua gemach wäre konnd, on datt met Holz on met Kuhle gescheat woar es. Wenn de Herd met Strom ore met Gas betrieb woar es, war dä Kuhlekasde joo net neerich gewääs. Awwa so en modern Gerätschaft hat bej uus em Doarf schon deswähe koum jemand em Hous gehatt, wejl dä Herd joo net noor fo se Koche on se Backe en da Kich gestann hott, dä solld vor alle Dinge aach die Kich warm mache. Die Kich war domols dat allerwichdichts Zemma en de Häisa on en de Wohnunge, on merchdens aach dat ähnzich, watt em Wenda iewahaupt jede Daach geheizt woar es. Deshalb hott sich die ganz Familie dodrenn offgehall. Aach wenn Maaj end Hous komm es, sen die Schwätzja en da Kich gehall woar.

De Kuhlekasde onnam Herd war en viereckisch on ziemlich flach Holzkest met vier kläne Reere dronna, an jeder Eck end. Dä Kasde war merchdens wejß aangestrich on hot genau so zum Kicheherd gehoat wie dat schwatz Uerohr uedriewa, watt zum Schorchdel gang es. En die Kest onnam Herd es dat Brennmatrial vorm Vabrenne rennkomm, on dat Rohr iewam Herd hott däm Damb von däm Foua noom Vabrenne de Wäsch en de Schorchdel gewies. Wenn end von däne noo e paar Joahr moo ziemlich vaschamereert ousgesiehn hott, dann esset alsemoo nou gestrich woar, dä Kuhlekasde wejß on dat Rohr schwatz.

An dat väricht Bräd von däm Kuhlekasde war links on rächts en Greffschal ous Metall draangeschrout. Dodemet konnd ma dän bequäm wie en Schubbelad hien on her schubbe. Die Kest of däne vier Reere war viellejcht zwanzich Zentimeda hoch on so lang on bräät, datt se de Platz onnam Herd grad gut ousgefellt hott. Wenn se renngeschubbt war, hott se genau dronna gebasst on känem mee en de Fieß erom gestann.

Ennewennich von däm Kasde hott e bissje links von da Medde en schmala on denna Bräd wie oußerom die Schubbelad en zwoo onnaschiedlich große Gefächa offgedäält. Dat links war fo die Kuhle on die Briketts vorgesiehn, on deshalb scheen met Blech ousgeschlaan. Dat Brennmaderial muust joo met da schmal Schepp an däm denne Holzgreff en dat Foualoch von däm Herd erenngeschäppt wäre. Off däm glatte Blech hott sich dat bessa schäppe geloss wie off dä roue Bräre. Aach die Ajabriketts sen en dat Kuhlegefach geschutt woar, grad alles, watt schwatz war on vabrannt wäre konnd. Wenn Kuhle moo grad net geliefat wäre konnde on et noor Koks se kaafe genn hott, dann hott ma aach als die em Herd vabrannt. Et war of jede Fall bessa wie nejst se honn fo die schwatz Sejt vom Kuhlekasde. Bej da Vabrennerej von däm Koks em Kicheherd muust ma alladings offbasse, dät dä net zu hääß woar es. Wenn dä Koks nämlich moo richdich Foua gefang hatt, horret en Hetz genn wie narrich, doo sen die Herdplatte on dat Uerohr schnell ganz rot woar.

Datt Gefach rächts von däm Onnaschied war e bissje greßa wie dat of da links Sejt. Et muust deshalb net onbedingt met Blech ousgeschlaan senn, wejl et fot Brennholz vorgesiehn war. Dat gehackt Holz on die därre Reisa fot Foua aansefänge honn net so viel Dreck gemach wie die schwatze Kuhle ore die Briketts. Dat Holz konnd ma met de Hänn aanpacke on offd Foua drofflään. On wejl ma dodevon mee vabroucht hott, war dat Holzgefach aach greßa. Manichmoo ware die Holzstecka fo se scheere greßa wie die Deer vom Foualoch. Dann hott ma ganz ähnfach ue ous da Herdplatt merrem Stochejse e paar Ring rousgehuul on dat Stick Holz von ueronna offd Foua gelaacht.

Et hatt schon sejne prakdische Senn gehatt, datt Brennholz on die Rejsa net links in dä Kuhlekasde rennsestobbe. Direkt dodriewa war joo de Äschekasde on dodriewa dat hääß Foualoch. Doo hätt dat Holz em Kasde lejcht von selebst aanfänge kenne se brenne. Datt wär zu gefährlich gewääs.

En so en Kuhlekasde onnam Kicheherd es oußa de Kuhle, däm Holz on de Rejsa alles rennkomm, watt em Houshalt so iewerich war on fott muust. De Kuhlekasde es also glejchzejdich als Mülläma fo all dat Geschärr benotzt woar, watt erchendwie aach vabrannt wäre konnd.

Dodezu honn zum Bejspiel gehoat:

- Die Lombe on Stoftfranzele vom Schnejeredisch
- Die Wollreste vom Strecke
- Zejdunge, dat Bliedche "Glaube und Heimat"
- Enwickelpabeja on dat Blaad vom Abrejßkalenna
- Tietscha on Tute vom Backe on vom Koche
- Stobbe von de leere Flasche
- De Satz vom Muckefuck on vom Bohnekaffee
- Die Reste vom Tee
- Ajaschale, wenn ma selbst kä Hinkel em Särel hatt
- Knoche on annere Reste vom Meddachesse

Dat war en Zuversicht, de Kuhlekasde hott emma ousgesiehn wie en Sou, ma hott gemähnt, ma wär bej Jääbs. Meer hott die Souerej en däm Kuhlekasde net so gefall, awwa datt war ma so gewient, on käna hott gemeckat ore geschennt, nett emoo mej Modda. Datt hott net noor schoufel ousgesiehn, manchmoo horret aach gestunk. Dätt mej Modda sich dodriewa net offgeräächt hott, hott mich friea als gewonnat. Sonst war se aldmoo so e bissje edepedede. Wenn ejch moo en Placke off mejna Box hatt, doo hott se

mejch net demet vor die Deer gehn geloss. On wenn mejne
Vadda moo off die Strooß gespoutzt hott, dann hott se als
geschennt on die Naas gekrombeld. Doch dä Abfallkroom
en uusa Kich muust joo erchendwo hien, en extra Mülläma
horret domols bej uus em ganze Hous net genn. On enned
Kloo wolld ma aach net so viel Geschärr rennschmejße. Dat
hätt domols wie hout die Rohre vastobbt on die Radde end
Hous gezoo.

Watt en däm Kuhlekasde drenn war, es alles vabrannt
woar. Aach dann, wenn dat Geschärr zeerschd noch e bissje fejcht gewääs es. Onna däm Herd war et joo emma
scheen warm, jede Daach es gekocht woar, on doo konnd
dä nass Kroom em Kuhlekasde gut dreckele. Ejch erennere
mich noch an die Ajaschale von de Hinkel, die honn sich
ganz schläächt vabrenne geloss. Aach wenn ma die em
Gaade of de Kombosthaaf geschmess hott, harre die em
näächste Friehjoahr noch die Forem behall on honn noch
emma ziemlich frisch on wejß ousgesiehn.

Oußa hie on doo moo en Knoche, sen uus Essensreste
awwa selde moo en de Kuhlekasde renkomm. Wer en Gaade hatt, dä konnd sej Kicheabfäll off de Kombost bränge.
Die annere Lejt honn ald ehr Krombeereschale, die Resde
vom Ubst on vom Gemiesbotze, on watt noch so an essbare
Sache iewerich blieb es, ennem Äma gesammelt on bej
echend äne Boua en da Nobarschaft braacht. Dä horret
dann an die Säj vafierat. Wenn ma selebst kä Viehzejch em
Stall hatt on aach kä Boua en da Näh war, hott ma so en
Abfall von da Kich als em Gaade vagrab ore doarch dat
rond Loch von däm Setz em Abtritt geschmess. Dä es dann
end Puulloch ore die Klärgrub renngefall on doo vafoult.

Datt war net noor bej uus dehäm so, bej de annere Lejt
hotts en da Kich onnam Herd grad so ousgesiehn. Wahr-
schejnlich hott sich mej Modda deswäe aach net offge-

räächt. Ehr war et emma wichdich, datts en uusem Hous fo die annere Lejt nejst se schnurele genn hott.

En Mülläma, so wie hout, homma domols noch net kannt. Deshalb muust alles, watt em Hous so als Abfall aangefall es, erchendwie vaschwenne ore vaduun wäre. Fo die Besejdichung von däm Housmüll war de Kuhlekasde on de Kicheherd schon en ganz prakdisch on aach ejchendlich en modern Enriechdung. Ma kann aach ganz großspurich behaubte, datt meer dehäm em Hous schon ganz frie en Müllvabrennungsanlaach harre.

Uuse Kuhlekasde onnam Kicheherd es nie leer woar, em Suuma net on aach net em Wenda.

On noch ebbes. Dä Kuhlekasde däff of käne Fall met däm Äschekasde vawechselt wäre. De Äschekasde war en stabil on flach Schubbelad ous Eiseblech. Dä war so bräät wie die Fouastell uedriewa on hott em Herd onna däm dicke gussejsane Rost sejne Platz gehatt. Watt loo renngefall es, war nemme se gebrouche. Wenn dä Kasde voll war met Äsche, essa em Suuma entwäre offem Mest ore of däm Kombosthaaf em Gaade ousgeschutt woar. Em Wenda, wenn et geschneet hatt on glatt gefror war, hott ma die Äsche als gebroucht fo die Wääch on die Strooß se straaue.

Aach met uusem Holzkasde däff de Kuhlekasde net vawechselt wäre. Dat war en uusa Kich en extra Mewelstick ous hellem Holz merrem schwere Deckel, dän ma offklappe konnd. Dä Kasde hott näwam Herd gestann on war ennewennich aach met Holz fo se vabrenne vollgestobbt. Fo uus zwoo Bue war de Holzkasde en däm Multifunktionszemma Kich glejchzejdich en ganz prima Spielzejch on aach en bassend Setzgelänhät, wenn ma mied woar senn.

De Bulldogführraschejn

So lang et schon die Bulldäg get, war et emma schon
wichdich, dodefoor aach en Führaschejn se hon. Ohne dän
doaft ma joo so en Bulldog gar net fahre. Dat war friea grad
so wie hout.

Wie ejch so zähn Joahr alt war, honn uus Lejt sich en
Bulldog aangeschafft. Dat war net fo die Pleseer, dä es
kaaft woar, fo en dä klää Landwertschaft von mejnem Unkel met däne paar Hekta Land die Hauptawet se schaffe,
die bes dohin die Kieh mache muuste. Hauptsächlich ware
dodefoor die väraschde drej Kieh em Stall vorgesiehn, die
ma abwechselnd an de Waan, an de Pluuch on an die Maschine gespannt hon.

Die merchde Nobaschlejt om uus erom harre schon so en
Bulldog gehat, on die Männa muuste dodefor en Führaschejn mache, dat se dän aach fahre doarfte. Joo, hie on doo
hat schon jemand so en grooe Labbe gehat, wejl a viellejcht
em Kriech bej de Soldate schon emo en Lastwaan ore ebbes
anneres gefahr hat, ore wejl a wejle dat Bichebejana Foua-
wehraudo fehrt. Von uuse Lejt hat awwa noch käne so en
Fahrerlaubnis fo de Bulldog ore fo ebbes anneres merrem
Modor draan. Mejne Unkel war so Medde Verzich, wiea
sich dodefor aangemeld, on dann aach die Priefung glejch
bestann hot.

Von Aanfang aan konnd ejch uuse Bulldog genau so gut
fahre wie mejne Unkel, däm a joo gehoat hot. Awwa ejch
doarft noor offem Hub erom fahre on naderlich of de ajene
Stecka on Wiese. Ämo awwa, em Suuma, en der Zejt, wo
dat Haau gemach woar es, honn uus Lejt moo sonndas met
däm VdK en Ousfluch mem Bus an die Musel gemach. Dodefoor harre se sich, wie aach die viele annere Kriegsva-
sehrte met ehre Fraalejt, schon wochelang vorher aange-

meld gehat. Domols war kä gut Joahr fo Haau se mache, andouand war wiecht Wäre, et war kalt on et hot allfott geräänt. An däm Sonndach awwa, wo uus Lejt fottgefahr sen, war et hääß on die Sonn hot geschien. Doo es de Oba bej mejne Vadda on bej mejch end Onnadoarf komm on saat: „Hout schejnt die Sonn, meer misse dat Haau enduun". An däm Daach es meer nejst anneres iewerich blieb, wie dä zwelfa Hanomag net noor offem Hub on of da ajene Wies erom se fahre, wejle muust ejch aach demet of die Strooß. Awwa et hot alles gut gang, fo jed PS von däm Bulldog hat ejch domols grad ä Läwensjoahr metbraacht.

Wie ejch dann sechzäh Joahr alt woar sen, war et meer ganz wichdich, mejch selebst fo de Bulldogführaschejn aansemelle. Dat war joo net de äänzich Grond, nää, met däm Führaschejn Klasse vier doarft ma domols net noor en Bulldog fahre, ma doarft aach so en klää Modorriedche bes foffzich Kubikzentimeda Hubroum fahre, wat henne en groß Nommascheld hat, net noor so en oschärisch Scheldche von da Vasicherung. Domols hot ma dat Fahrrad nemme gelangt, fo so die Gächend se erkonniche on sonndas noo Morbach end Schwemmbad se fahre. En Kreidler-Florett muust her. E paar annere Bue, wo ejch kannt hon, harre schon so en flott Modorriedche gehatt. Dat wolld ejch aach onbedingt honn.

Also honn ejch mich bejm Fahrlehra „Meurer" aangemeld. Dä hot en uusa Nobarschaft gewohnt on hat en jedem von sejne Fahrkurse gut se duun gehatt. Ejch erennere mich an zwoo junge Männa ous Nierewella, die sen schon glejch noo de erschde Fahrstonne met ehrem ajene Audo en die Fahrschool gefahr komm. Se honn sich emma abgewechselt. Von Nierewella noo Bichebejere es dä ähn, on häm es dä anna gefahr.

Bej da teoredich Fahrpriefung es äna von dä Prieflinge moo gefroot woar, wat dat wejß, drejeckisch Scheld met däm rore Rand on däm Hersch mette droff on däm zwät Scheld onnodronna, wo droffsteht „1000 Meter", bedeiere dääd. Doo horra gesaat: „Ei, en dousend Meda steht en Hearsch of da Strooß!"

Joo, so waren se, die Lejt. Awwa die Fahrschool selebst war aach noch net dat, wat se houtsedaachs es. Wenn meer en uuse prakdische Fahrstonne moo en Ambel siehn sollde, es de Meurer met uus noo Loutze gefahr an de Fluchplatz. Vor däm Door hot nämlich en Ambel gestann. Die iewascht Lamb war rot on die onnascht war grien. „Wejle guckt emoo on stellt ouch vor, dat zwische däne zwoo Lambe noch en gääl Liecht wär. Dat wär dann en richdich Vakehrsambel, wie ma se so en de Städt hot. Awwa hej offem Land kann ejch ouch dat joo gar net wejse." Die Fahrpriefung fo de Bulldog on dat Modorriedche honn ejch glejch bestann.

Ebbes se Esse

Wie ma en ordelich Brot backt

Zutate:

- Zwoo Ponn Brotmähl (Koor)
- Däsem vom letzte Moo Backe (100 Gramm)
- 40 Gramm Heeb
- 0,6 Lita Kranewassa
- 20 Gramm Salz (3 Teeleffel)

Mache:

- De alt Däsem ousem Kielschrank huule on met warmem Wassa on Mähl vamehre
- Dann alles iewa Naacht gehn losse
  (3-4 Stonn en da Ueklapp lange aach)
- Dann nochemoo met Wassa on Mähl vamehre on gehn losse
- Vorm Backe fo dat näächste Moo en Dääl von däm Däsem en de Kielschrank duun
- Dat Mähl met de Hänn ordelich menge on et Salz debej duun
- Die Heeb erennbreckele
- Dat Wassa erennschiere
- Alles ordelich met da Hand vamenge (10 Minude)
- De Deich en e Rempche felle on gehn losse bis dä doppelt so groß es   ore
  de Deich en en Kasteform felle on gehn losse.
  Vorher awwa die Form met Bodda ousschmere.
  Ma kann de Deich aach voorm Backe iewa Naacht gehn losse.

Backe

- De Backue of 220 Grad vorheize
- De Deich ousem Rempche offd Blech stelebe ore en da Kasteform offd Roost stelle
- Dat Brot ueniewa met Warmwassa enbensele
- Off da onnascht Schien backe
  (guck en die Beschrejwung vom Backue)
- Bej 220 Grad 15 Minude backe
- Dann bej 190 Grad 45 - 50 Minude wejere backe
- Feddich!

Die Zutate wejhe ongefähr   1.750 Gramm
Dat feddich Brot wejht: 1.350 Gramm
Mooße vom Broot (L/B/H): 32 x 12 x 6cm = 2304 cm^3

Käskuche Helga

Von dehäm ous sen ejch joo kä Bäcka, awwa die Kuche von mejna Modda on aach von dä zwoo Omae on dä viele Tante em Doref honn ejch schon emma gäre gess.

Vor e paar Joahr war ejch emoo bej mejna Kusine Helga engelaad, wo et en ganz prima Käskuche se esse genn hott. Dä hott meer wergelich bosonnasch gut geschmackt. Wie ejch dann die Kusine wäe ehrem gure Kuche aach ordelich geriemt hatt, hott se ma dat Rezept glejch offgeschrieb. Sejt-däm honn ejch dän schon e heerd moo selebst geback, on all die Lejt, wo wejle von mejnem Kuche gess hon, ware genau so begeistad wie ejch et bej mejna Kusine war.

Dä Kuche hot 3 Schichte:
Onne de Borem, en da Medde de Käs on uedroff de Schnee. Wenn dou dän backe wellst, dann musst de dat all besorje, wat ejch hej offgeschrieb honn:
Fo de Boremdeich brouchst de:
200 gr. Mähl, 100 gr. Zucka, 70 gr. Bodda, en Aai on äne Teeleffel voll Backpolwa.

De Bodda musst de em Deppche offem Herd waarm ma-che on dann de Zucka rennkippe on merrem helzane Leffel so lang rehre, bessa sich offgeleest hot. Dann duust de dat Mähl met däm Backpolwa on däm Aai en en Schessel renn on schiest ähnfach dat, wat en däm Deppche es, debej. Dat musst de alles vamenge on met de Hänn gut knede bes de de Deich merrem Welljaholz en en große Flaare ousrolle, on en die Sprengforem erennduun kannst. Die musst de awwa vorher scheen met Bodda ousgeschmeert on met Wejßmählskremmele bestranzelt honn, dät da de Kuche am Enn net dodrenn babbe blejbt. Dä Deich soll also orde-lich en die Forem on an de Ränna aangedreckt wäre, dät de Käs bejm Backe net fottlaafe kann.

Fo de Belaach brouchst de:

500 gr. Schichtkäs ore Quark, wie ma hout jo seht, 150 gr. Zucka, ä Päckche Vanellzucka, en ganz Aai on zwoo Aaigäl, 1/4 Lita Sahne, 1/4 Lita Milich, 1/2 Tass voll Ulich (Sonneblumeeel) on en Essleffel voll Mondamin.

Dat duust de alles sesamme en en groß Schessel on mengst det ordelich merra Kichemaschin.

Dann schiedst de alles off dä Boremdeich en dejna Sprengforem on stellst det em Backue off die zwätonnascht Schien. De Ue musst de schonn vorher of 180 Grad vorgeweremt honn. De Kuche lesst de wejle 70 Minude met Ua- on Onnahetz ohne Omloft backe.

Dann michst de de Schnee fo uedroff:

Dou brouchst sechs Essleffel Pudazucka on die zwoo Aaiwejße, die joo bes wejle iewerich ware.

Dat Aaiwejß duust de en en schmal Deppche on schleest et merrem Schneebäsem so lang, bes et schoumich es. Denoo därfst de erschd de Zucka debej duun on musst wejere schlaan, bes de Schnee steif genuuch es. Dann hielst de de Kuche ousem Ue on vadäälst de Schnee glejchmäßich uedriewa. Dodenoo muss dä ganz Kuche nochemo 10 Minude backe, bessa uedriewa so lejcht broun werd. Wenn de dän dann met zwoo dicke Deppelombe ous däm hääße Backue rousgehuul host, on dä offem ronde Drohtgestell abgekielt es, getts uedroff von selebst ganz viel goldische Perlcha. Wenn ejch dat siehn, denke ejch emma an mej Kusine Helga en Bichebejere.

Stambes met Brot

Hout Meddach hotts bej uus am Kichedisch Stambes, Brotwoarscht on Moarde genn. Datt hott uus all so gut geschmackt, datt noor noch e bissje vom Stambes iewerich blieb war. Die Moarde sen all woar, on die Brotwoarscht war vorher sowieso schonn abgezielt.

Am Enn war noch en gure Scheppleffel voll vom Stambes em Deppe hänke blieb. Doch wie ejch de Disch abgeräumt honn, wolld ejch dä klä Rest net ähnfach fotduun. Doo es ma doch off ämo engefall, watt mej Modda friea met so em kläne Rest Stambes em Deppe noch gemach hott.

Se hott gefroot:

> "Wer von ouch well dä Mufel Stambes hout noch
> se Naacht esse?"

Doo hott sich glejch jedeäna am Disch gemeld on "ejch! " geruf. Meer wossde joo all ganz genaau, wie die Handvoll Stambes omens wiere off de Della komme dät:

Wie et sowejt war, hott mej Modda zeerschd von däm ronde Bouerebrot en ordelich Schejb abgeschnied on de Bodda so droffgeschmeert, als wolld se en ganz normal Schmeer mache. En da Zwischezejt war dä Schäpp Stambes en ehra ejsana Pann offem Kicheherd met däm Speck drenn gut hääß woar on hott prima geroch. Noom Rommwenne merrem Schejmleffel off die anna Sejd war die klää Porzion wejle glejch onnerom broun-brenzelich on scheen knosberich aangebrutscheld. Ronderom honn e paar broune Griewe vom Speck em Fett gelään. Ma konnd et em ganze Hous rieche, wie datt schmacke däät.

Wenn die Modda an däm Omend aach noch besonnasch gut gelount war, dann hott se näwa dä Mufel Stambes on zwische die Speckgriewe noch en frisch Aj en die Pann geschlaan, on e Pedche Salz iewa alles gestraaut.

Wie alles feddich war, hott se die Pann so schäpp gehall, datt zeerschd dä gebroot Stambes met dä broune Griewe on dann dat Spiechelaj off die groß Schmeer met da Bodda off däm flache Della geretschd senn. Zum Schluss hott se noch met de Finger zwoo griene Gommere ousem Enmachglas ous da Kichekaama gegreff on of de Rand vom Della gelaacht.

Wenn wejle noch en Glas gespretzde Äppelwejn denäwe gestann hott, konnd sich niemand von uus en bessa Omendesse vorstelle. Wer doo noch ebbes se schnurele hatt, däm werd ma nejst räächt mache kenne!

Die Blockschokelad

Et war ma schon emma wichdich, jede Daach ebbes se hon, of dat ma sich freje konnd. Dat war aach friea schon so, wie ejch noch en kläna Buu, on mejne Brure schon en greßera Buu gewääs es. Dat hot sich bes hout net geännat, net dat met däm „sich jede Daach freje", on aach net dat met däm „kläne on däm greßere Buu".

Wenn ma so als Kend gefroot woar es, „wat wenschst de da dann zu Wejhnachte?", dann war aach jedesmoo en Tafel Blockschokelad debej gewääs. So en klää Tafel Schokelad met 100 Gramm hotts jo alsemoo von selebst gen, ohne dat ma sich die gewenscht hätt. Awwa en Tafel Blockschokelad hot dat doppelte gewoo, on ma konnd dodevon so große Miefel abbejße wie von äna Schmeer.

Net noor ejch honn dä Wunsch emma vorgetraan, aach mejne große Brure wolld die hon. Ob et bej däm deselwe Grond devor genn hot wie bej meer, wosst ejch net. Jedefalls homma allezwoo uus Tafele met der Blockschokelad net glejch gess, ma honn se gut wechgedoon, vastoch homma se em Kläreschrank. Jeder von uus hat sej ajene Plätzche em Schrank en uusa Schlofstuu ousfennich gemach.

Wenn meer zwoo dann omens end Bett gang sen, koom bej meer dann äna von dä Aueblicke, of dän ejch mich schon de ganze Daach gefrejt hat: Ejch sen an de Schrank gang, on honn met äna Hand mej Blockschokelad erousgefingat on mejnem große Brure zeerschd ganz stolz gewies, on dann en ordelich Stick devon abgebess. Ejch honn däm naderlich nejst von mejna Schokelad aangebot.
Hmm, hot ma dat gutgeschmackt!

Wie ejch dann sej lang Gesiecht gesiehn, on die fejn Schokelad of mejna Zung gespoort hon, war ejch ganz sefriere met meer selebst on aach met mejnem große Brure. Wejle harret ejch däm moo gewies!

Wie meer zwoo dann sesamme em Bett gelään honn on dat Liecht ous war, hot dä et dann wiere aangeknippst on es offgestann, an de Kläreschrank gang, on hot met sejnem lange Arem von ganz henne sej ajene Tafel Blockschokelad erausgezoo. Dann hot er en Stick devon abgebess on meer dann merrem große Grinse em Gesiecht vorgeschnoust.

Waat, honn ejch wejle gedaacht, dejch wäre ejch schon draankriee. Noodäm dat so e paar Daach gang hot, war mej Schokeladetafel ganz klän woar. Dat honn ejch däm dann aach merrem ganz trouriche Gesiecht gewies, on dann dä klää Rest en mej Moul erenngestobbt.

Dat war nedeerlich ebbes fo dään. Wejle horra ganz stolz noo sejna Tafel en däm annere Gefach gegreff on meer wiere ebbes vorgeschnoust.

On am näächste Omend horra dann glejch sej letzt Stickelche von der Tafel ousgepackt on ganz demonstrativ vor mejne Aaue genesslich vanascht. Mej Blockschokelad war joo gester schon all gwääs, horra gemähnt. Dann sen ma schloofe gang.

Ejch hat awwa noch ebbes vorgehat: Deshalb honn ejch nochemoo an däm lange Streck von däm Zuuchschalda iewam Bett fo dat Liecht gezoo, on sen an de Kläreschrank gang. Doo honn ejch mej Reservestick von der Blockschokelad, watt ejch e paar Daach vorher schon abgebroch on an änem annere Platz vastoch hat, erousgekroomt, on dann met großem Genuss en de Mond gestobbt.

Ermahnunge am Kichedisch

Alda Zappelfellipp
Bejm Esse schwätzt ma nett
Blejb ruhich setze on retsch net so romm
Blejb noch en Kejtche setze bis ma all offstehn
Boor net so en da Naas
Botz da de Mond ab
Botz moo dejne Schnorres ab
De Della werd wejle leer gess
De sollsd bejm Koue net schwätze
De sollsd dat Messa net ablecke
De sollsd net douand so schnawwele
Dodefoor besd de noch zu klän
Dou besd hout draan met bäre
Dou besd en fräsalich Mensch
Dou besd en fräsalicha Käll
Dou besd so frech wie Plack
Dou bleibst hocke bes ma all offstehn
Dou koust joo schonn so hoch, besd de satt?
Duu die Kapp ab bejm Esse
Duu net so schloabse on knatsche
Fäh net so em Esse romm
Fläel dich net so off die Bank
Flunker net so met de Aaue
Fommel net so en dejne Zänn romm
Geebs net so am Disch
Guck mich net so schääl on vascheicht aan
Hall die Fieß stell onnam Disch
Hall die Hand vor de Mond
Hampel net so romm
Hänk dich net so aan de Disch

Host de Spatze onna da Kapp?
Kou net so an de Finganääl
Kratz net so em Della romm
Lää dich net so aan de Disch
Leck da moo die Finga ab
Leck de Della net so ab
Loss dat Esse net kalt wäre
Loss dich net so gehn
Loss dich net so hänke
Loss die Glasoor draan
Ma kann dich net metnämme
Mach de Bockel net so kromb
Mach de Mond zu wenn de koust
Mach moo die Aaue zu, watt de dann siehst, dat es dejn
Ma mähn, de dääst ierische
Mecka net so iewat Esse
Meer sen doch net bej Jääbs
Meng net so em Esse romm
Met dear muss ma sich schaame
Moul net so iewat Esse
Pitsch net so die Aaue zu
Raal dich
Relleps net so am Disch
Retsch net so hien on her
Schäpp da, loss dich net emma so hääße
Schäpp da net so viel of de Della
Schnej net so Gesiechda
Schnurel net
Schoukel net so offem Stuhl romm
Schwätz net so en Blech
Sej net so boozich
Sej net so kalwezich
Sej net so roulich
Setz dich grad hien

So ebbes seht ma net
Stejb net so de Kopp en die Hänn
Stocha net so em Esse romm
Stranzel net so romm
Vadrää die Aaue net so
Vazieh net so dat Gesiechd
Wäsch da die Finga, ebst de aan de Disch kemmst
Watt off de Disch kemmt werd gess
Wejle hall moo dej Schnawwel
Wenn da dat Esse zu hääß es, musst de bloose
Wenn de dejne Della leer esst, getts more schee Wäre
Wenn die Große schwätze, besd dou stell
Zappel net so romm

Gedichte auf Hunsrücker Mundart

Dat Vorbeld

Folcht Dej Word Dejne Gedanke,
On Dej Tate Dejne Worde,
Kenne annere bej Da tanke,
Ehre Kompass an Deer norde.

Host Dou Antwort of die Frooe,
Die die Mensche an Dejch riechde,
Kann ma sich gut met deer beroore,
Ma kann net of Dejch vazichde.

Besd Dou oußadäm noch äna,
Dä dat Moul moo halle kann,
Werd Dej Wese emma fejner,
Schleet Dej Omfeld en de Bann.

Wenn Mensche Dejch von onne siehn,
On se bestoune Dejne Schwung,
Sollst fest Dou offem Borem stehn,
Wejl, Dou host dann Verantwordung!

Wellst Dou aach glicklich sen em Läwe,
Aach emoo Dej Zejt genieße,
Net emma renne, rette, strewe,
Aach moo met da Stremung fließe ...

Schreib off, wat so Dej Wensche senn,
Ieb dat, die gut oussewähle,
Denk an Dej Fraa on an Dej Kenn
Die däre gäre off Dich zähle.

Dou wääßt, Dou besd noor Dääl vom Ganze,
Hall Dej Aansprich bloß em Zoum,
Dou musst net of de Dische danze,
Blejb offem Borem on em Roum ...

Wo die Nador Dich hiengeställt,
Wo Dejne Meddelpunkt on Axe,
Wo anna Lejt dat aach gefällt,
Mach doo bloß noor gar kä Faxe!

Die erschde 20 Läwensjoahre

Die erschde zwanzich Läwensjoahre
Hon of däm Honsreck ejch vabraacht,
„Die Mensche of däm Land geroore",
Hon ejch ma dodebej gedaacht.

Om mejch rom die Großfammillich,
ganz viel Lejt, so iewerall,
On off däm Friesticksdisch die Mellich
Von uusa Ella ousem Stall.

Vor däm Schaffe of däm Agga,
War erschd emool dä Schoolbesuch,
Doch denoo bejm Romgezagga,
Do kriet dä Buu sej Stallgeruch.

Wej, em hohe Läwensjoahr,
Guck ejch zoreck of die lang Zejt,
On wäre meer dodriewa kloar,
Ejch hatt's se duun met gure Lejt.

Dodraan se denke lesst mich fiele,
Et dud ma iewahaupt nix lääd.
Ejch well ouch wej devon vaziele,
Wat ejch erfahr met Dankbarkäät:

En da Miel em Uastiebche
Hon ejch gesess on selbst erläbt,
- Ejch war doo noch en ganz klää Biebche -
Wie loo die Aawet vor sich geht.

Ejch honn bej uusa Kuh gestann,
Wie se grad ehr Kaleb kriet hot,
Der wolld ejch helfe wie en Mann,
On wosst ma awwa gar kä Root.

Doch dat Kaleb war ganz schnell,
Et hot sich selbst de Wääsch gebahnt.
En sejnem fejchte, warme Fell
War et so komm, grad wie geplant.

Wie et spära dann als Kuh
De Pluuch gezoo hot on de Karre,
Brängt kä Mensch et ous da Ruh,
Et war dat best Stick, wat ma harre.

Em Särel harre ma die Hinkel,
Die honn ma emma gut gefall.
De Hahn, dat war en fejna Pinkel,
Dä hot se stolz en Schach gehall.

Ma hot dat gess, wat ma geernt hot,
Se kaafe broucht ma koum se gehn.
Wenn dou wej sehst: „Ach geh ma fott!"
Sahn ejch da glejch: „Dat war doch scheen!"

Em hohe Joahr von nejnesiebzich
Sen ejch zefriere met da Welt.
Niemols war et ma vadrießlich,
On käna hot mich aangebellt.

Dat saan ejch, wie ejch't honn erfahr,
Die Sproch, die es glejch grub wie glatt,
Sejt mejne allererschde Joahr,
En däm vatroude Honsreck-Platt.

Die drej Jächer von Kerberich

Et hot, so honn ejch't noch em Kopp,
En Kerbrich moo drej Jächer gen,
Die, wo en ehrem griene Rock,
Sesamme of die Jaacht gang sen.

Die Name well ejch wej net nenne,
Ejch honn aach noor devon gehoat,
Sonst dät ma se am Enn noch kenne,
On dann saan: „Dat war en Soart!"

En Menschealda es et her,
Wo sich die Sach hot abgespielt.
Ejch honn's vom Wert vom Obertor,
Dä hot meer dat emoo vazielt …

Dat die metnanna honn beschloss,
Dat sesamme sie doch sollde,
Noodäm de Kejla war geschoss,
An Wewasch äne trinke wollde.

Zwoo Alde waren't on en Junger,
Am Samsdach Morje so gän Ellef,
Se harre aach noch bissje Hunger,
On wollde blejwe bes em Zwöllef.

Drej Halwe honn se schnell bestallt,
On gewett met alle Mann,
Dät däjenisch die Sach bezahlt,
Dä's Pinkele net halle kann.

Fönf Ronde lang blejwen se setze,
On jeder riecht on saat: „Hej stinkt's!"
Dann muust de erschd ganz schnell moo fletze,
Et war von däne drej de jingst.

Wie dä dann wiere doo erschien,
Horra sich wuulgefield on frisch,
On dann aach glejch sofort gesiehn,
Die schee Bescherung onnam Disch.

Der letzte Versuch

Zwai Unkel treffe sich em Gaarde,
Dä ähn, dä saat: „Ach määnst de net,
Meer sollde noch of Wejwa waate?"
„Dat duun meer doch schon, alle Ritt!"

Hot dä anna dann gemähnt,
On sej Rotznaas roffgezoo.
„Nejlich honn ejch doch geträämt,
Ejch hätt end fonn on war ganz froh".

„Wie horret da gebasst, dat Fraamensch?"
Wolld dä erschd wej glejch moo wesse.
„Et war gewitzt on ganz vastännisch,
Ejch honn et wiere abgenn messe."

„Wäm hoste dat so schnell vamach?"
Hot dä ähn dann noogefroot.
„Ei, dat war dann noch so'n Sach,
Die war meer gar net gut geroot":

„Ejch harret domols hämgefoahrt,
On mejna Modda vorgestallt.
Do hot se sich dat aangehoart,
Watt gesaat hot ehr die Alt":

„Wellst dou die Jungefraa hej wäre,
Dann musst dou aach die Aawet schaffe.
Ejch duun dich erschd moo kommandeere,
Wej brouchst dou net so domm se gaffe.

Ejch wejse da, wie alles geht,
On watt ma honn so en da Wear,
On wo em Hous so alles steht,
Bes meer sefriere sen met dear!"

Dat ängstlich Mensch hot nejst gesaat,
Hot noor de Kopp dief engezoo.
Et hat erschd Worte dann parat,
Wie't wiere drouß war, hennenoo":

„Met däm Drache michst dou ma kä Staat,
Am beste wär ejch gar net komm!"
Dann horret ma aach noch gesaat:
„Die Alt, die bräng ejch erschd moo om!"

Wej fängt et schnell moo aan se flenne,
Dann duret uus so staak vaschenne:
„Dej Modda es so fresch wie Plack,
On dou besd net genuuch of Zack!"

„Dou besd so domm wie Bohnestroh,
Bej deer wär' ejch joo niemols froh!"

Uus Wertschaft hot ehr net gefall,
Dann hotts die Preericht meer gehall:

„Dou besd en alta Knäwelpitt,
Dou moulst noor romm so alle Ritt!"

„Bej deer sieht's ous wie offem Waasem,
Dou besd em Kopp schon ganz vakennt,
On aach gäniewa meer näächst blend!"

„Dou host joo gar kä Vorwärtssträwe,
Met so em Käll kann ejch net läwe!"

„Dou host fo mejch noor Hohn on Spott,
Ejch gehn awejle von da fott!"

„Als Mann besd dou ma viel zu lau!"
Doo es se ähnfach abgehau.

Se hot noch en Gesiecht geschniet,
On meer gesaat: „Dou duust ma lääd!"
Ejch honn dann aach die Kränk noch kriet,
On wosst am Enn genau Beschääd.

Zwai Foulenza

Zwai Foulenza am Backes stehn,
Dä ähn häst Pitt, dä Anna Otto,
Die losse doo die Zejt vagehn,
Emma noo dämselwe Motto:

„Wer nejst micht, dä micht aach kä Fähla!"
Dat sahn se sich on stehn noor romm.
Die zwoo die sen kä Menschequäla,
De Pitt dann saht, die Zejt wär komm,

Wo sie wej Meddachesse ginge,
On dann en Stennche ab end Bett.
Se duun dann noch en Liedche singe,
On wer dann moult, dä krät sej Fett ...

Von ihm gesaat, on dat net knapp,
Därra sej Schlappmoul halle dut.
Er hielt dann alles of sej Kapp,
Wenn jemand kemmt debej en Wut,

On sich beschwert bej sejna Modda,
Met där er schon so foffzich Joahr,
Jede Daach on aach mem Vadda,
Kä Huurel hot on kemmt gut kloar.

Wejl er morjens schon bej Zejt,
Aanfänge dud met Nejstsemache.
Joo, doo gucke all die Lejt,
On saan, „watt wäre dat for Sache,

Dä Pitt, dä wär so foul wie Mest,
Dä klaut däm Herrgott noor die Zejt,
Dä geht nie rous ous sejnem Nest,
Dä kemmt bestemmt domet net wejt."

De Otto saat, „die Lejt honn Räächt.
Wenn dou dich wejle däst bewähe,
Dann wärscht de echentjemands Knäächt,
Ejch dät dejch grendlich dann vafähe."

Die fönf Raawebue

Fönf Raawe offem Fluchplatz Hahn,
Die stronze all, watt se schon kenne.
Dä ähn, dä mähn, „wenn ejch dat saan,
Ejch kann en Mick em Mesthaaf fenne."

„Watt dou loo seest, dat kann net stemme,
En Mesthaaf gerret joo net mee.
Loo kannst de käne mee hout fenne,
On fliehst de noch so en die Heh!"

Dat saat dä Zwoot, on glejch denoo:
„Ejch fliehe heher wie en Fliecha!"
Dä Drett dä saat: „Dat es geloo,
Dou besd en kläna Boremkriescha!"

Dä awwa hot awej gestronzt:
„Wenn ejch morjens schraje >>Raab!<<,
Dann saan die Lejt <<dat es en Konst,
Dat klingt joo grad wie ous em Grab>>."

„Dou besd en alda Mouloffreißa.
Dej Stemm es wie vom Ropphinkel.
Dou besd en kläna Raawescheißa,
Net wie de mähnst, en fejna Pinkel."

Dat war die Mähnung von däm Veert,
Dä wej sich wereft en sej Brost,
On henne rous streckt sejne Steert,
On glejch vaziehlt, „ejch hätt moo Lost ...

En Adler ous sejm Nest se schmejße.
Dat dät ejch werklich gär moo mache."
„Doo werschd de da die Zänn ousbejße,
Doo host de nejst debej se lache."

Dat saat dä Fönneft wejle däm.
„Ejch saan ouch end, deer vier hot Mucke,
Wenn so en Wejbche wejle käm,
Dann dät da all noo däm noor gucke!"

Die Plattschwätzer

Em ganze Land, honn ejch gehoat,
Getts Lejt, on ejch well gar net hetze,
Die sen ewej total vaboart,
Un duun aandouand platt noor schwätze.

En Siemere duun se sich setze,
Wo de Hannes schonn gesess.
Se setze doo on duun beschwätze,
Watt annere schon längst vagess.

Net noore Mannslejt, aach paar Wejbslejt,
Hocke en däm exclusive Klub.
Sechs Moo et Joahr honn se die Zejt,
Sich se treffe en där Grupp.

Sesamme sen se Stecka drejßich,
Die sich räkele am Disch.
Wenn jedeäna om die siebzich,
Getts am Enn en lange Strich ...

Von Joahre, die ma dann sesamme
Guckt en die Vagangehääd.
De Erschd miest noch de Jesus kenne.
Wejle wesst da all Beschääd!

Die alde Worde duun se ehre,
Off jeda Selleb läit Gewiecht.
Ejch duun ewej moo esdameere,
Ehr gut Awed em Gediecht.

Doo werd vazielt on deskereert,
Schwadroneert on aach gemoult,
Reseneert on sich beschwert,
Därret manch änem schon groult.

Se gucke, schwätze, despedeere,
Ob en Woard es alt on richdich.
On se duun aach deskudeere,
Ob ed fo ehr Sammlung wichdich.

Dä ähn, dä seht: "Deer Horekäpp!
Datt homma doch schonn doarchgekout!
Ejch sen doch wejle nett de Depp,
Datt deer ouch domett nommo trout!"

"Datt Woard es alt, on net beschwätzt,
Bejsejd geschubbt on dann vagess!
Wej sej moo grad net so vakrätzt,
On mach hout Omend net so'n Stress!"

Se kriee sich ball en die Heare.
Loo wejst sich die Begeisderung.
Off'd Brot duun se sich alles schmeere,
On kejle om die Rangordnung.

Watt ma selebst vorgetraan,
Es fo jeden joo ganz wichdich.
Am Enn, so muss ma awwa saan,
Hält ma aach anneres fo richdich.

Am Schluss vom stonnelang Gebabbel,
De Vorsitzmann laut resimeert:
"Hout hott jo jeda viel gesabbeld,
Dat Schwätze ging joo wie geschmeert.

Fott Prodokoll es nejst parat,
Net ä gut Woard ous känem Schness.
Doch wie de Oba emma saat:
Bessa, wie en die Box geschess!"

Geschichten auf Hochdeutsch

Erdbeben in Kirchberg

Am Mittwoch, dem 14.03.1951 morgens um 10:46 Ortszeit wackelte bei uns in der Kirchberger Bahnhofstraße plötzlich die Erde.

Mutter hielt sich im Keller in der Waschküche auf und hatte schon früh den dort fest eingemauerten Kessel mit Leitungswasser befüllt, darunter ein Feuer angezündet, um dann die weiße Kochwäsche der vergangenen zwei Wochen von unserer vierköpfigen Familie hineinzustopfen und mitsamt einer Portion Persil aus dem grünen Pappkarton mit dem langen, hölzernen Waschpaddel darin umzurühren. Der Waschtermin war schon lange mit der Hausfrau der Familie im Erdgeschoss abgesprochen, mit der wir in dem zweigeschossigen Mietshaus mit den beiden Dienstwohnungen der Deutschen Bundesbahn den feuchten Wirtschaftsraum im Keller zu teilen hatten.

Zum gleichen Zeitpunkt bearbeitete Vater am Küchentisch unserer Wohnung in der ersten Etage die derbe, dunkelblaue Hose seiner Dienstuniform mit dem schweren Bügeleisen aus massivem Eisen, dessen fachkundige Handhabung er schon in seiner Zeit als jugendlicher Schneiderlehrling in der väterlichen Werkstatt erlernt hatte. Fast zwei Stunden hatte er zuvor das gewichtige Plättwerkzeug im Backofen unseres Küchenherds auf die nötige Temperatur aufheizen lassen, um es schließlich an der hölzernen Griffschale des eingeschobenen und verriegelten Hebers zu packen, und damit die Arbeit an dem pflegebedürftigen Beinkleid auf der Tischplatte zu beginnen. Eine doppelt aufgelegte Wolldecke und ein ehemals weißes, jetzt aber stark vergilbtes und fadenscheinig gewordenes Bügeltuch aus dünnem Leinen verhinderten auf der Oberfläche des zweckentfremdeten Esstischs eventuelle Brandschäden.

Mein großer Bruder Jürgen war schon am frühen Morgen alleine mit seinem Schulranzen zur evangelischen Volksschule am westlichen Ortsausgang an der Bundesstraße 50 hinter dem Stadtgraben abgerückt. Das schmucklose zweigeschossige Gebäude mit der Freitreppe zur Straße beherbergte gegenüber der Schied und in Sichtweite des Wasserturms drei Unterrichtsräume. Zum Zeitpunkt des alles in der Stadt bewegenden Ereignisses war Jürgen wahrscheinlich schon fleißig damit befasst, bei Lehrer Vogt seinen Wissensdurst zu stillen.

Ich zählte gerade fünf Jahre und war noch ohne jede ernsthafte Verpflichtung. Während einer belanglosen Unterhaltung mit meinem Papa über dies und das sah ich ihm so nebenbei bei seiner ordentlich ausgeführten Kleiderpflege zu und ließ mir durch den Kopf gehen, wie diese Aufgabe irgendwann auch einmal die meine werden könnte. Bis dahin hatten wir zusammen einen gemütlichen Vormittag zu zweit, nur wir beide.

Plötzlich aber wackelte die Küche, in der wir uns aufhielten, und das ganze Haus schien von einer riesigen Faust geschüttelt zu werden, unsere gemütliche Zweisamkeit hatte ein jähes Ende gefunden. Der Schreck fuhr uns beiden in die Glieder! Dennoch wandte sich mein Papa blitzschnell um und stemmte sich mit weit ausgebreiteten Armen gegen den zitternden Küchenschrank, der an der Wand zur Wohnstube seinen Inhalt deutlich hörbar durchschüttelte. Papa wollte das zentrale Möbelstück instinktiv vor einem Sturz oder Zusammenbruch bewahren, was wahrscheinlich die Zertrümmerung der darin befindlichen Ausstattung bedeutet hätte, zumindest deren leicht zerbrechliche Teile aus Porzellan, Glas und Keramik.

Wie lange der Tanz der Küchenmöbel, der Nähmaschine und der Bilder an den vier Wänden anhielt, und wie lange ich von meiner sicheren Liegeposition auf dem Chaiselongue unter dem Fenster zur Hofeinfahrt die gespreizte Rückseite meines Papas und die zwischen uns über dem Tisch heftig schwingende Deckenlampe in meinem angstvoll blickenden Auge behielt, ist mir nicht in Erinnerung geblieben. War es nur ein Augenblick, waren es zehn Sekunden, zwanzig, dreißig oder gar mehr? Ich weiß es nicht mehr.

Vielleicht hätte eine nachträgliche sorgfältige Analyse des in der erzwungenen Arbeitspause entstandenen Brandflecks auf dem dunklen Tuch der Uniformhose einen ungefähren Rückschluss auf die Dauer des alles bewegenden Naturereignisses erlaubt. Die Hose hätte man wegwerfen können. Doch nein, Papa war ja gelernter Schneider. So schnitt er die verbrannte Stelle sauber mit der Schere heraus und ersetzte diese durch ein anderes Stück Stoff von einer ausgemusterten Hose.

„Was war denn das?", waren meine ersten zaghaften Worte nach der groben Erschütterung, denn so etwas war mir in mejnem kleinen Leben noch nicht begegnet.

„Das war ein Erdbeben!", hörte ich meinen Papa, der noch immer den Küchenschrank im Griff hielt, mit ruhiger Stimme sagen. Es klang so, als sei es das normalste Ereignis, das man an einem Mittwochvormittag in dieser Stadt auf dem Berge erleben konnte.

Wie später zu erfahren war, soll das Epizentrum des Bebens eine Stärke von 5,5 gehabt und südlich von Bonn, 15 km tief in der Eifelerde, gelegen haben, und zwar auf der geografischen Position:

50 Grad 44 Minuten 4 Sekunden Nord

6 Grad 44 Minuten 3 Sekunden Ost

Dieser Ort ist keine 100 km entfernt vom Kirchberger Stadtzentrum mit den Koordinaten:

49 Grad 56 Minuten 30 Sekunden Nord

7 Grad 24 Minuten 11 Sekunden Ost

Da waren wir noch einmal gut, und ganz ohne ein blaues Auge, davongekommen.

Bei mir hat das Erdbeben einen bleibenden Eindruck hinterlassen. Nie habe ich so etwas wieder erlebt, und die Schule am Stadtgraben mit den acht Jahrgängen in den drei Klassenräumen war auch nicht eingestürzt.

Mein erstes Auto

Bei Erreichung meiner Volljährigkeit blieb auch ich nicht von der Mobilitätswelle verschont, die in den Sechzigerjahren über den Hunsrück rollte. Bis dahin hatte ich mit der Kreidler Florett, dem flotten Kleinkraftrad, das meinen Aktionskreis seit zwei Jahren erweitern half, gute Erfahrungen gemacht.

Doch jetzt, kurz nach der Vollendung meiner achtzehnten Jahresrunde, war ich stolzer Besitzer der Fahrerlaubnis der Klassen drei und eins. Ich durfte also endlich und ungestraft ein richtiges Auto fahren, vom kleinen Lloyd bis hinauf zum leichten Lastwagen mit einem zulässigen Gesamtgewicht von siebeneinhalb Tonnen. Auch jedes Führen aller, für den Straßenverkehr zugelassenen Motorräder und Motorroller, mit und ohne Seitenwagen, war mir nun mit dem jüngsten Upgrade des alten Lappens der Klasse vier amtlich erlaubt. Jetzt musste ein Auto her!

Es ist der erste Personenwagen in unserer Kernfamilie gewesen, was jedoch nicht für den Kreis der erweiterten Sippe galt. Doch noch war es nicht vorhanden, mein Auto. Die Suche danach begann durch Erkundigungen im Kreis der Freunde und Kollegen. Irgendjemand musste doch etwas wissen von einem für mich akzeptablen Gebrauchtwagenangebot. Und richtig, mein alter Schulfreund und jetziger Lehrlingskollege Otto stellte den Kontakt her zu einem Kirchberger Gastwirt, dessen Mobilitätsbedürfnisse inzwischen über die Möglichkeiten seines bisher treu dienenden Volkswagens der einfachsten Art hinausgewachsen waren. Schnell war zwischen ihm und mir eine Einigung über den Kaufpreis von 500,00 DM sowie über die Modalitäten der Übergabe erzielt. So konnte ich schon zu Beginn des Sommers '63 mein Mobilitätspotenzial buchstäblich breiter aufstellen, nämlich von zwei auf vier Räder, und damit auch meinen persönlichen Aktionskreis komfortabel erweitern.

Es war ein zwölf Jahre alte grauer Käfer der Marke Volkswagen – kurz VW - in der einfachsten Standardausführung mit einem luftgekühlten vierzylindrigen Boxermotor, dem der Eintrag in dem dazugehörigen Brief eine Leistung von 24,5 Pferdestärken bescheinigte, die er aus einem Hubraum von 1200 Kubikzentimetern bezog. Die Schubkraft des Antriebsaggregats ließ sich mittels einer Seilzugbremse für alle vier Räder mit einem energischen Tritt des rechten Fußes auf das mittlere Pedal so einigermaßen in Schach halten. „Na", so dachte ich mir, „das wird mir doch erst einmal ausreichen. Andere Verkehrsteilnehmer sind noch immer mit zwei PS, oder gar nur einem einzigen, unterwegs!"

Die Lenkung des Fahrzeugs war mit beiden Händen an dem zierlichen Steuerrad ausschließlich mit Muskelkraft auszuführen. Die Begriffe Lenkhilfe oder Servolenkung verbreiteten sich erst einige Zeit später. Bei geringer Geschwindigkeit, etwa in einer Garage, war die körperliche Anstrengung deutlich in den Armen spürbar. Im Stillstand das Lenkrad zu drehen, erforderte die meiste Kraft.

Bei der Zuteilung meines amtlichen Kennzeichens sah sich die Kraftfahrzeugzulassungsstelle des Kreises Zell/Mosel zu einer Folgeausgabe des amtlichen Begleitdokuments genötigt. Von der Behörde erhielt ich also den zweiten Kraftfahrzeugbrief, weil der erste bereits vollgeschrieben war.

Der mit Luft gekühlte Heckmotor war hinter den Rücksitzen und dem kleinen Stauraum für ein Köfferchen verbaut. Seine schräge, hochklappbare Haube besaß nur eine nicht abschließbare Arretierung mit einem blanken Druckknopf für den Daumen. Einen Schlüssel gab es dafür nicht.

Die Maschine war also von außen für jedermann zugänglich. Ein Unhold hätte leichtes Spiel damit gehabt, den sehr wichtigen Verteilerfinger des Zündsystems aus seinem runden Gehäuse zu ziehen, um mir damit einen Streich zu spielen. Doch diese üble Erfahrung sollte ich erst mit einem viel späteren Käferexemplar machen müssen.

Der Kraftstofftank dagegen war sicher unter der vorderen verschließbaren Haube untergebracht. Er war umgeben von einem konstruktionsbedingt unregelmäßigen Stauraum für das dort in die schräge Halterung einzusetzende vollwertige Reserverad, sowie das Werkzeug, das Reisegepäck und andere wichtige und unwichtige individuelle Gegenstände. Das Mitführen von Hilfsmitteln und Ersatzteilen konnte so ganz allgemein bei Autofahrten bedeutsam werden, denn in jener Zeit war es keine Seltenheit, am Straßenrand einen Havaristen mit einem platten Reifen oder einer ähnlichen, selber behebbaren Panne anzutreffen.

Jeder Tankvorgang erforderte die Öffnung der vorderen Haube bis zu ihrer Arretierung, bevor der Schraubdeckel des Behälters erreicht und für die Einfüllung des nötigen Kraftstoffs abgedreht werden konnte. An den Tanksäulen waren Normal- und Superbenzin im Angebot, die sich im Preis nur wenig unterschieden. Natürlich gab es auch Dieselkraftstoff und, für Zweitaktmotoren, ein Gemisch von Normalbenzin mit Motoröl. Noch in den Sechzigerjahren gab es viele Autos, die von Zweitaktmotoren angetrieben wurden, und die deswegen auf dieses Gemisch angewiesen waren.

Für zweitaktgetriebene Zweiräder hielten die Tankwarte mobile Säulen mit vorbereiteten Kraftstoffmischungen im standardisierten Verhältnis bereit. Sie mussten die jeweils verlangten Verkaufsmengen mit einem kleinen Hebel zuerst von dem unteren Tank in den oberen Glaszylinder pumpen, bevor das Gemisch von dort völlig transparent in den Tank des Kundenfahrzeugs abfließen konnte. Mein Käferchen mit der Viertaktmaschine im Rücken begnügte sich wegen der geringen Drehzahl des Motors mit der preiswerten Variante des Benzins. Ein Liter Normalbenzin kostete 0,57 DM. Bei bürgerlicher Fahrweise verpufften in den vier Brennkammern des Boxers auf einer Fahrstrecke von 100 Kilometern davon etwa zehn Liter.

Zu jeder Tankstelle gehörte mindestens ein Tankwart. Er führte den Abfüllvorgang in den Kraftstofftank des Kundenfahrzeugs ganz persönlich und fachgerecht aus. Gleichzeitig war er auch Dienstmann für kleine Verrichtungen am Fahrzeug und mit seiner umgehängten Ledertasche auch Einnehmer der bar geleisteten Zahlungen. Waren die Kunden mit seinen Leistungen zufrieden, bedankten sie sich meist mit einem 50-Pfennig-Stück, oder sie rundeten den Zahlbetrag einfach nach oben auf die nächste volle D-Mark auf. Das galt vor allem dann, wenn der Helfer in seinen Service eine schnelle Reinigung der Frontscheibe und der Scheinwerfer eingeschlossen hatte. Besonders im Sommer, wenn viele Insekten bei zügiger Überlandfahrt die Frontscheibe und die Lampen verklebten, war diese Reinigung dem Autofahrer sehr willkommen. Eine Selbstbedienung an den Tankstellen setzte sich erst später mit steigendem Automationsgrad der Tankanlagen durch.

In den ersten Jahren ihres Autofahrerlebens hatten viele Menschen in Deutschland und sonstwo nicht nur durch ihren fahrbaren Untersatz mit Käfern zu tun. Auch in den Lüften tummelten sich Heerscharen von lebendigen Käfern verschiedener Sorten. Dies auch noch in munterer Gesellschaft mit mehreren anderen Arten kleinwüchsiger Flügeltierchen. Sie alle konnten im Sommer nicht ausweichen, wenn so ein Auto mit leuchtenden Scheinwerfern über die Straße herangebraust kam. So prallten und klatschten die Käfer und Mücken, die Bienen und Wespen, Motten, Schmetterlinge und alle weiteren nicht nur gegen die Frontscheiben. Dort aber bildeten sie augenblicklich störende Kleckse, behinderten die Sicht des Fahrers auf die Straße, und nach einer Weile war eine Säuberung der Scheibe nötig. Eine Scheibenwaschanlage gab es noch nicht. Diesen Komfort entwickelte die Branche erst nach und nach.

Auch schützten noch kein Sicherheitsgurt und kein Airbag die Insassen unserer Automobile vor den schweren Folgen der Verkehrsunfälle. Die Zahl der Opfer war im Vergleich zur heutigen Zeit und trotz des noch viel niedrigeren Verkehrsaufkommens überproportional hoch. Für das Jahr 1962 benennt die Statistik 14.445 Verkehrstote auf deutschen Straßen und Autobahnen. Sechzig Jahre später sind darin nur noch 2.776 Fälle verzeichnet. Den traurigen Höhepunkt zeigt das Jahr 1970 mit 19.193 Fällen.

Bei der gewissenhaften Wartung seines Autos war es für den Halter und Fahrer schon immer wichtig, auf den Zustand der fünf Reifen zu achten. Nicht nur die vier montierten Pneus waren unter Kontrolle zu halten, auch das vollwertige Ersatzrad mit Felge, Schlauch und Decke sollte sich in einem stets einsetzbaren Zustand befinden. Denn wie schnell konnte eine Reifenpanne das Weiterkommen verhindern. Nach einer Laufleistung von 15.000 bis 20.000 Kilometern hatte sich das Profil eines Reifens verschlissen. Dann entsprach es nicht mehr der Mindestanforderung. Jetzt gab es zwei Möglichkeiten: Neu kaufen, oder aber, die abgefahrenen Reifen vulkanisieren lassen. Letzteres war die preiswertere Lösung und schon immer ein wenig umstritten. Sie lohnte sich nur bei einer ansonsten noch stabilen und makellosen Reifendecke.

Zur Wagenpflege gehört natürlich auch die Wagenwäsche. So mancher Halter oder Fahrer machte daraus auf dem Hof oder auf der Straße vor der Haustür ein wöchentlich wiederkehrendes Ritual mit wenig Wasser aus dem Putzeimer, viel Schaum und grenzenloser Hingabe bei der abschließenden Politur.

Mein grauer Käfer mit dem ovalen Heckfenster konnte sich bald mit der Anzahl meiner eigenen Lebensjahre messen, es fehlten ihm nur deren sechs. Bei einer Modernisierungsaktion hatte offensichtlich einer aus der langen Reihe meiner Vorbesitzer das werksseitig installierte zweiteilige Heckfenster mit den glatten Scheibchen, scherzhaft auch Brezelfenster genannt, mit einer einzigen leicht gebogenen ovalen Scheibe gleicher Fläche ersetzt. Verräterische Spuren an der betroffenen Umgebung der Partie zwischen den senkrechten Lüftungsschlitzen des Motors und eben diesem Guckloch nach hinten verrieten die Beteiligung von mindestens einer ungeübten Hand an der erfolgten Operation. Ähnliche Arbeitsrunen hatten die Eingriffe bei der Montage der irgendwann aktualisierten Fahrtrichtungsanzeiger hinterlassen. Die niedlichen, werksseitig montierten und beleuchteten Klappärmchen an den Außenseiten beider Holme blieben jetzt dauerhaft in ihren kleinen Kämmerlein arretiert. Ihre ehemaligen Aufgaben übernahmen die auffällig auf allen Kotflügeln protzenden transparenten gelben Plastikhügel, die in ihren Hohlräumen elektrische Glühbirnchen verbargen.

Wie ich mich erinnere, schrieb die deutsche Straßenverkehrsordnung in den ersten Jahren unseres Wirtschaftswunders diese auffälligere Richtungsanzeige vor, die bei einem beabsichtigten Kurswechsel vom Fahrer rechtzeitig und bis zum Abschluss des Manövers anhaltend in einen blinkenden Zustand zu versetzen war. Für die zackigen kleinen Winker an den Außenseiten der Holme von bereits zugelassenen Pkws gab es keinen Bestandsschutz. Ohne Gnade mussten auch gebrauchte Autos umgerüstet werden. Dagegen durfte eine Selbstverständlichkeit unserer Zeit, der rechte Außenspiegel, damals noch an allen zugelassenen Personenwagen fehlen.

Hervorzuheben ist noch ein besonderer Gegenstand der Innenausstattung meines Blechstübchens mit der stark verblichenen grauen Außenhaut: Das Radio! Es war von erheblicher Größe, fest in das Armaturenbrett eingebaut, und nach einer den darin verbauten Röhren zugestandenen Aufwärmzeit und genauer Einstellung eines erreichbaren Mittelwellensenders übersetzte es brav die von dort empfangenen elektromagnetischen Wellen in hörbare Schallwellen. Das i-Tüpfelchen allerdings bestand in der obligatorischen spitzen Blumenvase an prominenter Stelle der Konsole über dem steil aus dem Getriebetunnel herausragenden Schalthebel mit dem abschraubbaren runden Handknauf. Beide waren das ständige Werkzeug des Fahrers zur Ansteuerung der vier Vorwärtsgänge und bei Bedarf auch des etwas versteckt liegenden Rückwärtsgangs. Die Fahrpraxis erforderte wegen des nicht synchronisierten ersten Gangs den geübten Umgang mit dem Schaltgetriebe. Das Herunterschalten in die erste Fahrstufe ohne krächzendes Klagen der beteiligten Zahnräder gelang nur mit richtig dosierter Beigabe von Zwischengas mit geschmeidiger Eleganz.

Die schlanke und spitze Blumenvase aus Bakelit als Porzellanimitat, verziert mit Ornamenten chinesischer Motive, begründete zusammen mit den beiden schwenkbaren dreieckigen Fensterchen neben den kurbelbaren Seitenscheiben an beiden Türen die gemütliche Atmosphäre des ansonsten spartanisch ausgestatteten Fahrgastraums. Diese Komponenten der Ausstattung erzeugten ein nettes Ambiente und werteten das einfache Fahrzeug für das Volk zum heimeligen Blechstübchen auf.

Was man brauchte, war vorhanden. Was nicht vorhanden war, brauchte man nicht. Blumenvase und Fensterchen waren dem Käfer auf Rädern von Beginn an angeboren. Spätere Generationen mussten ohne diesen nostalgischen

Schmuck und Komfort auskommen. Aspekte der Verkehrssicherheit bei höheren Geschwindigkeiten und Vorkehrungen zur Prävention vor Diebstahl führten danach zum Wandel der Schönheit an Konstruktion und Ausstattung.

Als Unterkunft für mein bis dato genutztes Kleinkraftrad der Marke Kreidler hatte Mutters Waschküche in unserem Keller unter dem Wohnzimmer gedient. Der Raum war von außen über das Grundstück des Nachbarn durch ein Servitut, also eine dauerhaft erlaubte und grundbuchlich gesicherte Dienstbarkeit, möglich. Sie schloss auch duldend die An- und Abfahrten unter knatternden Motorgeräuschen ein. Die beiden Zweckbestimmungen des Ortes - Waschküche und Garage - gerieten sich nur selten in die Quere. Im Gegenteil, sie ergänzten sich in ihren zeitlichen Ansprüchen auf den gemeinsamen Raum im Keller. An den Waschtagen war ich mit der Kreidler unterwegs, und in der Nacht hat Mutter nie gewaschen. Das Auto konnte aus verständlichen Gründen nun nicht an gleicher Stelle untergebracht werden. Auch die unser Haus tangierende verkehrsreiche Bundesstraße 50 bot in der Umgebung keinen dafür geeigneten Parkraum. Schließlich fand es an Henne, dem Hof meiner Großeltern, in einem überdachten Wirtschaftsraum hinter einer großen Pforte neben dem Waschkessel einen geeigneten Stellplatz für die Nacht.

Während der Woche beschränkten sich meine Fahrten mit wenigen Ausnahmen auf die Strecke zwischen dem Wohnort Büchenbeuren und dem Ort meines Arbeitsplatzes in Kirchberg. An Wochenenden und in der übrigen Freizeit nutzte ich das neue Gefährt vor allem zu spontanen Fahrten und begrenzten Reisen in die nahe Umgebung. Es waren Lustfahrten, keine Dienstfahrten, und nur selten war ich dabei alleine unterwegs.

Die besonderen Reisen über den bisherigen Bewegungsradius hinaus sind mir mit folgenden Fahrzielen und Weg-

marken noch in guter Erinnerung: Mit meinem Freund
Helmut zog es mich im Sommer 1963 an die Nordsee. Die
Hinreise unterbrachen wir für einen privaten Besuch seiner
Verwandten in Kassel. Gleich nach Verlassen der Autobahn sieben war mein kleiner grauer Käfer von anderen
rollenden Fahrzeugen aller Arten umgeben. Da waren wir
unversehens mitten in den Feierabendverkehr einer pulsie-
renden und mir völlig fremden Großstadt hineingeraten.
Ein solches Verkehrsaufkommen auf so vielen Straßen mit
so zahlreichen Ampeln hatte ich bisher nirgendwo erlebt.
Für mich war es eine anspruchsvolle Bewährungsprobe,
am Steuer eines Automobils durch das allgemeine Gewusel
hindurch zu finden, und dabei das anvisierte Ziel nicht aus
den Augen zu verlieren. Doch in guter Harmonie mit dem
geschickten Pfadfinder und Kartenleser auf dem Beifahrersitz schafften wir die gestellte Aufgabe ohne irgendwo an-
zuecken. Das warf nicht nur Glücksgefühle ab, es erfüllte
uns auch ein wenig mit Stolz und stärkte das Selbstvertrau-
en für das Bestehen künftiger Herausforderungen des erst
begonnenen Lebens als motorisierter Teilnehmer am öffentlichen Straßenverkehr. So ein klein wenig Hoffnung auf
eine gnädige Rücksichtnahme der lokalen Verkehrsteilnehmer ruhte auch auf unserem, für die besuchte Region exoti-
schen Nummernschild.

Im Küstenland angekommen, nahmen wir in Bremerhaven ein festes Quartier, und am nächsten Morgen folgte
von hier aus ein Tagesausflug per Schiff nach Helgoland.
Die Seereise zu der einzigen Hochseeinsel Deutschlands
begann sehr früh, denn am gleichen Tag wollten wir auch
wieder zurück. Dieser erste Törn auf dem großen Wasser
hatte es in sich, wie man so sagt. Der Unterschied zu einer
Reise an Land war für jeden Passagier von Beginn an deutlich zu spüren. Die Nordsee, so schien es, war an dem Morgen in heller Aufregung. Schon kurz nach Verlassen des

Hafenbeckens klatschten die aufgepeitschten kurzen Wellen ihre Flossen über den schäumend erhobenen Köpfen zusammen. An diesem Tag lernte nicht nur ich, dass die Seekrankheit tatsächlich eine Krankheit ist, bei der richtig etwas herauskommt.

Diesem prägenden Schlüsselerlebnis mit dem damals noch obligatorischen Ausbooten der Passagiere vom ankernden Schiff vor der Hafeneinfahrt der Insel auf die Börteboote der Helgoländer folgten Besuche der Hansestädte Bremen und natürlich auch Hamburg und unsere neugierigen Einblicke in ihre weltstädtischen Verlockungen.

Die zweite Fernreise mit dem grauen Käfer führte ein Jahr später mit Freund Achim zum Campen nach Holland. Es sollte meine erste motorisierte Auslandsreise in eigener Regie werden. Das gesteckte Tagesziel hieß Den Helder. In Bielefeld hatten wir die Campingausrüstung von Achims Eltern ausgeliehen, dort auch abgeholt, und uns von ihnen in die sintihafte Lebensweise auf Zeit verbal einführen lassen. Beim Auf- und Abbau des mobilen Heims auf noch unbekanntem Terrain sollte schließlich jeder Handgriff sitzen, zumindest die wichtigsten.

Die gute Vorbereitung zahlte sich schon gleich nach der Ankunft auf dem ersten Zeltplatz aus, denn nach dem zügigen Aufbau des Unterzelts kündigten die plötzlich von Westen aufgezogenen, und jetzt über uns drohend versammelten grauen Kumuluswolken einen heftigen Platzregen an. Es blieb nicht nur bei der Drohung. Noch bevor sich die dunklen Wasserspeicher am Himmel bei zuckenden Blitzen und Donnergetöse spontan erbrachen, hatten wir es geschafft, schnell die schützende Haut des regenfesten Oberteils der textilen Behausung über das tragende Metallgestänge zu ziehen und provisorisch an den eingeschlagenen Bodenankern, die man Heringe nennt, zu verzurren. Leider existiert kein einziges Foto von der glücklich empfundenen

Szene danach mit zwei bäuchlings aus dem Zelt herauslugenden gut gelaunten Buben hinter ihrer brutzelnden Bratpfanne mit zehn frisch aufgeschlagenen holländischen Hühnereiern, umgeben von einer Menge glänzender Speckstücke über der wackeligen Propangasflamme. Ans Fotografieren war bei dem Wolkenbruch nicht zu denken.

Immerhin bot die mobile Stoffbehausung ein Dach über unseren Köpfen und ein rundum gegen Fließwasser geschlossenes Parterre. Auch die B-Variante des im Aufbau knapp gelungenen Unterschlupfs hätte uns beide vor den Sturzfluten bewahrt. Der wackere Käfer war keine Cabriolet-Ausführung, sein festes Dach hätte uns auch vor dem gröbsten Wolkenerguss schützen können. Und das ganz im Gegenteil zu dem bedauernswerten Nachbarn, der als Solist mit einem zweirädrigen Feuerstuhl mit vielen Pferdestärken zur gleichen Zeit durch das Empfangsportal der Campinganlage eingerollt war. Er hatte es bis zu diesem Augenblick nur bis zum Aufbau seines Einmann-Unterzelts gebracht. Dann flüchtete er völlig durchnässt mit übergeschlagenen Armen zur Rezeption im Empfangsgebäude.

Die prasselnden Geräusche der Umgebung waren nicht eindeutig den wütenden Wetterkapriolen oder unserer unter Vollfeuer stöhnenden Bratpfanne zuzuordnen. Als deren leckerer und natürlich auch nahrhafter Inhalt brüderlich geteilt und mit Löffeln mitsamt einiger mitgebrachter Brotstücke genüsslich verzehrt war, schob sich die holländische Nordseesonne wieder energisch zwischen die abgeregneten Wolken und trieb deren geschwächten Reste in östliche Richtung nach Deutschland davon. Nach wenigen Minuten hatte die strahlend gelbe Scheibe wieder die Oberhand gewonnen und begann sofort mit ihrer wohltuenden Arbeit, nämlich des Trocknens und des Wärmens. Noch am gleichen Tag begann bei dem nächsten auflaufenden Tidenwasser unser Badevergnügen in der salzigen und noch immer grau mit Sand durchsetzten Nordsee. Auch der Biker von nebenan tummelte sich jetzt mit entspannter Miene an dem vortrefflichen Sandstrand und ließ sein durchfeuchtetes Anwesen von den wärmenden Sonnenstrahlen wieder aufwerten.

Das vermeintlich kleine Gastland Holland bot natürlich noch viele andere Ziele, die auf den gut ausgebauten Straßen zu erreichen waren. Alleine die windige Passage des Dammes, der die holländische Zuiderzee gegen den anstürmenden Blanken Hans abschirmt, kann nur als ein hohes touristisches Erlebnis gewürdigt werden. Ebenso der Besuch von Amsterdam, der größten Stadt des gastfreundlichen Landes mit ihren weltoffenen Menschen. In den Niederlanden sind die Straßen zwischen den Ortschaften flach wie das Land, ohne Steigungen, ohne Gefälle, gut geeignet für die ausgeführten Testfahrten mit meinem kleinen Auto. Bei ausreichend gerade verlaufender und von anderen Verkehrsteilnehmern unbeeinflussten Anlaufstrecken schafften es die fast 25 Pferdestärken, die Nadel des Tachometers für einen kurzen Augenblick auf über 100 Stundenkilometer hochzutreiben. Zugegeben, für Fahrer und Beifahrer warf diese Höllengeschwindigkeit bei maximaler Motorleistung und Geräuschentwicklung hinter der Rückbank keinen Fahrgenuss ab. Doch jetzt kannten wir die Möglichkeiten und Grenzen und wussten Bescheid.

Nach einer Woche auf ausländischem Terrain hatten Mensch und Maschine weitere Proben und Tests ihrer Ausdauer und Fähigkeiten bestanden. Auch die respektvolle Begegnung mit den lokalen Köstlichkeiten der Küchen ist rückwirkend als Bereicherung mit Erinnerungseffekten verbunden. Jetzt war ich nicht mehr der Anfänger, ich hatte Selbstvertrauen gewonnen, sowohl als Teilnehmer am öffentlichen Straßenverkehr wie auch bei der vorsichtigen

Annäherung an den Wacholderschnaps der Niederländer und den anschließenden respektvollen Umgang mit den liquiden Mitgliedern der Großfamilie Genever. Eine Flasche davon wanderte auch in meinen Reiserucksack mit den Souvenirs.

Auch die Rückreise vom Land der Gulden in das Land der DM verlief ohne Verirrungen und Verwirrungen. So lange Achim die Landkarten korrekt interpretierte, konnte ich meine Aufmerksamkeit der Straße, den darauf rollenden Vehikeln und den zahlreichen am Rande postierten und aktiv wie passiv wachenden und regelnden Objekten zuwenden. Dabei begegneten wir tatsächlich einigen Einrichtungen, die mir bisher nur aus dem Lehrbuch der Fahrschule Meurer entgegengeblickt hatten. Es gab sie also, die Gebots- und Verbotsschilder, die Vorwegweiser und die Wegweiser, die hängenden Kreuzungsampeln für den fließenden Verkehr, und an den Ampeln neben Zebrastreifen die kleinen Männchen in Rot und Grün zur Orientierung der Fußgänger! Ach ja, auch die vielen Baustellen innerhalb und außerhalb der Ortschaften gab es auch.

Waren beide Reisebegleiter, Freund und Beifahrer Achim sowie seine elterliche Campingausrüstung, in Bielefeld glücklich und unbeschädigt wieder abgeliefert, musste ich die zweite Hälfte der Rückreise in den heimatlichen Hunsrück alleine meistern. Doch dafür war ich nun gut gerüstet und geübt, nicht nur optimistisch eingebildet wie zu Beginn der Reise.

Aller guten Dinge sind drei, so spricht die Erfahrung. Daran hatte ich mich ganz unbewusst orientiert und für das erste Quartal des nächsten Jahres mit meinem Bruder Jürgen eine Reise nach Süddeutschland geplant. Im März wollten wir nach oberflächlichem Studium der spärlich verfügbaren Landkarten und Reiseführer das Bundesland Bayern und seine Hauptstadt München besuchen. Mit dem

Auto versteht sich, das dann auch bei noch anhaltendem Besitzerstolz nicht mehr als neu gelten konnte.

Neu aber sollte so manches Reiseerlebnis werden. Die Streckenabschnitte waren festgelegt und die Etappen bestimmt. Die rund 500 Kilometer messende Anreise in die Bayerische Metropole konnten wir beide uns ja teilen, da auch Jürgen die nötige Fahrerlaubnis besaß. Doch auch bei einer Reise in den Süden ist die Sonne nicht der einzige Wetterbestimmungsfaktor. Im Nachhinein kann man ihr bestenfalls für den ersten Reisetag als einzige aktive Tat den konsequenten Rückzug aus dem sichtbaren Sektor unseres Blickwinkels bescheinigen. Auf dem schönen Erdenrund war aus den Niederungen unseres Reiseweges kein einziger leuchtender Sonnenstrahl zu erkennen. Im Gegenteil, der blaue Himmel hatte sich wie weiland in Holland trotzig mit einer geschlossenen Wolkendecke verhüllt, und es war nur eine Frage der Zeit, zu welcher Stunde ihre Schleusen die darin gespeicherten Wassermassen nicht mehr halten konnten.

So kam es wie erwartet, prompt ging ein Sturzregen hernieder, und wir befanden uns mittendrin. Schon bald zeigte sich ein unerwarteter Wassereinbruch in unser Fahrzeug in Form eines Rinnsals, das aus der Abdeckung des Fußraums auf der Seite des Fahrers mit zunehmender Frequenz herniedertropfte. Da ich das Steuer in der Hand hielt, war mein rechter Fuß beständiges Ziel der nassen Attacke von oben. Auf diesen Fuß mit seiner festen Haltung waren wir für das zügige Vorankommen ja angewiesen. Nicht nur überhaupt, auch im Besonderen, denn er hielt die Lasche des Gaspedals über dem kleinen Rädchen mit der Rückstoßfeder unter Spannung. Hätte ich ihn aus der tropfenden Gefahrenzone gebracht, wäre das mit dem unmittelbaren Stillstand auf der Autobahn verbunden gewesen, ein Unding also!

Infolge der Witterung verminderte sich bald die Betriebsamkeit auf den vier Spuren beider Fahrtrichtungen. Die Umstände zwangen die Verkehrsteilnehmer rechts ran, wo es hie und da schon ausgebaute Standstreifen gegeben hat. Nicht Aquaplaning war die Gefahr des Augenblicks auf der Autobahn, sondern Aquaswimming auf der jetzt größtenteils überschwemmten Straße. Nur ein paar wagemutige, oder sollte man sagen leichtfertige, Lastwagenfahrer trotzten den Zeichen der Natur.

Das Reiseziel München war am späten Nachmittag endlich erreicht. Eine Unterkunft hatten wir nicht gebucht, nicht bestellt und für die erste Nacht auch nicht vorgesehen. Natürlich sollte der Stadtteil Schwabing für uns beide die erste Adresse sein. Für unseren Käfer mit dem mausgrauen Tarnkleid fand sich in einer ebensolchen dunklen und tristen Nebenstraße gleich ein geeigneter Stellplatz. Nach der bevorstehenden Sause durch die örtlichen Lokale, vorneweg natürlich das legendäre Hofbräuhaus, wollten wir darin und an der ausgesuchten Stelle auch übernachten.

Gedacht, gesagt und auch getan! Doch wir, d. h. besonders ich, hatte die Rechnung ohne den Wirt gemacht. Der Wirt, das war die Kälte der Nacht! In unserem als Doppelzimmer genutzten Käfer war es kalt, sehr kalt. Jürgen hatte mit seinem Schlafplatz auf der Rückbank noch eine relativ komfortable ebene Fläche zur Ausdehnung und mäßigen Körperstreckung zur Verfügung. Doch ich musste mich in eine Wolldecke wickeln und auf den Vordersitzen diagonal zwischen Lenkrad und rechten Fußraum zwängen. Die Folgen solch anhaltender und ungewohnter Schräglage liefen am Tag danach meinem allgemeinen Wohlbefinden deutlich zuwider. Ich erinnere mich an die Überquerung eines Zebrastreifens an einer belebten Kreuzung am folgenden Tag, die ich nur in kleinen Trippelschritten vollziehen konnte, und dabei sogar hinter den ältesten Omas zurückbleiben musste. Beide Beine fühlten sich an wie zwei dicke aufgedunsene Ofenrohre.

Diese Erfahrung war Antrieb für die zügige Beschaffung einer ordentlichen Übernachtungsstätte, die wir in Schwabing auch schnell gefunden hatten. Am Abend besuchten wir ganz bescheiden ein Kino, in dem der damals hoch gelobte Film von Ingmar Bergmann „Das Schweigen" auf dem Programm stand. Das war ein Magnet für uns halbstarke Buben vom Land, eine Spur der großen weiten Welt, da mussten wir hin! Bis in unsere ländliche Hunsrückheimat hatten sich lange vorher schon Wellen subtiler Begehrlichkeiten nach dem Konsum dieses Filmwerks verbreitet. Insider tuschelten, es solle dort um unverhohlenen und unverhüllten Sex gehen! In dem plüschigen Lichtspieltheater nahmen wir also erwartungsvoll Platz in den breiten, verschlissenen, und doch noch sehr bequemen Polstersesseln. Und endlich, nach mehreren Werbestreifen und Vorfilmchen, begann auch die ersehnte Hauptvorstellung.

Mich hatte die vom Vortag geerbte und nur mäßig überwundene Müdigkeit bald erneut überwältigt und in einen behaglichen Ruhezustand versetzt, obwohl auf der Leinwand in jedem Augenblick Sensationelles zu erwarten gewesen war. Bei einem gelegentlichen Seitenblick auf Jürgen erkannte ich auch bei ihm keine angespannte Erregung auf die zu erwartenden cineastischen Enthüllungen des Regisseurs aus Schweden. Und so kam es, dass nach Ablauf und Konsum der Überlänge dieses Filmstreifens schnell Einigkeit über das nächste Ziel unseres Aktionsplans bestand: Die am Morgen gebuchten weichen Betten in der warmen Stube der Schwabinger Pension.

Zusammen mit dem ordentlichen Frühstück war die ungestörte Nachtruhe in der kleinen Kammer die richtige Vorbereitung für den am nächsten Morgen anstehenden

Besuch des deutschen Museums an der Isar. Als einen der wichtigsten Anlaufpunkte der Stadt wollten wir viele Abteilungen dieser Einrichtung besuchen und kennenlernen. Natürlich kann das an einem Tag nicht gelingen. Doch die gesammelten Eindrücke auf allen Ebenen und in allen besuchten Fachrichtungen des Hauses waren überwältigend. Sie bereicherten in vielerlei Hinsichten unseren Überblick über die Welt und gruben sich ins Gedächtnis.

Zu gewöhnlichen Zeiten des Jahres stand mein Auto ja des Nachts in einer Garage auf Henne Hof, die jetzt den ehemals freien Raum zwischen Scheune und Wohnhaus meiner Großeltern ausfüllte. Ich benutzte es für die täglichen Fahrten vom Wohnort zu meiner Arbeitsstelle bei der Volksbank in Kirchberg und teilte die Hin- und Rückwege meistens ab und bis Niedersohren mit einer jungen Kollegin. Einmal ergab sich sogar eine kleine Dienstreise mit meinem Chef zu dem Hunsrücker Kreditverein in Simmern. Mein grauer Käfer und ich mussten als Fahrdienst einspringen, weil sein viel komfortablerer Ford 17M an diesem Tag nicht verfügbar gewesen war. An die ungewohnt holprige Fahrt mit den Begleitumständen des geräuschvollen Motors und der klapperigen Karosserie zeigte mein Boss sichtliches Vergnügen. Aus Anlass dieser beruflich begründeten Aktion durfte ich danach meine erste Reisekostenabrechnung über 5,00 DM einreichen und auch sofort bar kassieren.

Natürlich diente der Käfer auch dem persönlichen Pläsier. Da war zum Beispiel die Kirmes in Dickenschied, zu der ich mit Kolleginnen und Kollegen an einem Samstagabend im Sommer eingeladen war. Es war eine sehr fröhliche Veranstaltung im Festzelt bei schwungvoller Musik. Mit flottem Tanz in munterer Geselligkeit verging der Abend wie im Fluge, bis am Ende die Heimfahrt nicht mehr weiter hinausgezögert werden konnte. Plötzlich, hinter den Serpentinen vor der Kostenzer Niederung, flackerte mitten in der Nacht auf meiner Fahrtstrecke ein Blaulicht.

Die Polizei war im Einsatz und nahm dort einen Verkehrsunfall auf. Schnell checkte ich überschlägig die Anzahl der am Abend konsumierten Gläser mit dem verabreichten Moselwein und geriet mit dem flugs ermittelten Resultat in eine unsichere Grauzone der Befürchtungen. Artig drosselte ich das Tempo auf Schrittgeschwindigkeit und wendete bei der Vorbeifahrt an dem winkenden Polizisten in grüner Uniform auch nicht neugierig meinen müden Kopf hin zu der Havarie im Straßengraben. Danach erleichtertes Aufatmen bei mir, es war gutgegangen!

Ein wenig erquickendes Ereignis widerfuhr meinem tapferen Blechstübchen auf dem Heimweg von einem späteren Kirmesvergnügen in Niedersohren. Bei dem verkehrsbedingten Stopp in Sohren vor dem Einbiegen in die Bundesstraße war die mitternächtliche Stunde schon fast erreicht. Plötzlich gab es hinten einen deutlichen Knuff und mein Käfer hüpfte mit uns ein Schrittchen voran. Was war das? Ein Blick in den Rückspiegel zeigte die Ursache. Hatte sich der Drauffahrer, gleichzeitig auch fast unser Hausnachbar, für einen winzigen Augenblick von seinen noch beschwingten Passagieren ablenken lassen? Meine können es ja nicht gewesen sein, Jürgen war auf meiner Rückbank beschäftigt. Nach kurzer und allseits betretener Besichtigung der eingeknickten Heckklappe vermieden wir alle in stillem Einverständnis eine temporäre Blockade der Straße und damit unnötiges Aufsehen. Die Begegnung mit einem zufällig aufkreuzenden dunkelgrünen Käfer-Kollegen mit Blaulichtsäule wäre uns jetzt recht ungelegen gekommen. Auch wollten wir wegen der späten Stunde keine weitere Verzögerung der Heimfahrt hinnehmen. Vor allem aber gab es in keinem Augenblick zwei Meinungen zur Frage des Verursachers.

Die Behebung solcher Blechschäden gehörte für die örtliche Vertretung des Volkswagenkonzerns, die Firma Meister in Kirchberg, zum Tagesgeschäft. Gegen Barzahlung von 170,00 DM erhielt mein bis dahin rundum blassgrau sonnengebleichter Käfer in der nachfolgenden Woche eine neue Heckklappe in fabrikneuem und deswegen dunklerem Mausgrau der Hochglanzvariante.

Ohne einen inhaltlichen Zusammenhang mit diesem Ereignis entwickelte ich in dieser Zeit ein zaghaftes Interesse an der Technik meines Gefährts. Einige der ehemaligen Schulkameraden hatten technische Berufe ergriffen, und so sah ich mich im Umgang mit ihnen öfter in KFZ-bezogene Themen einbezogen. Nach dem Motto: „Es kann ja nicht schaden, über die Technik des eigenen Autos so la la Bescheid zu wissen", schraubte auch ich gelegentlich an den Rädern, tauschte die Reifen, ergänzte die vordere Beleuchtung der 6-Volt-Elektroanlage um zwei gelbe Nebelleuchten und vollzog die periodischen Ölwechsel selbst.

Danach begann mit der Dienstzeit bei der Bundeswehr in Brake an der Unterweser für mich ein neuer Lebensabschnitt. Jetzt hieß es Abschied zu nehmen, auch von meinem Freund, dem Auto. Schon eine Weile vor dem Termin hatte ich innerhalb der Verwandtschaft einen Interessenten und Käufer für meinen über nunmehr vierzehn Jahre bewährten Volkswagen gefunden. Den ehemaligen Anschaffungspreis von 500,00 DM fanden wir beide als Zeitwert noch immer realistisch, und so floss dieser auch einvernehmlich in die schriftliche Abmachung der Eigentumsübertragung ein.

Wie ich weiß, benutzte Heinz den guten Käfer im mausgrauen Kleid, das Symbol des deutschen Wirtschaftswunders, noch zwei weitere Jahre ohne technische Probleme für seine täglichen Fahrten.

Nie hatte uns der graue Käfer stehen oder sitzen lassen, nicht mich und nicht Heinz mit seiner Familie. Das war keine Selbstverständlichkeit, denn hin und wieder waren andere Autofahrer augenscheinlich mit der notwendigen Übersicht über die Balance der vierzylindrigen Antriebstechnik mit ihrem mengenmäßigen Kraftstoffverbrauch sowie dem gebotenen und dauerhaft nötigen Druck der Reifen überfordert. Das konnte schnell mal zum Stillstand des Fahrzeugs am Straßenrand führen mit seinem ratlos dreinblickenden Fahrer daneben.

Dann aber setzte ein verborgener Rostbefall an tragender Stelle des Fahrgestells dem weiteren Gebrauch des lieb gewonnenen Helfers ein schnödes Ende. Der graue Käfer war kein lebendiges Wesen, er war doch nur eine Maschine aus Blech, eben ein Blechstübchen auf Rädern. Eines Tages ließ sich mit nur geringem Kraftaufwand die vordere Stoßstange unter einem hörbaren und recht ungesunde Ächzen der dahinter verborgenen Metallteile ein Stückweit anheben.

Bei der jetzt anstehenden Hauptuntersuchung unseres treuen Veterans der Landstraße auf der Hebebühne der Ingenieure des Technischen Überwachungsvereins Rheinland hätte trotz weiterhin gesund schnurrender Maschine hinter den Rücksitzen vielleicht nur die immer noch glänzende Motorhaube die strenge Kontrolle überstanden.

Esst, esst! (Das Fleisch steht im Schrank)

Wie so viele andere junge Mädchen, ist auch meine liebe Mutti in ihren jungen Jahren nach der Schulentlassung „in Stellung" gewesen. Auch noch im zwanzigsten Jahrhundert endete für viele junge Menschen der Landbevölkerung die Phase der Kindheit mit der Schulentlassung, und das war in den meisten Fällen nach der achten Klasse der örtlichen Volksschule. Dabei spielte es keine Rolle, ob die Kinder jede Klassenstufe nur einmal oder mehrmals durchlaufen hatten. Nach acht Jahren war Schluss mit Schule!

Das galt für die Mädchen und für die Buben der ganz normalen Familien, die ihre oft zahlreichen Mitglieder vor allem mithilfe ihrer kleinen landwirtschaftlichen Betriebe täglich mit viel Mühe über die Runden brachten. Die meisten Haushalte betrieben ihre bescheidene Ackerei mit all ihren Kräften und verfügbaren Händen im Nebenerwerb. Wenn Vater zusätzlich ein Handwerk erlernt hatte und sich damit als selbständiger Gewerbetreibender in seinem Wohnort verankern konnte, galt das als eine sichere Existenz mit zwei soliden Standbeinen. Als solche galt auch eine abhängige Beschäftigung als Beamter, Angestellter oder Arbeiter bei einem öffentlichen oder privaten Arbeitgeber, wenn sie der Familie eine zusätzliche wirtschaftliche Stütze bieten konnte. Wer weder über das eine noch das andere verfügte, war bei seiner Umschau nach einer weiteren Erwerbsquelle in vielen Fällen auf Gelegenheitsarbeiten angewiesen.

Nach den zwei verlorenen Kriegen in unserem Betrachtungszeitraum von 1910 – 1960 gab es in Deutschland auch noch eine ganze Menge Versorgungsempfänger, an Leib und Seele verstümmelte Veteranen, Kriegerwitwen und auch andere Opfer, deren zweite wirtschaftliche Stütze aus einer meist bescheidenen staatlichen Rente bestand.

Von den oben genannten, auf das gesetzlich vorgeschriebene Maß begrenzten Schulbiografien, gab es natürlich auch Ausnahmen: Die Nachkommen des Pfarrers, des Doktors, des Lehrers und die des Amtsbürgermeisters wurden vom ersten Schuljahr an von ihren Eltern und Verwandten auf eine länger anhaltende Ausbildungszeit eingestimmt. Das System der Einteilung in bildungsferne und bildungsnahe Gruppen war zwar nicht unverrückbar und schicksalhaft, entsprach aber im Allgemeinen und nicht nur in unserer Region westlich des Rheins, südlich der Mosel und nördlich der Nahe dem groben Ausbildungsprofil der ländlichen Bevölkerung.

„Emmche", unter den fünf Geschwistern das älteste, war als Vierzehnjährige für ihre Mutter und meine Oma eine willkommene Hilfe im Haushalt und für meinen Nebenerwerbsopa eine täglich einplanbare volle Arbeitskraft in den überschaubaren Stallungen des kleinen Bauernhofs und auf den wenigen Feldern, die mit ständigem körperlichen Einsatz von Mensch und Tier bewirtschaftet werden mussten. Und so ganz nebenbei war ihr schon von Anbeginn natürlich die Rolle der Erzieherin ihrer vier jüngeren Geschwister zugefallen.

Doch nicht nur Emmche wurde älter, ihre kaum jüngeren Schwestern traten nur wenige Jahre später im eigenen Familienunternehmen mit zwei Kühen, zwei Schweinen und einer Handvoll Hühnern ohne Hahn als Arbeitskräfte an ihre Stelle. Damit erhob sich täglich dringlicher die ernsthafte Frage nach der zukunftsfähigen Ausrichtung einer verantwortlichen Planung für die im heiratsfähigen Alter angekommene Erstgeborene. Meinen Großeltern hatte das eigene Leben inzwischen schon zu der Einsicht verholfen, eine fundierte Erfahrung im Umgang mit den praktischen Dingen der Hauswirtschaft könne ihr von künftigem Nutzen sein.

Eine solche Erfahrung wollte man ihr angedeihen lassen und fand im Haushalt von Dr. Schüler, dem Arzt, Apotheker und Forscher, kurz, der ersten Adresse am Platz, die dafür geeignete Stelle. Schon in jungen Jahren hatte sich der Doktor unter der Dorfbevölkerung durch Begabung, Fleiß, Geschick und Durchsetzungsvermögen hervorgetan und ein „großes Haus" begründet.

Er genoss mit seiner Familie und deren assoziierten Mitgliedern auch wegen kultureller und organisatorischer Fertigkeiten eine beachtliche Reputation. Rein äußerlich zeigte sich das mit der am Inkerweg neu errichteten Villa denn auch bald wirklich für alle körperlich sichtbar. Sie gilt noch heute in der tristen Dorfansicht als Blickfang und als ein pompöses Bauwerk, das in seiner Stilrichtung dem Elsässischen Vorbild aus der Studienzeit des Doktors nachempfunden ist.

Schon bei der Gründung der jungen Familie Schüler zog in dieses herrschaftliche Haus mit all seinen Bewohnern ein gehobenes hauswirtschaftliches Niveau ein. Dies war nicht nur durch den Willen der dort lebenden Menschen, sondern vor allem auch durch ihre Energie, Akribie, Ausdauer und Überzeugungskraft begründet. Die Aufnahme als anzuleitende Helferin in diesen Haushalt galt den jungen Damen des Dorfs als große Ehre, Anerkennung und Vertrauensbeweis. Denn hier bot sich ihnen die Möglichkeit zu einer praktischen und alltagstauglichen hauswirtschaftlichen Ausbildung. Damit war Emmche „in Stellung" gebracht!

Hier, in dem gut geführten Haushalt des Dorfdoktors, konnten die heranwachsenden Töchter der einfachen Leute eine Lebensart kennenlernen, die in den eigenen Familien in dieser Qualität und Ausführlichkeit nicht anzutreffen war. Schon die Ausstattung des großen Hauses auf seinem exponierten Terrassenplatz am Rand des Inkerwegs weitete ihr mitgebrachtes enges Weltbild. Den angemessenen Umgang damit, seine Nutzung und korrekte Pflege galt es kennenzulernen und an ihrer Planung und Ausführung aktiv teilzunehmen. Dies ging einher mit der Gewöhnung an ein erweitertes gesellschaftliches Umfeld wie auch den respektierlichen Umgang untereinander.

Und darauf kam es an, ihren Eltern und natürlich auch den betroffenen jungen „Azubis" selbst. Schließlich ließen die nächsten Jahre für die strebsamen Mädels eine verantwortliche Führung des künftigen eigenen Haushalts erwarten. In der Hauswirtschaft des Dr. Schüler in der prunkvollen Villa ließen sich unter Anleitung kompetenter Damen fundierte Kenntnisse in vielen Facetten künftiger Anforderungen an eine Familienmanagerin erwerben und ständig erproben.

Das geschickte „Emmche" aus dem Unterdorf ließ sich schnell in den großen Haushalt einordnen und bewies schon nach kurzer Zeit eine natürliche Begabung für die erfolgreiche Integration in den reibungslosen Tagesablauf der neuen Umgebung. Das bezog sich nicht nur auf die Aufgaben in der Küche. Die gesamte Breite der Hauswirtschaft mit allen Nebenarbeiten galt es, durch tatkräftiges Zupacken zu erlernen. Dazu zählte die Warenkunde für die Füllungen der Kochtöpfe in der Küche ebenso wie auch deren übrige Ausstattung mit allerlei Werkzeugen und Gerätschaften. Unterweisungen im praktischen Umgang mit den Sortimenten an Weiß- und Tischwäsche und deren Pflege schlossen sich ebenso an wie Schulungen bezüglich der ständigen Erhaltung von Reinheit und Hygiene.

Die genossene Unterweisung in den bezeichneten Angelegenheiten entsprach aber nicht den Anforderungen und dem Umfang einer modernen Lehre und den heutigen Vorschriften an eine Ausbildung mit Lehrvertrag, Vergütungs- und Urlaubsanspruch sowie begleitender Berufsschule.

Nicht nur die eigene Herrschaftsfamilie mit ihren zahlreichen und teils zugeordneten Mitgliedern galt es zuverlässig zu umsorgen und vor allem in der großen Küche der stattlichen Villa zu bekochen. Die gewohnten Tischrunden erweiterten sich nicht selten durch spontane Gäste oder auch durch angekündigte Gästegruppen zu größeren Gesellschaften. Dann galt es natürlich, über die gesamte Dauer und über das gesamte Menü die Übersicht zu wahren, was nur mit einer guten gemeinsamen Vorbereitung und verlässlichen Zusammenarbeit gelingen konnte.

Als Garanten und letztlich Verantwortliche für das Gelingen der „großen Gesellschaften" standen die Hausfrau und die in meiner Wahrnehmung unscharf erinnerliche und deshalb ein wenig sagenumwoben gebliebene „Frau Pastor" dem gehobenen Haushalt mit dem jeweiligen Hilfspersonal in der Villa des Dr. Schüler vor. Besondere Anlässe erforderten weitere Verstärkung in der Küche, im Service am und um den Tisch herum.

Natürlich blitzte auf Seiten der Gastgeberin bei der Präsentation ihres großen Hauses samt Potenzial und Kompetenz seiner Küche bei aller geübten Bescheidenheit des ländlichen Lebens hin und wieder auch der Glanz eines goldenen Fadens von Stolz und Erhabenheit hervor. Waren liebe Speisegäste in aufgelockerter Stimmung um die reich gedeckte Tafel versammelt, erging nach der Bewältigung der erstservierten Tellervorlage aus ihrem Munde gelegentlich an alle Versammelten die großzügige Ermutigung:

„Esst, esst, das Fleisch steht im Schrank!

Der Wortlaut der Gastgeberin an ihre Tischgäste eröffnete bei den späteren Zitaten meiner lieben Mutti aus den in ihrem Langzeitgedächtnis bewahrten Tischgesprächen bei ihren Gästen am eigenen Küchentisch einen weiten Spielraum mit Potenzial für gegensätzliche Interpretationen:

Die großzügige, und deshalb auch als gut anzuerkennende Absicht der Einladung zur Fortsetzung des ungenierten Zugriffs bei Tisch auf die reichlich vorhandenen Reserven des Hauses soll auch bei unserer Betrachtung im Mittelpunkt stehen und deshalb wohlwollend und vorrangig gewürdigt werden. Krittler allerdings könnten in dieser kleinen Ansprache auch die Botschaft der Gastgeberin entdecken, ihre kostbaren Fleischreserven längst listig an einem sicheren Ort vor weiterer Plünderung durch die Gästeschar deponiert zu haben.

Haus Eichbühl

Vier Breitengrade trennen meine ehemalige Hunsrücker Heimat von meinem jetzigen, seit vielen Jahren bestehenden Lebensmittelpunkt in dem schönen Schleswig-Holstein, dem Land zwischen den Meeren, oder, wie es seit einigen Monaten auf den modernen Akkuzügen der hiesigen Regionalbahnen zu lesen ist, „Schleswig-Holstein. Der echte Norden".

Damit stoßen wir auch schon auf das ehemals bevorzugte Verkehrsmittel, mit dessen Nutzung die vielen Kilometer von der neuen in die alte Heimat in Süd-Südwest-Richtung, und auch umgekehrt, bequem zu überwinden sind. Allerdings ist dabei bedauernd festzustellen, dass mein Zielort im Kreis Simmern/Hunsrück jetzt nicht mehr in das Schienennetz der Deutschen Bahn eingebunden ist. Bis in die Mitte der Siebzigerjahre des vergangenen Jahrhunderts war eine durchgehende Reise auf der Stahltrasse möglich gewesen, doch dann stellte die Deutsche Bahn den Personenverkehr auf der Hunsrückquerbahn von Simmern nach Hermeskeil leider ein. Von dieser Einschränkung war und bin auch ich betroffen.

Begleitend dazu entwickelte sich der individuelle Personenverkehr auf den Straßen des ganzen Landes in rasanter Weise. Bald war es keine Besonderheit mehr, ein eigenes Auto zu besitzen und damit auch lange Reisen über viele Stunden zu unternehmen.

So war es auch im Oktober des Jahres 2001, als meine liebe Christa und ich mal wieder eine Reise in die vertrauten Orte und Landschaften unserer jungen Jahre unternahmen, um dort die stehende und die liegende Verwandtschaft, verbliebene Freunde und Bekannte zu besuchen. Über die Zeit hinweg hatten sich zwei jährliche Besuche dort eingebürgert. Da meine liebe Frau in Frankfurt-Schwanheim aufgewachsen ist, war schnell entschieden, wie die Reiseroute mit dem eigenen Auto verlaufen sollte.

Ab Hamburg führte der Weg über die Autobahn sieben (A7)
sehr zielstrebig direkt nach Süden, vorbei an Hannover und
Göttingen in Richtung der Mainmetropole. In den Jahrzehnten
seit meiner Nestflucht weg vom Hunsrück bin ich viele Male
ganz privat und auch sehr oft in dienstlichen Angelegenheiten
auf dieser Strecke in beiden Richtungen unterwegs gewesen.

Bei jeder Begegnung mit den blauen Hinweisschildern der
nunmehr dreispurig ausgebauten Autobahn am Beginn der hü-
geligen Landschaft an der Werra mit den schon lange so vertrau-
ten Namen „Hedemünden" und „Hann. Münden" wandern
meine Gedanken zurück in die Zeit, als mir diese Begriffe zum
ersten Mal unterkamen.

Und jetzt war es mal wieder so weit:
Nächste Ausfahrt: Hedemünden!
Schon seitdem wir an diesem Tag die A7 wieder unter den Reifen
hatten, eilten meine Gedanken wie immer ein wenig der Fahr-
strecke voraus, um mir selbst ihre Besonderheiten und auch
eventuelle Tücken in Erinnerung zu rufen. Zu diesen zählen
ohne Zweifel die Kasseler Berge, deren gefahrlose Passage mit
stationären elektronischen Einrichtungen zur Einhaltung der
vorgeschriebenen Höchstgeschwindigkeiten behördlich gesichert
wird. Auf beiden Fahrtrichtungen werden die Raser geblitzt.
Hier heißt es also: Reiß auf das Auge!

Das aber tue ich schon immer auf diesem Streckenab-
schnitt, denn ab einem bestimmten Wegpunkt ist für weni-
ge Momente der Blick von der Autobahn nach Westen hin,
hinauf zum „Haus Eichbühl" am Rand des Waldes, für ein
paar Sekunden freigegeben. Die gleichzeitig aufkommen-
den Gedanken an ein weit zurückliegendes Erlebnis, das
mit dieser Villa am Wald eng verbunden gewesen ist, lösen
bei mir stets eine innere Freude aus.

Schon seit Stunden dachte ich daran, besonders auch deswegen, weil an diesem Tag der 24. Oktober des Jahres 2001 war, an dem sich der Beginn einer mir sehr wichtigen Lebenszeit zum 40. Mal jährte. Scheinbar spontan, in Wahrheit aber nach guter Überlegung, schlug ich einen sofortigen Abstecher über die ausgeschilderte Ausfahrt „Hedemünden" hin zum Haus Eichbühl vor. Denn auf den Tag genau vor vier Jahrzehnten ist mir dieses Haus einen Monat lang Herberge und Heimstatt für einen medizinisch veranlassten Kuraufenthalt im schönen Werratal gewesen. Nach der Ausfahrt verschlechterte sich die Qualität des Fahrweges rapide, auch stand ein rundes, rotgerändertes weißes Schild am Wegesrand, das nur dem Anliegerverkehr die Durchfahrt gestattete. Zu diesem aber waren wir durch meinen plötzlichen Entschluss zum Besuch der Erinnerungsstätte ja geworden.

Wie sollten wir uns dort vorstellen und unser Anliegen begründen? Welchem Herrn und welchem Zweck das Haus jetzt wohl dienen mochte? Wie man uns wohl empfangen würde? Diese Gedanken bewegten mich, bis wir auf dem kleinen Parkplatz vor der noch so gut erinnerlichen Fassade des Ziels der Exkursion angelangt waren. Ein fremdes Auto zu Besuch erregte die Aufmerksamkeit der Menschen in diesem Haus. Schon in die Begrüßungsworte ließ ich den Grund zu unserem spontanen Besuch einfließen. Mit ungekünstelter Freude hieß die Leitung des Hauses Eichbühl uns sehr herzlich willkommen und würdigte das edle Motiv mit nostalgischem Hintergrund zu dem Abstecher in die Abgeschiedenheit des Ortes.

Das Haus diente nicht mehr als Jugenderholungsheim, und es war auch nicht mehr mit der Deutschen Angestellten Krankenkasse verbunden. Doch nach wie vor erfreuten sich dort Gruppen von Menschen in organisierter Weise an der überzeugenden Gastlichkeit des Hauses und den Schönheiten der Umgebung.

Man war ein bisschen stolz auf die Geschichte des Sanatoriums, und man nahm uns recht dankbar als Beweis für ein nachhaltiges und anerkanntes Wirken der Arbeit der Bediensteten dieser Einrichtung. Ich musste nicht darum bitten, noch einmal die Räume des ehemaligen Kurdomizils zu betreten, und dabei den Geist von vor vierzig Jahren wieder spüren zu dürfen. Als Besucher hätte ich unseren viel jüngeren Gesprächspartnern, den jetzigen Hausdamen und Hausherren, noch viel mehr zu erzählen gehabt, als sie mir mit der Schilderung der Entwicklung dieser Einrichtung. Während auf meiner inneren Bühne der vierwöchige Kuraufenthalt an diesem Ort wie ein lebendiges Theaterstück zum Leben erwachte, hatte ich Mühe, nur die Hauptthemen der Vorstellung in Worte zu fassen. Es war mühsam, mich auf die wesentlichen Erlebnisse zu beschränken und die ständig von innen heraus aufquellenden Einzelheiten der gerade behandelten Szenen und deren nachträgliche Bewertungen zu bremsen und nicht ins Uferlose ausarten zu lassen.

Lange währte unser Besuch, und unsere Zuhörer waren ganz Ohr, sie wollten meinem gebündelten Bericht nicht entgehen. Im Gegenteil, immer wieder veranlassten mich ihre Nachfragen zur Öffnung des Fensters für ihre direkten Einblicke in die Welt meiner Erinnerungen über die Einzelheiten der Anreise, der Aufnahme im Haus, die Details der Betreuung durch das Hauspersonal und die Arbeit der beiden Kurleiter des Veranstalters, ja des gesamten Erlebnisumfangs meiner Zeit im Oktober und November des Jahres 1961 im Haus Eichbühl.

Gerne gab ich die Bühne frei für eigene Einblicke in das Archiv meiner geordneten Erinnerungen an diese mir sehr bedeutsame Zeit. Es war eine Einladung in das Kopfkino, das sich jetzt an der originären Spielstätte mit jeder beleuchteten Szene tief in meinem Innersten multimedial entwickelte. Ein angemessener Vortrag darüber hätte so viele Stunden gebraucht, wie die Gastlichkeit damals an Tagen währte:

Der 23. Oktober 1961 sollte für unsere Großfamilie ein ganz besonderer Tag werden.

Nach monatelanger Ankündigung hatte sich mein Cousin am frühen Morgen bei seiner Mutter durchgesetzt und zur Freude der ganzen Sippe die Anzahl ihrer Mitglieder sogleich um eins erhöht. Doch noch am gleichen Abend nahm unser gemeinsamer Opa diese männliche Nachfolge unter dem eigenen Dach zum Anlass, nach lange anhaltender schwerer Krankheit seinen Platz in diesem kollektiv bewohnten und bewirtschafteten Haus für immer zu verlassen. Mögliche Zusammenhänge zwischen beiden existenziellen Ereignissen sind natürlich nicht belegt, doch Opas abendlicher Rückzug egalisierte den morgendlichen Familienzuwachs noch am selben Tag.

Die spontan folgende Versammlung aller erreichbarer Familienmitglieder beschloss einen Aktionsplan mit individueller Aufgabenzuweisung für die kommenden Tage. In diesen Rollenplan wurde ich erst gar nicht aufgenommen, denn ich besaß eine Fahrkarte der Deutschen Bundesbahn (DB) nach Hedemünden mit der Abfahrtszeit am folgenden Morgen um 6 Uhr 38 ab unserem Bahnhof Büchenbeuren. Mein Vater hatte diese Fahrerlaubnis mit der DB als stark ermäßigte Personalfahrkarte für Familienangehörige von Bundesbahnbediensteten noch für mich ausschreiben können. So lange ich mich in der Berufsausbildung befand, stand mir dieses Privileg noch zu. Ziel der Reise war das Erholungsheim „Haus Eichbühl" der Deutschen Angestellten Krankenkasse (DAK) in dem Luftkurort Hedemünden am Unterlauf der Werra im südlichen Niedersachsen.

Wie war es dazu gekommen?

Wer gab den Anstoß zu einer solchen Reise für einen jungen Burschen von sechzehn Jahren?

Fast zwei Jahre vor diesem Ereignis hatte ich bei der Raiffeisenbank e.G.m.b.H. in Kirchberg/Hunsrück meine

Berufsausbildung zum Bankkaufmann begonnen und trat auf Empfehlung meines Ausbildungsbetriebs gleich zu Beginn des neuen Lebensabschnitts als selbstständiges Mitglied in die DAK ein. Die Zeit der freien Heilfürsorge im Familienverbund war zu Ende und die eigenständige Mitgliedschaft war für mich jetzt zur Pflicht geworden.

So um das Datum meines sechzehnten Geburtstags überraschte mich mein Chef mit einem auch ihm bisher nicht gekannten Anliegen, das er in Form eines umfänglichen Briefes der DAK in seinen Händen hielt. Darin war eine beabsichtigte vor- und fürsorgliche Reihenuntersuchung der jugendlichen Lehrlinge und Angestellten in seinem Herrschaftsbereich angekündigt. Zwei Termine für die Durchführung vor Ort waren sogleich zur Auswahl gestellt, und man solle sich auf einen gemeinsam einigen. Ein Arzt des Vertrauens solle an diesem Tag die medizinische Untersuchung aller jugendlichen Mitarbeiter der Firma in den eigenen Geschäftsräumen leiten.

Gesagt, getan! Der Tag X war auf dem Abreißkalender unter seinem soeben gefallenen Deckblatt hervorgetreten und es kam wie verabredet. Genauer gesagt, er kam, der Doktor kam in unsere Raiffeisenbank. Als dritter der ins Visier genommenen Lehrlinge hatte ich ihm in dem zur Untersuchung bestimmten Büro unseres Direktors ebenfalls die obere Hälfte meines Körpers in ihrer Nacktheit zu präsentieren, eben so wie gewachsen. Schnell war bei ihm von Rachitis die Rede, der Folge einer möglichen Mangelernährung in frühen Kindertagen. Dann kamen Instrumente zum Einsatz, ein Schlauch mit Saugnäpfen haftete bald abwechselnd auf meiner Vorder- und Hinterseite. Er war verbunden mit einem Hörgerät, das des Doktors Ohr mit den akustischen Signalen meines Innersten als Abhörprodukt versorgte. Welche Schlüsse er daraus im Einzelnen auf meinen internen Zustand ziehen konnte, blieb mir verborgen. Seine letzte Aktion aber war eine nachvollziehbare Bewegung seiner geballten Faust quer über meine Brust von links oben nach rechts unten, wobei sein abgespreizter Daumen auf dem Untergrund meiner Haut eine deutliche Linie hinterließ. Es ist mir nicht mehr erinnerlich, ob diese rot oder weiß gewesen ist. Doch ihre Färbung war wohl entscheidend und vor allem in meiner Wahrnehmung namensgebend für einen scheinbar oder auch anscheinend ermittelten Zustand meiner unterbewussten Befindlichkeit:

Sympathikus Neurose und vegetative Dystonie!

Diese Zauberworte begründeten in dem bald vorgebrachten Untersuchungsergebnis des Herrn Doktors schriftliche Empfehlung an meinen Herrn Bankdirektor zu einem vierwöchigen Kuraufenthalt in geeigneter ländlicher Umgebung zur Wiederherstellung meiner Gesundheit im Allgemeinen, und im Speziellen meines so stark strapazierten vegetativen Nervensystems.

Die Eröffnung des Bescheids der Amtsperson im Direktionszimmer erfolgte unter vier Augen und zeitnah ohne Verzögerung. Sie verfehlte ihren Überraschungsmoment nicht. So etwas hatte ich nicht erwartet. In keiner Weise fühlte ich mein Wohlbefinden angegriffen. Die Durchführung der empfohlenen Aktion bedurfte natürlich der doppelten Zustimmung, die des Herrn Direktors ebenso wie auch meine, beziehungsweise die meiner gesetzlichen Vertreter. Für solche Formalitäten waren in der Mitteilung der Krankenkasse nur wenige Tage Bedenkzeit eingeräumt.

Der erste Gedanke soll ja bekanntlich stets der beste sein. Diesem Leitspruch folgte meine instinktive Entscheidung zur spontanen Annahme dieses großartigen Vorschlags. Bei der folgenden Beratung am Küchentisch der Familie trafen meine guten Argumente eher auf konstruktive Nachfragen denn auf artikulierten Widerstand.

So war unser gemeinsamer Standpunkt schnell beschlossen: Die Aktion sollte starten! In dem Brief der Krankenkasse war als Termin Dienstag, der 24. Oktober 1961 vorgesehen. Es sollte meine erste selbstständige Reise werden.

Doch nun war am Vorabend mein Opa von uns gegangen. Was war jetzt zu tun? Sollte ich meine Kur absagen? Verschieben konnte ich sie nicht, auch der veranlassenden Krankenkasse wäre das nicht möglich gewesen. Und was hätte mein Verzicht an dem schicksalhaften Ereignis verändern können? Also lautete der Beschluss: „Dieter fährt wie geplant!"

Schon Tage vorher hatte sich meine Reisetasche mit den notwendigen Utensilien gefüllt, die ich für den vierwöchigen Aufenthalt in fremder Umgebung fernab vom heimischen Kleider- und Wäscheschrank für wichtig hielt. Als Kern meiner leiblichen Versorgung für den Reisetag im Zug der Deutschen Bundesbahn sollten vier kräftige Scheiben über das Mittelstück des runden Bauernbrots als Basis dienen. Butter, Leberwurst und Schmierkäse hielten die Doppelscheiben fest zusammen, und als Zugaben hatte Mutter ein paar frische Tomaten und Äpfel beigepackt. Als auslaufsicheres Behältnis für den mit Idarwasser verdünnten Johannisbeersaft musste die braune Henkelkanne aus emailliertem Blech herhalten, die schon zu meinen Schulzeiten die gleiche Aufgabe mehrfach zuverlässig erfüllte.

Die Reise mit dem Dampfzug führte über Simmern, Bingerbrück, Frankfurt und Kassel nach Hedemünden im Landkreis Göttingen. Heute ist das ehemals selbstständige Städtchen am Unterlauf der Werra ein Teil von Hannoversch Münden, der Stadt des legendären Doktor Eisenbarth, deren Bewohner sich längst auch im eigenen Interesse mit der abgekürzten Namensvariante „Hann. Münden", oder einfach nur „Münden", arrangiert haben.

Mein Papa war beamteter Bahnbediensteter im heimischen Bahnhof Büchenbeuren, aus dem er am Morgen um 6 Uhr 38 als Fahrdienstleiter mit der roten Mütze durch seinen Pfiff mit der Trillerpfeife meinem Dampfzug mit mir als Passagier im Abteil der Holzklasse die Sporen gab. Damals waren die Züge stets pünktlich, man sagte nicht zu Unrecht: „Pünktlich wie die Bahn!"

So auch mein ankommendes Dampfross mit den angekoppelten Personenwagen am 24. Oktober 1961 im Bahnhof Hedemünden. Die Leitung von Haus Eichbühl hatte einen mobilen Abholdienst für die über vierzig anreisenden Neulinge aus vielen Regionen der Republik organisiert. Über verzögerte Ankunftszeiten der verschiedenen Züge mit den jungen Gästen zwischen sechzehn und achtzehn Jahren brauchte dieser sich nicht zu grämen, denn die Bundesbahn hielt sich wacker an ihre Fahrpläne.

Das Haus Eichbühl, ein dreistöckiger weißer, villenartiger Prachtbau mit Spitzdach und teilweise umlaufender Veranda in der zweiten Etage muss von gescheiten Menschen entworfen und errichtet worden sein. Sein Standort auf einer ebenen Fläche weit ab von jeder Ansiedlung und als Abschluss einer landwirtschaftlich genutzten Hügellandschaft am Saum eines hochgewachsenen Nadelwaldes könnte eindrucksvoller und einladender kaum gelegen sein. Wir alle waren als die neue Besatzung nach vollzähligem Eintreffen schon am frühen Abend schnell von den beiden Betreuern in die vorbereiteten Stuben mit durchweg drei oder vier Betten aus stabilen Rohrgestellen in der Etagenbauweise einer Jugendherbergsbude untergebracht. In unserer Stube erwischte ich eins der unteren metallenen Langmöbel.

Bei ihrer kurzen und freundlichen Begrüßungsansprache hatte die Leiterin dieses eindrucksvollen Erholungsheims am Waldesrand sich selbst und ihr flottes Personal schon am ersten Abend vorgestellt und bei dieser Gelegenheit auch die hier geltenden Regeln erläutert. Frau Baumgärtel war eine respektable Dame mit positiver Ausstrahlung, ein aristokratischer Menschentyp, die Chefin der Herberge und besonders der Küche. Zugleich auch Hausdame und Vorgesetzte mit natürlicher Autorität und angenehmen Wesensmerkmalen der Geselligkeit. Eben eine angenehme Persönlichkeit mit Führungsqualitäten, an denen sich das eingesetzte Personal gerne orientierte. Die richtige Person am richtigen Ort, die wohl erst seit wenigen Jahren auf die Mitte ihres zu erwartenden Alters zurückblicken mochte. Ihr langes, dunkles und leicht welliges Haar war lose zurückgeführt und an ihrem Hinterkopf mit einem textilen Hilfsmittel - Tuch oder schmales Band - zu einem spatzennestartig struppigen Gebilde gebändigt. Im Dienst trug sie stets, ebenso wie ihre beiden jungen Gehilfinnen, eine lange, weiße Kittelschürze. Wenn sie im Hause war, dann war sie auch immer im Dienst.

Wir alle respektierten die Chefin von Beginn an. Ihr oblag die Hoheit über die gut eingerichtete Küche und den gesamten Service für die Versorgung der Hausgäste. Dabei konnte sie auf die kompetente und gut eingespielte Unterstützung der beiden jungen Damen Christa und Elke vertrauen. Trotz ihres jugendlichen Alters von eben neunzehn und zwanzig Jahren hatten beide schon ihre Ausbildung als Köchin und Hauswirtschafterin erfolgreich abgeschlossen und waren in diesem besonderen Landhaus für junge Erholung suchende Lehrlinge in Vollzeit beschäftigt.

Beide Mädels versprühten unterschiedliche individuelle Ausstrahlungen auf das kollektive Empfinden unserer fast gleichaltrigen Schar von unerfahrenen Buben. In dem verklärten Entstehungslabor von „Abrahams Worschtkessel" hatte sich die spätere Christa wohl einst bei der Zuteilung der weiblichen Oberflächenattraktivität erfolgreich bewerben und nachhaltig auf ganzer Linie gegen andere Bewerberinnen durchsetzen können. Damit wurde ihr schon im Mutterleib ein dauerhaft wirkendes Privileg für die aufblühende Zeit ihres Lebens zuteil. Doch Elkes versteckter und verschmitzt daherkommender Charme verblasste nicht hinter Christas äußerem Glanz.

Die jungen Küchendamen schienen in ihren Rollen im Umgang mit der ihnen zur stofflichen Versorgung ausgelieferten Kurgesellschaft von genau zweiundvierzig nur wenig jüngeren Gesellen geübt zu sein. Schließlich war unsere aktuelle Charge „Oktober '61" nicht die erste der in der Villa Eichbühl zur vitalen Runderneuerung angetretenen Jungmännergruppen. Die einsame örtliche Lage jenseits der Autobahn sieben und weit oben am Waldesrand, hoch über den abgeernteten Stoppelfeldern der talwärts gelegenen Gemeinde Hedemünden in Südniedersachsen, ließ bei der neu eingezogenen Crew der Kureinrichtung schnell ein Gefühl der Zusammengehörigkeit entstehen: Eine solide Burgmentalität!

Das erklärte Ziel des Dienstbetriebs war von der DAK generell auf die Wiederherstellung der Gesundheit all ihrer Mitglieder, und jetzt speziell auf die der anwesenden

Hausgäste in Hedemünden, ausgerichtet. Die Leitung aller aktiven inner- und außerhäusigen Aktionen und Maßnahmen mit den ihnen anvertrauten Halbstarken oblag den beiden Betreuern: Herrn Hartmann und Armin. Sie waren fast gleichaltrig und wohl eben über die vierzig Lenze hinausgekommen. Unter ihrer Zuständigkeit und Verantwortung sollten die nächsten vier Wochen zur Hebung unseres Wohlergehens gestaltet werden. Wir alle waren sehr darauf gespannt.

Am nächsten Morgen kam der beauftragte Doktor mit seinem Auto aus Hann. Münden zur Antrittsuntersuchung der jungen und ach so erholungsbedürftigen Hausgäste in unsere Burg Eichbühl angereist. Der Name ist mir leider nicht mehr gegenwärtig. Doch war es nicht der legendäre Doktor Johann Andreas Eisenbarth, der viele Generationen vor unserer Zeit in dieser Region seinen Patienten bekanntlich seine eigenen und eigenartigen Behandlungsmethoden mit Erfolg und öffentlicher Anerkennung angedeihen ließ. Doch seine Zeit war längst vorbei.

Die mechanisch wirkende Arbeit des heutigen Kurarztes verriet uns eine oft geübte Routine, die ihm augenscheinlich nur mäßige Konzentration und Fachwissen abverlangte. Im Takt weniger Minuten öffnete und schloss sich die Tür zu seinem temporär zweckentfremdet genutzten Untersuchungsraum im Untergeschoss der Villa. Seine angewandten Methoden und geübten Handgriffe erinnerten mich an die Reihenuntersuchung seines fernen Kollegen in Rheinland-Pfalz vor wenigen Monaten im Chefbüro der kleinen Raiffeisenbank in der Kappeler Straße von Kirchberg im Hunsrück.

Auch in Hedemünden brauchte der Medizinmann nicht lange für seine gleichlautende Diagnose:

„Sympathikus Neurose und vegetative Dystonie!"

Nun war der Fall in amtlicher Weise doppelt besiegelt! Und was das zum zweiten Mal gefundene Urteil noch weiter festigte, waren mehrfach übereinstimmende Ergebnisse der insgesamt zweiundvierzig individuellen Gesundheitsprüfungen bei der frisch angereisten Interessengemeinschaft der jungen Männer. Bestanden bei unserem Medikus nach den ersten Minuten seiner Inspektion noch Zweifel ob der Richtigkeit seiner vorgefassten Meinung, so konnte er diese letztlich immer durch den diagonalen Ratscher seines Daumennagels über die Brust des jeweiligen Delinquenten ausräumen. Seine immer gleiche Interpretation der hinterlassenen Linie auf der gereizten Haut seines Gegenübers ließ nur einen Schluss zu: Sympathikus Neurose!

In der Gemeinschaft unserer Gruppe verfestigte sich die gefundene Diagnose schnell mit einem gewissen spöttelnden Augenzwinkern und züngelndem Beigeschmack als ein geflügeltes Wortspiel mit hoher Wiederholungsrate bei jedweder gut oder schlecht passenden Gelegenheit. Allgemeine Heiterkeit darüber verbreitete sich auch unter den Betreuern und dem Hauspersonal. Sie überdauerte, wie wir am Ende meiner Erzählung noch erleben werden, bei weitem die begrenzte Dauer unserer kameradschaftlichen Verbundenheit in der Erholungswerkstatt an der Werra.

Von Beginn an verband uns eine Gemeinsamkeit, denn wir alle waren Lehrlinge, Auszubildende, für die erst vor kurzer Zeit im öffentlichen Gebrauch die plausible Abkürzung „Azubi" den etwas herabsetzenden alten Begriff „Stift" ersetzt hatte. Alle besaßen und erfüllten wir einen durchweg dreijährigen Lehrvertrag mit einem Handels-, einem Verwaltungs-, Finanz- oder einem Industriebetrieb. Gleichzeitig unterlag jeder von uns bis zum Abschluss der Lehrzeit noch der Schulpflicht, die sich an den Branchen bezogenen Berufsschulen an einem Tag der Woche erfüllte.

Der Ablauf eines Erholungstages im Haus Eichbühl war fest strukturiert und vom Veranstalter vorgezeichnet. Gleiches galt auch für den wöchentlichen Rhythmus. Morgens um sieben Uhr zogen zarte Klänge irgendeiner Musik vom Parterre herauf in die Ebene unserer Schlafräume. Dieser zarte Weckruf mischte sich bald mit den geschäftigen Geräuschen vorbereitender Hauswirtschaftsarbeiten für das anstehende Frühstück in den unteren Betriebsräumen.

Von dem runden Kiesplatz vor dem Haus waren hin und wieder Geräusche von an- und abfahrenden Autos zu vernehmen. Es handelte sich um Lieferfahrzeuge des Bäckers, der Post oder anderer Ver- und Entsorger.

Zu dieser moderaten Uhrzeit hatte jeder von uns nach neunstündiger Nachtruhe seinen Schlafbedarf bei weitem abgedeckt. So entwickelte sich völlig automatisch eine gewünschte harmonische Morgenroutine, und die Anzahl der Spätaufsteher verringerte sich täglich. Nach angemessener Zeit für die persönliche Aufrüstung rief ein Glöcklein zum ersten Pflichttermin des neuen Tages hinunter an die frische Morgenluft auf den runden Platz mit den Kieselsteinen am Fuße der Freitreppe zu der Terrasse mit den vier Flügeltüren:

Fünfzehn Minuten Frühsport waren angesagt!
Ein Bewegungs- und Lockerungstraining
in loser Aufstellung.

Als Übungsleiter wechselten sich beide Betreuer täglich ab. Roch das nicht nach vormilitärischem Drill auf einem Exerzierplatz? Auf diese Idee hätte man ja kommen können. Doch bei böswilliger Voreingenommenheit lässt sich vieles verbiegen und in den Schmutz ziehen. Auch bei kritischer Interpretation dieser leichten Anforderungen an die zweiundvierzigfache Überwindung körperlicher Trägheit

hätte keiner der Teilnehmer Anlass zur Beschwerde finden
können. Das Gegenteil war der Fall. Mehrheitlich begrüß-
ten wir in sportlichem Geist die vitalisierende Wirkung der
leichten Gymnastik an der frischen Morgenluft.

Die sportlichen Übungen in der Gruppe hatten eine
lockere Stimmung für das Frühstück an den sieben von
Christa und Elke üppig gedeckten Sechsertischen entstehen
lassen. Wir hatten uns nur noch die vollen großen Edel-
stahlkannen mit dem frisch gekochten Muckefuck von dem
mobilen Servierwagen zu greifen und auf die Tische zu
stellen. Zu dieser Besorgung und auch zu den Abräum-
diensten nach Abschluss der Mahlzeiten war täglich ein
anderer aus der Tischrunde zuständig.

Jetzt konnte der Tag beginnen. Und er begann täglich
um neun Uhr mit dem ersten Spaziergang in die verzweig-
ten Wege und Pfade des ausgedehnten Waldes der Umgebung. Die Dauer war auf zweieinhalb Stunden angesetzt.
Es war kein Rennen und kein Laufen, kein sportlicher
Wettbewerb. Die Art der Fortbewegung mag dem Ausflug
einer kinderreichen Großfamilie ohne Hund geähnelt haben, mit den beiden hier und da sichtbar in Führungsakti-
on tretenden Betreuern.

Die vorgegebene Ordnung sah bei allen Ausflügen Pau-
sen vor. Das war so am Morgen und auch am Nachmittag.
Jedes Mitglied unserer Jugendgruppe war mindestens
sechzehn Jahre alt, und nun kommt das, was auch den heutigen Leser dieser Zeilen in ein ebensolches Stauen versetzen wird, wie ich es damals selber empfunden habe:
Irgendwann in der Vergangenheit hatte der deutsche Bun-
destag beschlossen, allen Bürgern im Land ab dem vollen-
deten sechzehnten Lebensjahr das Rauchen in der Öffent-
lichkeit zu gestatten. Wir hatten also ein Grundrecht auf
das Rauchen. Keinem von uns wäre es eingefallen, dies
während des Kuraufenthalts im Haus Eichbühl einzufor-

dern oder gar jetzt, in der Pause unseres ersten Morgenspazierganges im Wald des Luftkurorts Hedemünden zu reklamieren.

Doch es war tatsächlich so: Die Betreuer schienen angewiesen zu sein, uns halbe Kinder auf dieses gesetzlich verbriefte Raucherrecht hinzuweisen. Sicherlich hatten die meisten der versammelten Buben ihre ersten Erfahrungen mit Tabak, Zigaretten und Nikotin schon hinter sich gebracht. Doch die wenigsten von uns waren mit Tabakwaren angereist und jetzt damit ausgestattet. Die meisten fühlten sich überrumpelt. Doch wie sich bald zeigte, galt das nicht für alle. Bei einigen Kollegen hatte sich das Verlangen nach regelmäßigem Nikotinkonsum offensichtlich schon so verfestigt, dass dies Einfluss auf ihre Reisevorbereitungen genommen hatte. Sie waren ausreichend versorgt mit „Peter Stuyvesant", „HB", „Marlboro" oder auch „Overstolz", „Eckstein" und „Reval".

Das zeigte sich in der Pause bei dem ersten Waldspaziergang. Wer hatte, der fühlte sich nach der erteilten Erlaubnis zum Rauchen dazu aufgefordert, auch wenn ihm augenblicklich danach gar nicht zumute gewesen sein mag. Wer nicht hatte, fühlte sich angestachelt, doch zu haben. Auf diese Weise kamen drei fremdländisch klingende Pseudo-Zigarettenmarken in zögerlichen Umlauf, die in keinem Zigarettenautomaten enthalten, und auch bei anderen Gelegenheiten stets einzeln nur als Spende zu kriegen waren: Die ägyptischen „Komm gib", die niederländischen „Van andern" und die italienischen „Schnoretti".

Nur wenige Buben in der großen Jugendgruppe erwiesen sich als gestandene Raucher im fortgeschrittenen Stadium der Nikotinabhängigkeit. Dazu gehörte ein großer Schlanker mit Nickelbrille und schlaksiger Körperhaltung. Als einer der wenigen konnte er auch mit der Gitarre gut umgehen. Das aber sollte sich erst später erweisen.

Auch die Schnorrer wollten den „Duft der großen weiten Welt" genießen. Wer es noch nicht verstand richtig zu rauchen, paffte bloß den Dampf vor sich hin und hüstelte dabei verschüchtert hinter seiner vorgehaltenen Hand. Ob einer der Betreuer sich auch der dampfenden Beschäftigung angeschlossen hatte, ist mir nicht mehr erinnerlich.

Diese beiden Herren waren mit der Leitung und Führung unserer erholungsbedürftigen Azubi-Gruppe betraut und hatten die Aufgabe, in allen Belangen mit guten Beispielen voranzugehen. Sie sollten Ideengeber sein und zugleich Animateure für die Akzeptanz ihrer eigenen Angebote. Noch am selben Nachmittag zeichnete sich eine mitreißende Stimmung ab, denn Herr Hartmann hatte nach dem gemeinschaftlichen Kaffeetrinken zu dem anstehenden Waldspaziergang seine spanische Gitarre über die Schulter geworfen. Alle waren wir darauf gespannt, was er diesem Instrument zu entlocken vermochte.

Sein Vortrag begann mit leise angezupften Klängen einzelner Saiten, denen auch das normal begabte Ohr die eingeschlagene Richtung schon abhören konnte. Bald summten, brummten und sangen einzelne besonders einfühlsame Zuhörer die dazu passenden Texte der sich entwickelnden Volkslieder. Nur wenige der angestimmten Melodien und Texte galten als unbekannt und mussten zunächst vom Liederbuch abgelesen und innerlich verfestigt werden. Doch bald schon durchdrangen sie als schwungvolle Selbstläufer mit den geübten Stimmen beider Vorsänger und denen der genau zweiundvierzig untergeordneten Sängerknaben die Ruhe des Waldes.

Doch an einem etwas regnerischen Nachmittag, so erinnere ich mich, ergab sich ein Interessenkonflikt zwischen der zweiköpfigen Führung und der vielköpfigen Gemeinschaft der Geführten. Schon zu Beginn der Kaffeepause hatte sich ohne einen erkennbaren Grund an allen sieben

Tischen eine subtile Fröhlichkeit verbreitet. Sie steigerte sich mit dem erhöhten Zugriff auf den Muckefuck in den blanken Kannen auf dem bereitgestellten Servierwagen. Darauf gab es keine Zugriffsbeschränkungen. Es galt der Grundsatz, die Aktion Nachmittagskaffee solle erst bei vollständiger Bedarfsdeckung an allen sieben Tischen zu ihrem Abschluss kommen. Alleine der wechselseitige übernormale Zugriff von allen Tischen auf das harmlose Getränk entwickelte an diesem Nachmittag eine nicht zu bremsende Eigendynamik mit ständiger Steigerung unserer kollektiven Erheiterung und zielte immer mehr auf die Sabotage des nächsten Spaziergangs ab.

Als Folge davon verging die Zeit wie im Flug, und damit zerfloss auch die Zeit für den eigentlich anschließend geplanten zweiten Auslauf. Alle sanften Ermahnungen beider Betreuer an die Einhaltung des Stundenplans blieben erfolglos in der angeheizten Masse stecken. Am Ende der Kaffeepause hatte jede sechsköpfige Besatzung der sieben Tische genau sieben Kannen Muckefuck konsumiert.

Der Spaß und die Freude am Gesang steigerten sich bei den gemeinschaftlichen Aktivitäten nach dem Abendbrot im Hause Eichbühl. Nicht selten waren auch Frau Baumgärtel, Christa und Elke willkommene Gäste in der lockeren Runde unserer kulturellen Veranstaltungen an den Tischen vor dem flackernden Feuer des Kamins im großen Speiseraums. Nach anfänglicher Animation beider Pädagogen erklangen Gedichte und Lieder in Ansätzen und versickerten hier und da nach wenigen Zeilen im unsicheren Gelände mangelnder Textfestigkeit. Doch für große Kunst und Aufmerksamkeit sorgte unser „Freddy"!

Er, „Heinz", war von Rothenburg ob der Tauber als einer von uns angereist und hatte noch eine(n) sehr lebendige(n) Freund(in) mitgebracht: Eine spanische Gitarre, die unter der Regie seiner beiden Hände an die Musik erinnerte, die sonst nur mit der Stimme von Freddy Quinn vom Plattenteller oder aus dem Radio zu hören war! Erst nach mehrfachem Drängeln seiner Stubenkameraden holte er sie vom Zimmer und strich zuerst zaghaft, dann aber mit geübtem Schwung mit den Fingern der rechten Hand über die sechs Saiten. Gleich als erstes ließ das geniale Spiel, begleitet von seiner kräftigen rauen, bayerischen Stimme, den damals an Nummer eins rangierenden Hit ertönen: „Die Gitarre und das Meer".

Alle merkten es gleich: Heinz hatte Übung im Umgang mit seinem Instrument, seiner begleitenden Stimme und seinem verfügbaren Repertoire. Es gründete vornehmlich auf die landauf, landab bekannten Hits des singenden Seemannes aus Hamburg, der seine steile Karriere als ein österreichischer Schlagersänger und Schauspieler begonnen hatte. Noch am selben Abend wurde unser „Heinz" im Hause Eichbühl zu „Freddy", und er blieb es bis zum letzten Tag unseres Zusammenseins an der Unterwerra.

Das erste Wochenende stand bevor und damit für den Sonntag wesentliche Veränderungen im Tagesablauf. Auch darauf hatte die Einführung am ersten Tag schon einen Ausblick gegeben. Am Morgen nach dem Frühstück war Gelegenheit zum Kirchgang in Hedemünden. Die Gläubigen beider Konfessionen konnten sich zu Fuß auf den langen Weg machen zu ihren anvisierten Zielen durch die Feldmark in den Ort auf der östlichen Seite der Autobahn. Wer sich dazu nicht aufgerufen fühlte, drängte sich mit vielen anderen Hobbyspielern in dem großen Terrassenraum um die dort ständig verfügbare Tischtennisplatte.

Manche taten das als interessierte Zuschauer, manche als Spieler und nur wenige als Könner. Mit meinen bescheidenen Fähigkeiten im Umgang mit dem gummierten Schläger und dem weißen Zelluloidball an der grünen Tischplatte mit dem kleinen Zäunchen in der Mitte hatte ich mich in die Gruppe der gewöhnlichen Spieler einzufügen. Die wenigen Spezialisten der Sportart hielten sich noch beobachtend am Rand zurück, sie sollten ihre Zeit noch kriegen. Wie beim olympischen Hochsprung stiegen sie erst bei einem ihnen würdig erscheinenden Niveau der dargebotenen Leistungen ein.

So dauerte es auch bis zur Rückkehr unserer Kirchgänger, bis sich ein hagerer und schlaksiger Typ mit schlechter Körperhaltung und Nickelbrille auf der Nase als nächster Gegner des letzten Siegers an der Platte anbot. Genau der hatte sich schon einmal in ganz anderer Weise bei dem ersten Waldspaziergang durch seinen hohen Tabakkonsum hervorgetan.

Zum Satzgewinn im Tischtennis waren zu dieser Zeit noch mindestens 21 Punkte zu erkämpfen mit zwei Punkten Abstand zu dem unterlegenen Gegner. Der arme Lurch auf der anderen Seite der grünen Platte hatte seine Rechnung ganz ohne den Wirt gemacht, denn der Schlaksige brauchte nur wenige Minuten zu seinem überzeugenden Sieg mit Schneiderstatus. Bei der einsetzenden ehrfürchtigen Befragung des Siegers stellte dieser sich als aktiver Medenspieler aus Bad Salzuflen in der Bezirksliga Ostwestfalen vor. Ihm und seiner genialen Fähigkeit, die heranfliegenden Schmetterbälle seiner nicht ganz so perfekt spielenden Gegner noch weit hinter der Platte, und nur wenige Zentimeter über dem Boden, geschmeidig aufzunehmen und in flatternde und zielsichere Returns zu verwandeln, war keiner und niemand gewachsen.

Helmut, so hieß unsere Nummer Eins, sollte mich in meinem weiteren Leben noch ein paar Jahre lang begleiten. In einer kleinen Gemeinschaft von weiteren Buben aus Ostwestfalen pflegten wir über Jahre hinweg eine lange Freundschaft mit gegenseitigen Besuchen. So kam es, dass Helmut bei einem seiner Aufenthalte auf dem schönen

Hunsrück unsere neu formierte Tischtennismannschaft des TuS Büchenbeuren bei einem der ersten Medenspiele gegen Kinderbeuren sehr wirksam verstärken konnte.

Die Sonntagnachmittage stellten nicht nur die Ausnahme im Tagesablauf des Erholungsaufenthalts im Hause Eichbühl dar, nein, sie avancierten zu den unbestrittenen Höhepunkten dieser vierwöchigen Auszeit von dem erst begonnenen Berufsleben.

Nach dem Mittagsschläfchen standen ab 14 Uhr alle Flügeltüren offen für den ungehinderten Ausgang bis 18 Uhr 30. Der bergab verlaufende Hinweg in die überschaubare Gemeinde Hedemünden begünstigte das schnelle Vorankommen über die landwirtschaftlich genutzten Wirtschaftswege der abgeernteten Felder. Es war nicht schwer, in diesem Dorf die Gaststätte „Schmalich" zu finden. Ihre Tür stand weit offen, so, als wartete man bereits auf den Ansturm mehrerer Dutzend junger und durstiger Besucher. Der Wirt des Bierhauses hatte mit unseren zahlreichen Vorgängern im Haus Eichbühl vermutlich schon seine einschlägigen Erfahrungen machen dürfen.

Die Behauptung, mit seiner jetzt anstürmenden Generation der DAK-Erholungskunden eine besonders attraktive Gästeschar zu bewirten, ist bestimmt nicht als Folge arroganter Selbstüberschätzung aus der Luft gegriffen.
Der Grund dafür war einfach:
„Freddy", wir hatten unseren eigenen Freddy mit seiner
     spanischen Gitarre mitgebracht.

So dauerte es nicht lange, bis sich die Dorfkneipe in eine Musikkneipe mit Strahlkraft nach allen Seiten hin verwandelte. Der ohnehin starke Zustrom der einheimischen jungen Leute, besonders der mit bunten Kleidern, Blusen, Röcken, Nylonstrümpfen und Stöckelschuhen, verstärkte sich durch die Anziehungskraft der von unserem Freddy produzierten Livemusik. Wohl jeder Besucher – weiblich wie männlich - hatte die noch folgenden Sonntagnachmittage schnell schon in seinen Gedanken für weitere Hörvergnügen vorgebucht. Der Umsatz des Gastwirts erlebte an diesen Tagen gewiss einen kometenhaften Aufstieg und Freudensprünge. Ob seine Kasse alle Einnahmen zu fassen vermochte, ist nicht überliefert.

Musikalische Unterhaltung vom Besten in geselliger Runde und Bier vom Fass verführten auch zum Tabakkonsum, der uns im Jugendheim ja schon am ersten Tag so offenherzig gestattet worden war. Also wanderte erst einmal ein Zweimarkstück aus meinem Geldbeutel in den Zigarettenautomaten an der Wand von Schmalichs Gasthof, um daraus im Austausch ordentlich verpackte zwanzig „Peter Stuyvesant" zu erhalten. Sie sollten der Erstattung der bisher von anderen geschnorrten „Komm gib" dienen, und mir darüber hinaus einen kleinen Vorrat für den künftigen Eigenbedarf an den kommenden Tagen bei den Raucherpausen unserer Waldspaziergänge bescheren.

Die Gemeinsamkeiten der südniedersächsischen mit meiner heimatlichen Hunsrücker Umgebung erschöpften sich nicht in der Ähnlichkeit der ländlich hügeligen und landwirtschaftlich genutzten Landschaft, nein, auch die Bierpreise unterschieden sich kaum oder gar nicht. Hier wie dort war zu dieser Zeit ein Viertel Liter des frisch gezapften Gerstensafts mit einem ordentlichen „Feldwebel" obendrauf für vierzig Pfennige zu haben.

Die günstigen Umstände blieben nicht ohne Folgen. Zwischen Schmalichs Kneipe und dem Haus Eichbühl war auf der kartierten Strecke ein etwa halbstündlicher Fußweg zu überwinden. Allerdings enthielt der Rückweg dort einen Anstieg, wo der Hinweg noch ein Gefälle aufwies. Dies war bei der Planung des nachmittäglichen Vergnügens zu berücksichtigen. Vor allem aber auch die mögliche Einflussnahme des konsumierten geistreichen Getränks aus den Viertellitergläsern. So lauerten auf dem in Grüppchen vollzogenen Rückmarsch über die Wirtschaftswege durch die abgeernteten Getreidefelder hinauf zu unserer Burg nicht nur theoretische Gefahren. Auch tatsächlich erwiesen sich die Weggabelungen und die sich wie ein Ei dem anderen gleichenden Stoppelfelder der Umgebung als mehrdeutig identifizierbar. Daraus ergab sich die Erkenntnis, dass nicht nur mehrere Wege nach Rom führen sollen, sondern diese Weisheit auch sehr wohl auf die Destination Haus Eichbühl zu übertragen ist.

Eine Erfahrung ganz anderer Art ergab sich für uns Jugendliche an den ersten Tagen der gemeinschaftlichen Freizeit durch das kollektive Duschen in den dafür gut ausgestatteten Sanitärräumen der Herberge. Nach so mancher Tischtennispartie und sogar nach anstrengenden Touren durch die bewaldete Umgebung mussten Schweiß und Staub abgespült werden. Bei den notwendigen Vorbereitungen dazu, also bei der Ablage ihrer letzten textilen Hüllen, stellten sich bei einigen Bubis genante Zögerlichkeiten ein. Doch, und für manchen der Jünglinge anscheinend überraschend, fanden sich nach überwundener Scheu die Pendants der eigenen Natürlichkeiten auch tatsächlich bei den anderen Kameraden wieder, die sich jetzt ohne alles unter den sprudelnden Brauseköpfen tummelten.

Die erste Überwindung befreite schnell die hemmenden Zwänge und verscheuchte bald auch die bis dahin nur schwer verborgene sexuelle Verklemmung. Die jungen Buben erlebten bei dieser Gelegenheit ihre eigene Emanzipation vor sich selber. Der künftige Umgang mit der eigenen Nacktheit gestaltete sich unbefangener, natürlich, frei und zwanglos.

Ein besonderer Teil der nicht verhandelbaren Maßnahmen in der stationären Einrichtung zur Wiederherstellung unserer Gesundheit und zugleich wesentliches Merkmal der Hausordnung bestand in der strikt verordneten Mittagspause mit Bettruhe für alle. Die in den ersten Tagen der Kur noch allgemein als albern empfundene Ruhepause auf den Langmöbeln der Schlafräume im Obergeschoss gewann mit der Zeit zusehends an Zuspruch und Beliebtheit. Die dafür reservierte Zeit zwischen dem Mittagessen und dem nachmittäglichen Spaziergang war zu Anfang vielfach noch in voller Länge zur Lektüre der abenteuerlichen Serienerlebnisse von „Jerry Cotton" verwendet worden. Doch auch hier trat der Wandel zur Beruhigung ein, nach wenigen Seiten der jeweils in Arbeit genommenen Räuberpistole senkte sich das Groschenheft mit dem reißerischen Titelbild bald leise auf die Nasen seiner liegenden Leser. Der Alterungsprozess der jungen Männer schien sprunghaft voranzuschreiten; täglich wurden sie gelassener und bedurften früher und länger der Mittagsruhe.

Die Zeit der Erholung im Hause Eichbühl war auf genau vier Wochen bemessen, in denen wir alle zu einer harmonierenden Gemeinschaft zusammenwachsen konnten. Keiner von uns wünschte sich den Tag der Abreise, und damit der Auflösung der funktionierenden Gemeinschaft, vorzeitig herbei. Auf der sozialen Ebene des gesellschaftlichen Umgangs miteinander waren die vier Wochen des Kuraufenthalts in der umhegten Diaspora schon mal erfolgreich.

Waren sie es auch im medizinischen Sinne? Noch zwei Tage vor unserer Heimreise sollte diese Frage von dem uns allen schon bekannten Medizinmann aus Hann. Münden geklärt werden. Wieder rollte er mit seinem Auto heran und stellte es auf den Kieselsteinen vor der Eingangstreppe ab, unserem Platz für den allmorgendlichen Frühsport. Danach richtete er wieder sein Sprechzimmer im Untergeschoss ein und begann nach einer nicht mehr erinnerlichen Reihenfolge mit der persönlichen Untersuchung aller Teilnehmer. Mögen die ersten Aspiranten – ganz bewusst vermeide ich hier das Wort „Patienten" - noch einige Minuten seiner kostbaren Akademikerzeit beansprucht haben, so gelang ihm die Einarbeitung in die Tagesroutine sehr schnell und geschmeidig.

Natürlich wollten die noch vor der Tür Wartenden von den bereits Abgefertigten erste Auskünfte haben über mitgeteilte Befunde der aktuellen Endtests, gute oder schlechte Nachrichten, gar bedenkliche Berichte über noch entdeckte Mängel bei einzelnen Untersuchten. Doch nicht die Bohne eines Problems zeigte sich bei dem Abschlusscheck der jungen Herren. Unisono berichteten die schon Herausgetretenen von der gewandelten Sicht des Doktors auf die einst noch so bedenklich interpretierten Spuren der diagonalen Ratscher mit dem Daumennagel über die jetzt bei allen breitere Brust mit und ohne Haare.

Nachdem die ersten Kunden nach angemessenen Prüfmaßnahmen alle ohne Beanstandungen das Untersuchungszimmer des Doktors verlassen konnten, zeigte dieser sich darüber erleichtert, was sogleich eine erhöhte Frequenz des Türauf – Türzu – Taktes zu und aus seinem temporären Betriebsraum zur Folge hatte.

Des Doktors Worte wiederholten sich an diesen zwei Vormittagsstunden nach dem ersten Probanden wieder einundvierzig Mal:

> „Keine Sympathikus Neurose,
> keine vegetative Dystonie!"

Der totale Kurerfolg war damit amtlich festgestellt. Es gab keine Widerrede und nirgendwo auch einen Zweifel an diesem durchgängigen Ergebnis. Was auch sonst hätte als Ergebnis einer so ansprechenden Kurmaßnahme mit der ausgezeichneten Rundum-Versorgung herauskommen können? Niemand verweigerte sich dem gefundenen Abschlussurteil des Arztes, zudem war es nicht dazu angetan, irgendeine Interessenlage auch nur eines Akteurs in der langen Kette der daran teilhabenden Menschen zu beschädigen. Wir alle hatten vier Wochen lang eine schöne, angenehme Zeit in einer netten, homogenen sozialen Gemeinschaft erlebt und dabei so ganz nebenbei ein paar wenigen schon mitgebrachten kleineren Lastern größere Perfektion verliehen:

Die ausgenutzten Rauchpausen bei den täglichen Spaziergängen und der eigenverantwortliche Bierkonsum an den Sonntagnachmittagen in der Dorfkneipe bei Schmalich mögen bei einigen von uns den fadenscheinigen Anspruch auf einen ungehinderten Konsum gefestigt und das Selbstverständnis bei der künftigen Durchsetzung dieser Unarten auch gefördert haben.

Doch auch bei anderer Betrachtungsweise fand nicht nur ich am Ende dieser Zeit lobende Worte für die zurückliegende Kur. Die vier Wochen meiner eigenen Lebenszeit in fremder Umgebung habe ich von Anfang an als ein die Persönlichkeit prägendes Schlüsselerlebnis gewertet, denn hier erwachte in mir eine Neugierde auf alles bislang Unbekannte, auf meine Zukunft. Das die Freiheit fühlende Gesamterlebnis in dem Jugendsanatorium erwies sich als wegweisend für meinen künftigen Kurs auf der eben erst begonnenen und als selbst bestimmbar entdeckten Lebensbahn durch und über die noch weißen Land- und Seekarten ohne Begrenzungslinien. Diese Erkenntnis festigte sich mit zunehmender zeitlicher Distanz zu dem so intensiv genossenen Lebensabschnitt.

Als weitere angenehme Folgen ergaben sich lange anhaltende persönliche Freundschaften zu Helmut aus Bad Salzuflen, zu Achim aus Bielefeld und zu Hermann aus Herford. In den folgenden Jahren reiste ich mehrmals nach Ostwestfalen, wo wir uns dann persönlich wieder begegneten. Auch einige Gegenbesuche auf dem Hunsrück hat es gegeben, sogar einmal mit der ganzen Familie aus Bielefeld. Zudem besetzten Helmut und Achim bei den ersten Urlaubsreisen der folgenden Jahre in den bis dahin mir noch unbekannten Norden von Deutschland wie auch erstmalig nach Holland, den Beifahrersitz meines ersten Autos. Beide Freunde entwickelten sich auf diesen Reisen in der Vorzeit der heute gebräuchlichen, und von oben herab mit unsichtbaren Signalen versorgten elektronischen Navigationssysteme, als gute und sehr brauchbare Copiloten, Kartenleser und Pfadfinder für den Fahranfänger, der ich damals noch gewesen bin. Mit gedruckten und mühsam entfalteten Landkarten auf den Knien und ohne die Unterstützung eines schnöden elektrischen Orientierungsknechts fanden wir in den Niederlanden das Ijsselmeer, Groningen und den Strand von Den Helder sowie in Deutschlands Norden die Städte Bremen, Bremerhaven und dort den Absprung nach Helgoland, später die sündige Meile in Hamburg und zum Schluss auch wieder den sicheren Weg nach Hause.

Auch nach Süddeutschland hielt eine persönliche Briefverbindung zu Egon im Schwabenland der natürlichen Vergänglichkeit lange stand. Bei einem Kurzurlaub in Stuttgart ergab sich sogar einmal ein Überraschungsbesuch bei ihm in Bad Cannstatt.

Im Verlaufe meines weiteren Lebens führten mich zahlreiche dienstlich und privat begründete Reisen mit dem Auto auf die Nord-Süd-Magistrale der A7, vorbei an Hann. Münden und Hedemünden. Jedes Mal wandte sich mein Blick für einen Moment nach Westen, wo das Haus Eichbühl dem Ortskundigen auch heute noch für einen kurzen Augenblick im alten Glanz am Rand des Waldes oben hinter Wiesen und Feldern zu erkennen ist. Doch genau am vierzigsten Jahrestag meines damaligen Kurbeginns war die Gelegenheit für einen Abstecher von der Straße und eine ortskundige Fahrt über die schmalen landwirtschaftlichen Wirtschaftswege zum Ort der Erinnerung günstig.

An diesem Oktobertag befanden wir uns auf einer ganz besonderen Mission, auf der sich für mich ein Erlebniskreis geschlossen hatte, denn ich war zurückgekehrt zu dem Mittelpunkt eines Schlüsselerlebnisses, das auf mein junges Leben in der Folge der Jahre einen richtungsweisenden Einfluss genommen hatte. Ohne Ankündigung waren wir gekommen, meine Frau und ich. Nach unserer kurzen persönlichen Vorstellung und Erläuterung der uns hierherführenden Hintergründe und Umstände teilte die anwesende Heimleitung in herzlicher Weise unsere Freude über das gute Gelingen des spontanen Besuchs. Wir wurden sehr herzlich empfangen, obwohl der Zweck des Hauses nicht mehr derselbe gewesen ist.

Viele Male vor diesem Besuch und auch danach blieb das Haus Eichbühl bei unseren gemeinsamen Vorbeifahrten nicht unerwähnt einfach links oder rechts liegen. Meine stets dabei vorgetragene, ebenso schelmische wie auch überflüssige, Bemerkung wegen einer noch ausstehenden Aufklärung über die Ursache meiner inneren Unruhe auf diesem Streckenabschnitt der Autobahn Nummer sieben war inzwischen zu einem anhaltenden Ritual bei uns beiden geworden. Nun konnte ich endlich liefern, und das an mehrere Adressaten gleichzeitig!

Bei der sehr viel späteren Online-Recherche über das Haus Eichbühl stieß ich leider auch auf ein sehr bedrückendes Thema, das in unserer Zeit so viele Erlebnisberichte über Kinderheime im Allgemeinen und die dort vielfach angewandten Praktiken im Besonderen in ein negatives Licht rücken. Darüber zu lesen, und sich dabei selbst als betroffenes jugendliches Opfer vorzustellen, ist sehr schmerzlich. Meine eigenen Erfahrungen aus dem Jugenderholungsheim Haus Eichbühl zeugen auf der ganzen Linie von dem genauen Gegenteil. Kein einziges Teilerlebnis ließ Zweifel aufkommen an der Integrität der Einrichtung und der sie führenden Menschen.

Gedichte auf Hochdeutsch

Selbstporträt

Die Erde ist rund
Das Leben dort bunt
Und schnell auch vergänglich
Doch stets lebenslänglich

Den Blick auf dein Walten
Und auf dein Verhalten
Den sollst du behalten
Bei allem Gestalten

Bei allem Streben
Und allem Erleben
Mit allen Beben
Und allem Erheben

Alles bedenken
Das Schicksal lenken
Es wird nicht gelingen
Bei all deinen Dingen

Den guten und schlechten
Den bösen und rechten
Den kleinen und feinen
Den meinen und Deinen

Am Ende ein Rückblick
Als Spiegel von Jahren
War es ein Glück
Was du hast erfahren

Was bist du gewesen
Und was tat dich leiten
Was tat dich bewegen
In all deinen Zeiten

Über Zäune geschwungen
Über Hecken gesprungen
Durch Flüsse geschwommen
Über Berge geklommen

Preise errungen
Gipfel bezwungen
Mit dem Tode gerungen
Was vorerst gelungen

Durch Wüsten gewandert
Durchs Delta meandert
Durch Höhlen gekrabbelt
Mit Menschen gesabbelt

Kriege gemieden
Von Menschen geschieden
Vor Gefahren gewichen
Die Segel gestrichen

Von Feinden gehetzt
Von Waffen verletzt
Von Hunden gebissen
Und fast zerrissen

An Pfähle gekettet
Vor Wölfen gerettet
Mit Geistern gerungen
Von Dächern gesprungen

Vom Teufel geritten
Mit Dämonen gestritten
Vom Schiffswrack gerettet
Die Wogen geglättet

Den Partner betrogen
Den Richter belogen
Die Untat bestritten
Auf der Klinge geritten

Vom Schicksal geschlagen
Und wieder vertragen
Alles vergeben
Und weiter leben

Von Menschen belogen
Auch selber betrogen
Manchmal gelangweilt
Auch mal verurteilt

Gerne gestritten
Danach die Abbitten
Und auch die Reuen
Danach nicht scheuen

Durchs Land gezogen
Vor Lachen gebogen
Beim Loben geheuchelt
Und rücklinks gemeuchelt

Ideen gesponnen
Pläne zerronnen
Hoffnungen hegen
Freundschaften pflegen

Im Meer gebadet
Im Watt gewatet
Vom Blitz getroffen
Fast abgesoffen

Vom Schnee verschüttet
In der Sonne gebrütet
Vom Wettlauf gemartert
Am Morgen verkatert

Im Frühling geht`s rund
Im Sommer ist`s bunt
Im Herbst ist es lausig
Im Winter ganz grausig

Im Wirtshaus der König
Zu Hause ein Wenig
Im Rudel ganz mutig
Alleine meist tutig

Am Steuer das Großmaul
Als Bürger ganz mundfaul
Als Kollege umstritten
Als Mensch so gelitten

Wem gilt diese Wand
Mit all ihren Sprüchen
Du hast es erkannt
Hier lässt du selbst grüßen

Sind immer die andern
Die größten der Kälber
Oder ist man's am Ende
Tatsächlich doch selber?

Die Natur, sie schlägt zurück

Mit Macht zurück schlägt die Natur
Sie hat seit Jahren viel ertragen
Wie konnte sie's verkraften nur
Jetzt platzt ihr endlich mal der Kragen

Der Müll stopft unsre Flüsse zu
Vergiftet peu a peu die Meere
Der Mensch, er gibt ja niemals Ruh'
Zieht nirgendwo mal eine Lehre ...

Aus dem Schlamassel, das er stiftet
Wie Energie aus Kernspaltung
Die ganze Welt wird so vergiftet
Schlimm ist auch die Tierhaltung ...

In Massen und zu Tausenden
Sind Hühner in Ställe eingesperrt
Das sind nicht die Behausungen
Mit denen man Geschöpfe ehrt

Den Schweinen geht es auch nicht besser
Liegen in Eisen eingepfercht
Wir sind nicht Pfleger sondern Fresser
Gewinnsüchtig und unbeherrscht

Der Mensch hat den Respekt verlernt
Von der Natur doch selbst ein Teil
Hat davon sich schon weit entfernt
Und denkt jetzt nur noch Geiz ist geil

Und das auf Kosten anderer Wesen
Mal Tier, mal Baum und mal die Landschaft
So muss man hier und da mal lesen
Von bisher ganz fremder Bekanntschaft

Zum Beispiel, dass es wird viel wärmer
Dass Stürme übers Land herziehen
Dass die Armen immer ärmer
Dass die Blumen nicht mehr blühen

Und die Bienen nicht mehr fliegen
Die Vögel nur noch halb so viele
Die Kinder Leukämie schon kriegen
Doch der Mensch hat neue Ziele

Natur hat jetzt den Stopp gesetzt
Sie zeigt uns, wie die Regeln lauten
Jetzt werden wir von ihr gehetzt
Weil wir bisher von ihr nur klauten

Corona heißt die Wunderwaffe
Aus dem Arsenal der Götter
Über Menschen bringt sie Strafe
Und stopft die Mäuler aller Spötter

Mit Macht schlägt die Natur zurück
Ohne Anseh'n der Personen
Wer überlebt, der hat ein Glück
Wir sollten nur zu Hause wohnen …

Damit das Virus schnell verkümmert
Und keine neuen Opfer findet
Sich die Lage nicht verschlimmert
Die Menschheit nicht in Elend bindet

Wie das einst bei der Pest gewesen
Die so vor langer Zeit geschah
Wo nur der Tod konnte erlösen
Den der davon befallen war

Wenn Dir Dein Leben ist nicht wichtig
So findet es die Mehrheit toll
Das nötige Verhalten richtig
Dass man den Abstand halten soll

Niemand kann uns dagegen feien
Die Sicherheit gibt's nirgendwo
Wir fallen um in langen Reihen
Wie Steine bei dem Domino

Das Virus ist kaum zu besiegen
Und am Ende von dem Spiele
Nachdem wir all darniederliegen
Sind wir vielleicht noch halb so viele

Wenn Ihr jetzt nicht zu Hause bleibt
Und nicht aufbringt die Geduld
Seid Ihr die Schurken unsrer Zeit
Mit Recht schiebt man Euch zu die Schuld

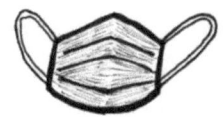

Markt und Straßen sind verlassen (2020)

Markt und Straßen sind verlassen,
Still erleuchtet jedes Haus.
Sinnend geh' ich durch die Gassen,
Alles sieht so einsam aus.

An den Fenstern stehen Menschen
Mit Instrumenten in der Hand.
Wollen mit Musik sich wenden,
An die, jetzt retten unser Land.

Menschen sind's in weißen Kitteln,
Mit der Maske vorm Gesicht.
Da gibt es gar nichts mehr zu kritteln,
Das sieht schon aus wie's jüngst Gericht.

Sterne hoch die Kreise schlingen,
Über unsrer Welt so weit.
Was wird der nächste Tag uns bringen,
O du angespannte Zeit!

Opa wird 81

Der Opa wird heut neunundsiebzig,
Allerdings zum dritten Mal.
Es ist für ihn auch unumstößlich
Er bleibt bei dieser festen Zahl...

Auch deshalb, weil, so über achtzig,
Er selber gar nicht zählen kann.
Auch weil er denkt, es macht sich
Mal ganz gut für einen Mann...

Neue Wege einzuschlagen,
Die Zeitmaschine umzukehren,
Und dabei auch nicht verzagen,
Wenn seine Kinder sich da wehren...

Und ihr Erbe vorher fordern,
Bevor der Rückwärtslauf tut enden.
Sie woll'n sich neue Autos ordern,
Die wenig Energie verschwenden.

Sein ganzes langes Erdenleben
Will Opa nochmal rückwärts rollen.
Noch einmal gibt's ein festes Streben,
Auch wenn wir's gar nicht glauben wollen:

"Von achtzig runter bis zu Achtzehn!
Das ist jetzt mein erklärtes Ziel.
Die Jahre sollen rückwärts gehn,
So geht mein neuer Lebensstil!

Und Ihr könnt rechnen, noch wieviele
Geburtstage ich feiern will,
Bis ich bin an meinem Ziele,
Erst dann steht meine Klappe still!"

Und wenn die Jungen jetzt behaupten,
Der Opa sei ein Lebemann,
Gar ein Filou, und daran glauben,
Man käme nicht mehr an ihn ran,

Und ihren Opa dennoch loben,
Ob der neuen Phi-lo-so-phie,
Zum Gipfel hat er sich erhoben,
Dort fühlt er sich so wohl wie nie.

Und wenn Ihr das nicht glauben wollt:
"So was gibt es nicht auf Erden?"
Und mit Euren Augen rollt,
Dann müsst Ihr erst mal Opa werden!

Hat es Euch gefallen?

Hat es Euch etwa gefallen,
Was ich Euch habe vorgetragen?
Dann nehmt es mit und zeigt es allen,
Dass die es wieder weitersagen.

Bringt es einfach unter Leute,
Dann könnt Ihr noch nach vielen Jahren
Lesen, was Ihr hier und heute
Aus den Geschichten habt erfahren.

Hat es Euch nicht gut gefallen,
Kauft niemals wieder dieses Buch.
Dennoch danken wir Euch allen
Für den freundlichen Besuch!

Eure Ute + Dieter